ullstein

Das Buch

Sophie, Anfang 30, erinnert sich nur undeutlich an ihre Mutter Angelika. Denn diese starb bei einem Unfall, als Sophie gerade mal sieben war. Umso faszinierter ist Sophie, als ihr plötzlich das Poesiealbum ihrer Mutter in die Hände fällt. Neugierig beginnt sie, darin zu blättern. Und fragt sich, warum sie keines der Mädchen kennt, die ihrer Mutter mit einem kleinen Spruch ewige Verbundenheit geschworen hatten. Was ist aus den Freundschaften geworden? Wieso weiß sie so wenig über das Leben ihrer Mutter? Kurz entschlossen recherchiert sie im Internet und macht sich zusammen mit ihren beiden besten Freundinnen auf eine abenteuerliche Reise quer durch Deutschland. Nacheinander besuchen die drei Frauen Angelikas alte Freundinnen. Jede von ihnen hat eine Geschichte zu erzählen …

Die Autorin

Heike Wanner arbeitet als Angestellte bei einer Fluggesellschaft und lebt in der Nähe von Wiesbaden. Sie ist verheiratet und hat einen Sohn.
Weitere Informationen unter www.heike-wanner.de

In unserem Hause sind von Heike Wanner erschienen:

Der Tod des Traumprinzen
Frauenzimmer frei
Für immer und eh nicht
Weibersommer

Heike Wanner

Rosen, Tulpen, Nelken

Roman

Ullstein

Besuchen Sie uns im Internet:
www.ullstein-taschenbuch.de

MIX
Papier aus verantwortungsvollen Quellen
FSC® C014496

Originalausgabe im Ullstein Taschenbuch
1. Auflage Oktober 2013

Umschlaggestaltung: ZERO Werbeagentur, München
Titelabbildung: Rosanne Olson/getty images
Satz: LVD GmbH, Berlin
Gesetzt aus der Garamond
Papier: Pamo Super von Arctic Paper Mochenwangen GmbH
Druck und Bindearbeiten: GGP Media GmbH, Pößneck
Printed in Germany
ISBN 978-3-548-28572-6

Freundinnen sind wie Schuhe:
Wenn man jung ist, kann man nicht genug davon haben;
später stellt man fest, dass es immer die gleichen sind,
mit denen man sich wohlfühlt.

*(*Marion Kühl*)*

I

Es war höchste Zeit, ins Bett zu gehen.

Der altmodische blaue Metallwecker, der auf der Fensterbank neben den Kakteen stand und leise vor sich hin tickte, zeigte bereits weit nach Mitternacht. Das Wohnzimmer lag fast völlig im Dunkeln, bis auf einen kleinen Lichtschein über dem Schreibtisch.

Dort, inmitten eines Durcheinanders aus Büchern, Heften, alten Zeitungen, Bonbonpapieren und einer leeren Kaffeetasse, saß Sophie Lensing und korrigierte Physikklausuren. Doch seit mehreren Minuten starrte sie nun schon auf dasselbe Blatt, ohne einen vernünftigen Gedanken fassen zu können. Es reichte für heute! Müde zog sie ihre Lesebrille von der Nase und rieb sich die Augen. Dann streckte sie vorsichtig die Beine aus und massierte ihren schmerzenden Nacken. Bei der Korrektur von Klausurbögen vergaß sie regelmäßig Zeit, Umgebung und leider auch alle Empfehlungen für eine gesunde Körperhaltung.

Sie schob Hefte und Rotstift beiseite, erhob sich und knipste die alte Stehlampe neben dem Sofa an. Augenblicklich wurde das Zimmer in warmes, gemütliches Licht getaucht, das sich in den Regentropfen widerspiegelte, die unablässig an die dunkle Fensterscheibe prasselten. Sophie öffnete das Fenster einen Spaltbreit und sog die frische

Nachtluft ein. Beim Blick auf die schwarzglänzende Straße schauderte sie. Dieser Mai war eindeutig zu nass!

Dennoch liebte sie gerade die nächtliche, verregnete Stimmung, bei der kaum ein Geräusch die Stille durchbrach. »Mairegen macht schön«, hatte ihre Großmutter immer behauptet. Mit dieser Bemerkung hatte die alte Dame einst große Erwartungen bei ihrer Enkelin geweckt. Die zehnjährige Sophie war danach nämlich bei jedem Schauer vor die Tür gelaufen und hatte ihr Gesicht in den Regen gehalten. Natürlich waren ihre Hoffnungen vergeblich gewesen. Die roten Haare und die blasse Haut mit den vielen Sommersprossen ließen sich durch den Mairegen nicht vertreiben und waren auch im Juni noch vorhanden.

Schließlich hatte sie aufgegeben und akzeptiert, dass sich ihre Haare weiterhin kupferrot lockten und die Sommersprossen im Laufe der Jahre sogar noch kräftiger hervortraten. Wenigstens bildeten ihre blassblauen Augen einen interessanten Kontrast zu den Rottönen. Mit der richtigen Frisur, ein wenig Make-up und einem eleganten Kleid ginge sie vielleicht sogar als irische Prinzessin durch …

Sophie schüttelte amüsiert den Kopf über sich selbst und ihre seltsamen Gedankengänge zu später Stunde. Es war wirklich höchste Zeit, ins Bett zu gehen.

Aber vorher musste sie noch etwas erledigen – etwas, das sie immer vor dem Schlafengehen tat. Es gehörte inzwischen genauso zu ihrem abendlichen Ritual wie das Waschen und Zähneputzen, war aber wesentlich unterhaltsamer: Sophie schaltete den Computer ein und öffnete ihren Facebook-Account.

Fünfzehn neue Postings auf der Startseite.

Zwei Freundschaftsanfragen.

Eine persönliche Nachricht.

Und leider niemand Vertrautes mehr online.

Sophie seufzte enttäuscht und klickte sich zuerst durch die Freundschaftsanfragen, die von zwei Studentinnen ihres Fachbereiches stammten. Sie zählte mittlerweile ungefähr zweihundert solcher »Freunde«, die an der Universität ihre Kurse besuchten und vermutlich stolz darauf waren, dass sie ihre Physikdozentin bei Facebook mit »du« ansprechen durften. Sophie bestätigte diese Anfragen regelmäßig, obwohl sie die meisten Gesichter in ihren Vorlesungen nicht einmal wiedererkennen würde. Auch jetzt drückte sie zweimal auf »Annehmen« und wandte sich dann den neuen Beiträgen auf ihrer Startseite zu.

Die ersten sechs Postings waren erst wenige Minuten alt und stammten von einer Gruppe von Studentinnen, die sich noch in dieser Nacht in einer angesagten Club-Lounge treffen wollten. Stirnrunzelnd warf Sophie einen Blick auf ihren Wecker. Es war halb eins. Wann schliefen diese Mädchen eigentlich? Obwohl sie selbst in wenigen Wochen erst ihren dreißigsten Geburtstag feiern würde, kam sie sich mit einem Mal furchtbar alt und behäbig vor.

Den nächsten Eintrag hatte ihre Cousine verfasst, eine begeisterte Handballerin, die sich über den Sieg ihrer Mannschaft bei einem Regionalturnier freute. Sophie tippte ein höfliches *»Glückwunsch!«* unter den Text und las weiter.

»Neue Regenfälle angekündigt! Deshalb ab morgen früh zwanzig Prozent auf alle Designer-Gummistiefel«, lautete die Ankündigung eines örtlichen Schuhgeschäfts, in dem Sophie regelmäßig einkaufte. Dieser Beitrag hatte bereits vierunddreißig »Gefällt mir«-Angaben.

Danach kam ein Posting von Sophies Freundin Sandra.

»In jedem Winter steckt ein zitternder Frühling, und hinter dem Schleier jeder Nacht verbirgt sich ein lächelnder Morgen (Khalil Gibran)«, hatte sie geschrieben.

Typisch Sandra!

Sie war Deutschlehrerin an einer internationalen Schule in Frankfurt und ließ keine Gelegenheit aus, ihren Mitmenschen ein Stück Literatur näherzubringen. Jeden Abend verabschiedete sie sich aus Facebook mit einem geistreichen Spruch oder einem berühmten Zitat.

Sophie schmunzelte, als sie unter Sandras Beitrag den Kommentar ihrer gemeinsamen Freundin Vanessa entdeckte.

»*Dass dieser Frühling zittert, glaube ich gern. Sch... Wetter! Wer ist eigentlich Khalil Gibran?*« Nach kurzem Überlegen setzte Sophie die Feststellung »*Bei mir lächelt der Morgen nie*« hinzu.

Dann überflog sie die nächsten drei Einträge. Das Schwarzweißfoto einer niedlichen kleinen Katze ignorierte sie ebenso wie die Urlaubsankündigung eines ehemaligen Mitschülers und das Kuchenrezept einer Bekannten. Erst die letzten beiden Mitteilungen waren wieder interessant.

»*Eine halbe Stunde auf dem Laufband und dann noch fünfzehn Minuten intensives Stretching. Fühle mich wie neugeboren, werde jetzt ein Bad nehmen und dann ins Bett gehen. Ich wünsche allen eine gute Nacht!*«, hatte Vanessa geschrieben und einen Link auf die Homepage ihres eigenen Fitnessstudios hinzugefügt.

Sofort bekam Sophie ein schlechtes Gewissen. Während Vanessa schon aus beruflichen Gründen jeden Tag Sport treiben musste, schaffte Sophie es nur sehr unregelmäßig zu einem der Sportkurse, die Vanessa in ihrem Studio anbot. Aber wenigstens teilte die Dritte im Bunde, Sandra, ihre Abneigung gegen übermäßig viel Bewegung.

»*Ein gutes Buch, ein Glas Rotwein und klassische Musik haben den gleichen Effekt*«, hatte Sandra Vanessas Beitrag kommentiert.

Sophie fügte einen Smiley hinzu und las dann das letzte Posting auf ihrer Startseite. Es stammte von ihren Eltern und lautete knapp: »*Fertig gepackt!*«

Ihr Vater und ihre Stiefmutter waren erst seit kurzem unter dem Namen »Mark & Klößchen« bei Facebook aktiv, eine humorvolle Kombination des Vornamens ihres Vaters mit dem Kosenamen ihrer Stiefmutter Rosi. Diese war wegen ihrer rundlichen Figur schon als Kind von allen Klößchen gerufen worden.

Sophie hatte ihre leibliche Mutter früh verloren und war bei ihrem Vater und dessen Frau aufgewachsen. Sie liebte ihre Stiefmutter über alles, aber sie war dankbar dafür, dass sich Rosis Figur nicht auf sie selbst vererben konnte. Rosis Sinn für Humor hingegen hatte sie nur zu gern übernommen, ebenso wie die Herzlichkeit ihrer Stiefmutter.

»Fertig gepackt« waren wohl die letzten Umzugskisten oder vielleicht auch die beiden neuen Hartschalenkoffer.

Mark & Klößchen würden nämlich in wenigen Tagen zu einer sechsmonatigen Tour quer durch Australien aufbrechen. Diese Reise war immer schon ein Traum der beiden gewesen. Jetzt, nach ihrer Pensionierung, konnten sie sich den Wunsch endlich erfüllen. Sorgfältig hatten sie in den letzten Monaten jede Einzelheit geplant. Aus praktischen Erwägungen hatten sie sogar ihr Reihenhaus verkauft und waren in eine Dreizimmerwohnung am Stadtrand von Frankfurt gezogen. »Eine Wohnung macht viel weniger Arbeit, und da muss auch nicht dauernd jemand nach dem Rechten sehen«, hatte Rosi ihrer Stieftochter erklärt.

Sophie gönnte ihren Eltern das bevorstehende Abenteuer, doch sie fürchtete sich auch ein wenig vor der neuen Situation. Bislang war sie jeden Sonntag ein gerngesehener Gast in ihrem Elternhaus gewesen. Zukünftig würde sie diesen Tag wohl allein verbringen müssen, denn ihre beiden besten Freundinnen hatten am Wochenende kaum Zeit für gemeinsame Aktivitäten. In Vanessas Fitnessstudio herrschte ausgerechnet sonntags der größte Andrang, und die frischverheiratete Sandra genoss jede freie Minute des Wochenendes am liebsten ungestört mit ihrem Ehemann.

Sophie kannte nur noch einen einzigen anderen Menschen, mit dem sie den Sonntag gern verbracht hätte. Aber dieser Wunsch war derzeit leider völlig deplaciert.

Und damit war sie gedanklich bei dem Thema angelangt, das ihr immer wieder Kopfzerbrechen bereitete: ihre Liebesbeziehung zu ihrem Kollegen Professor Dr. Martin Krüger. Von ihm stammte die neue Mail, die sie jetzt erwartungsvoll anklickte. Erfahrungsgemäß schrieb er nicht besonders viel, und schon gar nicht besonders zärtlich, aber er versäumte es trotzdem nie, ihr eine gute Nacht zu wünschen.

»Wochenende war okay, freue mich aber schon auf morgen. Sehe dich mittags in der Mensa. Gute Nacht, M.«

»Gute Nacht zurück!«, flüsterte Sophie sehnsuchtsvoll.

Wenn man sie vor ein paar Monaten gefragt hätte, ob sie es sich vorstellen könnte, eine Affäre mit einem Arbeitskollegen zu beginnen, hätte sie diesen Gedanken entschieden von sich gewiesen. Doch dann war Martin in ihr Leben getreten, und alle Vernunft war vergessen.

Schlimmer noch, ihr Denkvermögen setzte aus, sobald sie in Martins Nähe war. Denn nur so konnte sie es sich erklären, dass sie sogar die Tatsache akzeptiert hatte, dass er verheiratet war. Sie war, ohne zu zögern, in die typische Rolle einer heimlichen Geliebten gerutscht, für die jeder gemeinsame Moment kostbar war und die bereitwillig an das glauben wollte, was er erzählte.

»Ich muss den richtigen Zeitpunkt abwarten, um es meiner Frau zu sagen«, hatte Martin Krüger Sophie zum Beispiel erklärt. »Unsere Ehe funktioniert schon lange nicht mehr. Wir leben nur noch wie Bruder und Schwester, wenn du verstehst, was ich meine.« Dann hatte er sie tröstend in die Arme genommen. »Ich weiß, wie schwierig das alles für dich ist.«

»Schwierig« war gar kein Ausdruck!

Sie hasste die ständige Heimlichtuerei und hatte genug von den viel zu kurzen, versteckten Berührungen während des Tages und den sorgfältig arrangierten Treffen in irgendeinem Hotelzimmer. Außerdem wuchs ihr schlechtes Gewissen mit jedem Tag, an dem sie Martins Frau hinterging. Die Arme hatte bislang tatsächlich keinen Verdacht geschöpft und war sogar vor drei Wochen ihre Facebook-Freundin geworden. Jetzt musste Sophie nicht nur die Sonntage allein totschlagen, sondern konnte zusätzlich auch noch bei Facebook lesen, wie Martins Ehefrau begeistert von ihren Wochenenden mit Martin berichtete. Missgelaunt runzelte Sophie die Stirn. Armseliger ging es kaum noch. Sie sollte dringend eine Lösung für diese Situation finden!

Allerdings war das schwierig, solange sie jeden Tag in Martins Nähe war. Wenn er vor ihr stand, vergaß sie ihren Ärger und das schlechte Gewissen. Vielleicht sollte sie ein paar Tage freinehmen, um ein wenig Abstand zu gewinnen? Dann könnte sie in Ruhe über die Situation nachdenken und ...

In diesem Moment wurde die Haustür mit einem lauten Knall geschlossen. Sophie zuckte zusammen. Gleich darauf waren die knatternden Motorengeräusche eines Mopeds zu hören, die sich langsam entfernten. Vermutlich war der neue Nachbar mal wieder auf dem Weg zur Arbeit.

Er fuhr oft zu den merkwürdigsten Zeiten fort und kam erst viele Stunden später zurück. Aber musste er dabei unbedingt einen solchen Lärm machen? Sophie nahm sich vor, bei nächster Gelegenheit mit ihm zu reden.

Doch der Krach hatte sie zumindest vom Grübeln abgelenkt. Sie schaltete den Computer aus, schloss das Fenster und löschte alle Lichter.

Jetzt war es wirklich Zeit, ins Bett zu gehen.

2

Khalil Gibran«, dozierte Sandra und rückte ihre Brille gerade, »war ein libanesisch-amerikanischer Dichter, Maler und Philosoph, der viel über das Leben, die Liebe und den Tod nachgedacht hat.«

»Tja, wer von uns tut das nicht?« Gut gelaunt zwinkerte Vanessa Sophie zu. Dann nahm sie einen kräftigen Schluck aus ihrer Tasse und verzog das Gesicht. »Puh, der Kaffee ist heute aber stark!«

Die drei Frauen saßen am späten Montagnachmittag in ihrem Lieblingscafé in der Frankfurter Innenstadt. Da es immer noch regnete, waren die Innenräume des Cafés gut gefüllt, doch die Freundinnen hatten Glück gehabt: Ihr Stammplatz in der Ecke war noch frei. Sandra und Vanessa hatten es sich wie üblich auf dem alten Ledersofa gemütlich gemacht, während Sophie in einem Clubsessel gegenüber des Sofas Platz genommen hatte. Sie hatte bereits vom Kaffee probiert und schaufelte sich nun mehrere Löffel Zucker in die Tasse, um das Getränk genießbar zu machen.

»Gibrans Werke sind voller Poesie«, schwärmte Sandra. Ihre rehbraunen Augen blitzten vergnügt hinter den dicken Brillengläsern. »Und seine Sprache ist beeindruckend, so malerisch und kraftvoll.«

»Hm«, machte Vanessa nur.

»Eines meiner Lieblingszitate von ihm lautet: ›Bäume sind Gedichte, die die Erde in den Himmel schreibt.‹ Aber er hat noch viele andere schöne Dinge gesagt.«

»Aha.«

»Wenn es dich interessiert, kann ich dir gern mal ein paar seiner Werke heraussuchen.«

»Och, ich weiß nicht …«

»Du wirst sie mögen. Er hat versucht, die Philosophie des Orients mit westlichen Denkweisen zu verbinden. Damit wollte er zur Versöhnung zwischen der westlichen und der arabischen Welt beitragen.«

»Sehr interessant … Kann ich bitte auch mal den Zucker haben, Sophie?«

Sandra seufzte resigniert. »Du hörst mir gar nicht zu.«

»Nö.« Vanessa grinste. »Das tue ich nie, wenn du diesen entrückten Ausdruck im Gesicht hast.«

Sandra lachte gutmütig. Auch Sophie, die der Unterhaltung der beiden schweigend gefolgt war, musste schmunzeln. Sie kannte die typischen Wortwechsel zwischen ihren Freundinnen, aber es machte ihr immer großen Spaß, einfach nur dabeizusitzen und zuzuhören.

Sandra hatte eine Schwäche für die alten Dichter und Denker und philosophierte gern stundenlang vor sich hin, während die realistische Vanessa mit beiden Beinen mitten im Leben stand und Sandras Schwärmereien stets ungeduldig als »Spinnerei« abtat.

Doch trotz der Unterschiede funktionierte diese Freundschaft nun schon seit vielen Jahren. In Studienzeiten hatten sich Vanessa und Sandra mit Sophie eine Wohnung geteilt, und die drei Frauen waren überraschend schnell Freundinnen geworden. Sophie vermutete, dass es nicht zuletzt ihrem eigenen ausgleichenden Wesen zu verdanken gewesen war, dass sich Vanessa und Sandra zusammengerauft hatten. Sie sah sich selbst gern als ruhenden Pol zwischen einem Vulkan und einem Eisberg – auch wenn dieses Bild etwas übertrieben war. Wie gut, dass ihre Freundinnen keine Gedanken lesen konnten!

»Warum grinst du so komisch?«, wollte Vanessa wissen und musterte Sophie argwöhnisch.

»Ach, ich musste gerade an etwas denken«, murmelte Sophie ausweichend.

»An Martin?«, fragte Sandra.

Heftiger als nötig stellte Vanessa die Zuckerdose ab. »Ach, hattest du heute etwa schon eine Audienz bei Herrn Professor Doktor?«

»Wir haben wie üblich zusammen zu Mittag gegessen.«

»Ich hoffe, du hast ihm beim Sprechen nicht zu tief in die Augen geschaut oder heimlich von seinem Teller genascht. Sonst kriegt er wieder Angst, dass eure kleine Affäre auffliegt.« Vanessa machte kein Geheimnis daraus, dass sie Martin nicht mochte.

»Vanessa!«

»Ach, komm schon, Sandra, dieser Kerl nutzt sie doch nur aus!«

»Das tut er nicht«, wehrte sich Sophie.

»Außerdem ist das ganz allein Sophies Angelegenheit«, kam Sandra ihr zu Hilfe.

»Nein!«, widersprach Vanessa. »Wenn es so wäre, hätte Sophie uns nichts darüber erzählen dürfen. Jetzt ist es auch unsere Angelegenheit. Oder willst du sagen, dass es dir gefällt, dass die arme Sophie stundenlang allein zu Hause hockt, während er seine Frau bei Laune hält?«

»Ich sitze nicht stundenlang –«, begann Sophie, doch Vanessa schimpfte schon weiter.

»Oder dass dieser Typ sie einfach mal so zwischen zwei Vorlesungen in der Besenkammer befummelt?«

»Wir fummeln nicht in der Besenkammer«, protestierte Sophie, aber wieder achtete Vanessa nicht auf sie.

»Er sollte erst einmal zu Hause reinen Tisch machen, bevor er sich unsere Sophie schnappt. Sie ist viel zu schade für ihn.«

»Na, so was!« Überrascht starrte Sandra Vanessa an. »So viele Emotionen in so wenigen Sätzen hätte ich dir gar nicht zugetraut.«

»Danke!«

»Du solltest dich öfter mal aufregen.«

»Oder ich sollte diesem Typen einfach mal meine Meinung sagen.«

»Oder das.«

»Können wir vielleicht das Thema wechseln?«, bat Sophie. »Ich möchte nicht über Martin reden, jedenfalls nicht jetzt und hier. Mir ist es furchtbar peinlich, dass ihr mein Liebesleben mitten im Café ausbreitet.«

»Wir können auch über *mein* Liebesleben reden«, gab Vanessa schlagfertig zurück. »Allerdings habe ich gerade keines.«

Trotz ihres Ärgers musste Sophie lachen. »Schade!«

Vanessa war häufig verliebt, aber selten in einer festen Beziehung. Sie nahm die Liebe nicht besonders ernst, konnte jedoch immer herrlich amüsant über ihre Männerbekanntschaften erzählen.

»Ja, schade. Finde ich auch«, murmelte sie jetzt.

»Dafür könnte *ich* euch Sachen erzählen!«, flüsterte Sandra verschmitzt.

»Welche denn?«

»Zum Beispiel könnte ich euch das Geheimnis meiner Ehe verraten.«

»Du bist erst seit vier Wochen verheiratet.« Verwundert schüttelte Sophie den Kopf.

»Na und? Trotzdem kann ich doch schon ein paar Geheimnisse haben.«

»Die würden mich brennend interessieren«, sagte Vanessa grinsend. »Mir ist es nämlich immer noch ein Rätsel, was ausgerechnet dich mit einem nüchternen Börsenmakler verbindet.«

»So einiges.«

»Was denn zum Beispiel?«

»Nun, da wäre unsere Liebe zu Zahlen und Buchstaben. Abends liegen wir zusammen auf dem Sofa, Steffen liest Börsenberichte, und ich schmökere in Shakespeares Werken.«

»Für mich klingt das nach einem perfekten Abend«, bemerkte Sophie ein wenig neidisch.

»Und für mich klingt das nach einem langweiligen Treffen zwischen Graf Zahl und der Buchstaben-Fee«, sagte Vanessa. »Hast du nichts Interessanteres zu bieten?«

»Doch. Aber das gehört nicht hierher.«

»Dann lass uns woanders hingehen.«

»Aber ich habe meinen Kaffee noch gar nicht ausgetrunken.«

»Das kannst du dir sparen, der schmeckt nicht.«

»Wir können zu mir gehen«, schlug Sophie vor. »Ich habe einen Sekt im Kühlschrank.«

»Prima! Steffen ist heute erst spät zu Hause, ich habe also noch Zeit.« Sandra sprang auf und winkte einen Kellner zum Tisch. »Zahlen bitte!«

»Ich komme auch mit«, sagte Vanessa. »Hast du etwas zu essen im Haus?«

Sophie schüttelte den Kopf. »Nicht viel.«

»Dann bestellen wir eine Pizza.« Vanessa erhob sich ebenfalls und schlüpfte in ihre Jacke. Als die beiden Freundinnen nebeneinander vor dem Sofa standen, musste Sophie unwillkürlich wieder an das Bild vom Eisberg und vom Vulkan denken.

Mit ihrer großen, sportlichen Gestalt, den eisblauen Augen und den stets perfekt gefönten, langen blonden Haaren strahlte Vanessa eine respekteinflößende Kühle aus. Sogar die wollweiße Kapuzenjacke mit dem Kunstfellbesatz passte ins Bild.

Ganz anders dagegen die zarte, kleine Sandra, deren lebhafte Persönlichkeit sofort ins Auge fiel. Sie war nicht so hübsch wie Vanessa, legte aber auch keinen Wert auf Äußerlichkeiten. Das graue, viel zu große Horngestell ihrer Brille passte überhaupt nicht zu ihrem zierlichen Gesicht und den kurzen braunen Haaren, und auch der knallrote Lippenstift war eine Spur zu grell. Doch gerade dieses wilde Durcheinander aus Farben und Formen machte ihren besonderen Reiz aus. Alles an Sandra war bunt, sogar der Regenumhang, den sie jetzt aus der Tasche zog.

»Woher hast du dieses Ding?« Kritisch beäugte Vanessa das Kleidungsstück.

»Den habe ich in der Kinderabteilung vom Kaufhaus Wagner gekauft.«

»Das hätte ich mir denken können.«

»Es ist gar nicht so leicht, Klamotten in meiner Größe aufzutreiben, die mir dann auch gefallen«, rechtfertigte sich Sandra.

»Ich finde, der Umhang passt zu dir«, schaltete sich Sophie ein, bevor Vanessa eine dumme Bemerkung über Sandras Modegeschmack machen konnte. Sie warf der Freundin einen warnenden Blick zu.

Glücklicherweise verstand Vanessa den Wink. Ohne weiteren Kommentar kramte sie ihren Geldbeutel aus der Handtasche. »Übrigens, auch wenn der Kaffee ungenießbar war, geht diese Runde auf mich!«

Fünfzehn Minuten später erreichten die Freundinnen die vierstöckige Altbauvilla, in der Sophie seit mehreren Jahren wohnte.

»Mistwetter!«, schimpfte Vanessa und schüttelte ihren Regenschirm aus, während Sophie die Haustür aufschloss. Froh darüber, ins Trockene zu kommen, drängten die drei Frauen in die Vorhalle. Hier roch es nach Bohnerwachs und Reinigungsmitteln, und die Bodenfliesen glänzten frisch geputzt. Eine breite Holztreppe mit Messinggeländer führte in die oberen Stockwerke.

Doch der Weg zur Treppe war versperrt, denn mitten im Flur stand ein knallroter Motorroller.

»Hoppla!« Überrascht blieb Vanessa stehen. »Was haben wir denn hier?«

»Das darf doch nicht wahr sein«, schimpfte Sophie. »Erst stolpere ich ständig über seine leeren Pizzakartons, dann stört er meine Nachtruhe, und jetzt parkt er auch noch sein Gefährt im Hausflur.«

»Von wem sprichst du?«

»Von meinem neuen Nachbarn. Er wohnt seit zwei Wochen neben mir und hat sich schon ziemlich unbeliebt gemacht.«

»Aber wenigstens wissen wir jetzt, wo wir uns eine Pizza bestellen können«, stellte Sandra fest und deutete auf den Gepäckträger des Rollers, auf dem eine große rote Box befestigt war.

Pizzeria Vianello, stand dort in dicken weißen Buchstaben auf der Kiste. *Pizza, Pasta & more, überall in Frankfurt, zu jeder Tages- und Nachtzeit, immer frisch für Sie zubereitet.*

»Dein Nachbar ist ein Pizzabote«, stellte Vanessa fest. »Das erklärt zumindest die leeren Pizzakartons und die merkwürdigen Arbeitszeiten.«

»Vielleicht gehört ihm die Pizzeria aber auch.« Sandra

war zu den Briefkästen gegangen und studierte nun die Namensschilder. »Er heißt nämlich Luca Vianello.«

»Luca Vianello«, wiederholte Vanessa. »Das klingt richtig gut. Sieht er auch dementsprechend aus?«

»Woher soll ich das wissen? Er schleicht meistens im Dunkeln durchs Haus.« Sophie zuckte mit den Schultern, trat neben Sandra an die Briefkästen und nahm ihre Post heraus. Flüchtig überflog sie die ersten beiden Umschläge, ein Brief von ihrer Versicherung sowie eine Kreditkartenabrechnung. Beides stopfte sie in ihre Handtasche und schaute sich dann die letzte Sendung an.

»Was ist das?«, fragte Sandra.

»Keine Ahnung.« Überrascht betrachtete Sophie das braune Päckchen, das keine Briefmarke trug und auf das mit Filzstift ihr Name geschrieben worden war. »Das ist die Handschrift meiner Stiefmutter.«

»Warum schreibt sie dir?«

»Vielleicht wollte Rosi mir irgendetwas vorbeibringen und hat mich nicht angetroffen.«

»Und dann hatte sie zufällig einen Umschlag und einen Filzschreiber dabei? Das glaube ich nicht.«

»Bei Rosi weiß man nie.«

Die beiden waren so vertieft in ihre Überlegungen, dass sie die Schritte auf der Treppe gar nicht bemerkten. Erst als Vanessa, die immer noch vor dem roten Moped stand, ein aufreizendes »Hallo!« flötete, blickte Sophie auf.

Vor ihr stand der neue Nachbar.

»Hallo zusammen!« Er schien es eilig zu haben, denn er nickte nur flüchtig und schob sich an ihnen vorbei zu seinem Motorroller.

Obwohl Vanessa im Weg stand, wich sie keinen Schritt zur Seite. »Schicker Roller!«

»Danke.«

»Gern geschehen. Bei Gelegenheit kannst du dich revanchieren.«

Sandra gab Sophie einen Stoß in die Seite und verdrehte theatralisch die Augen. Die Freundinnen kannten Vanessa lange genug, um zu wissen, dass ihr Interesse und ihr Jagdinstinkt geweckt waren.

Der Nachbar schien jedoch noch nicht bemerkt zu haben, dass er im Zentrum der Aufmerksamkeit stand.

»Womit soll ich mich revanchieren?«, fragte er zerstreut und stellte eine schwarze Werkzeugtasche auf den Boden.

»Mit einem Kompliment.«

»Wieso? Hast du auch einen Motorroller?«

»Nein.« Lässig warf Vanessa ihre Haare in den Nacken. »Aber ich bin mir sicher, dass du bei mir andere Eigenschaften findest, die ein kleines Kompliment verdienen.«

»Hm.« Zum ersten Mal schaute er sie richtig an. Und zwar gründlich. Schließlich blieb sein Blick an ihren langen Beinen hängen. »Ich denke, mir würde da tatsächlich etwas einfallen.«

»Äh ... danke!« Für einen kurzen Moment wirkte Vanessa etwas verlegen, wie Sophie schmunzelnd registrierte. Aber wie oft hatte man schon einen so gutaussehenden Mann neben sich stehen? Denn trotz ihrer Verärgerung über das Mofa im Flur musste Sophie zugeben, dass Luca Vianello sehr attraktiv war: groß und schlank, mit kurzen dunklen Haaren und aufmerksamen grauen Augen. Kein Wunder, dass ihre Freundin nervös wurde.

»Willst du eigentlich noch länger dort stehen bleiben?«, fragte er und kniete sich neben das Hinterrad.

»Warum?«

»Weil ich die Abdeckung für den Motor öffnen muss. Dabei könnte es ein wenig schmutzig werden. Es wäre schade um deine Hose.«

»Das macht nichts, das ist meine Arbeitshose«, versicherte Vanessa und hockte sich neben Luca. »Ist was kaputt? Vielleicht kann ich ja helfen.«

»Arbeitshose?«, flüsterte Sandra so leise, dass nur Sophie sie hören konnte. »Seit wann ist eine Designerjeans eine Arbeitshose?« Laut fügte sie in Richtung Vanessa hinzu: »Du hast doch überhaupt keine Ahnung von Motoren.«

»Dann sind wir ja schon zu zweit«, sagte Luca, während er den Motorraum öffnete und etwas ratlos in das Gewirr aus Kolben, Schläuchen und Kabeln starrte. »Und ausgerechnet heute habe ich es eilig!«

»Ich weiß, was zu tun ist.« Vanessa erhob sich und klopfte den Schmutz von ihrer Hose.

»So schnell? Du hast ja kaum hingeschaut.« Luca schüttelte zweifelnd den Kopf.

»Es liegt am Motor.«

»So weit war ich auch schon mit meinen Überlegungen.«

»Wer könnte in diesem Fall besser helfen als Sophie?«

»Welche Sophie?«

»Diese hier!« Vanessa deutete auf ihre Freundin, die immer noch mit dem großen Umschlag in der Hand vor ihrem Briefkasten stand und nun unwillkürlich zwei kleine Schritte rückwärts machte. Sie mochte es nicht, in den Mittelpunkt eines Gespräches zu rücken – und schon gar nicht, wenn sie diese Unterhaltung überhaupt nicht führen wollte!

Doch ihre Freundin ließ ihr keine Chance für Ausflüchte.

»Sie ist Physikerin und kennt sich bestens mit Diesel- und Elektromotoren aus. Mein Auto hat sie mir schon zweimal erfolgreich repariert, stimmt's, Sophie?«

Sophie nickte zögernd.

Luca warf ihr einen flüchtigen Blick zu. »Du wohnst neben mir«, stellte er nüchtern fest.

Wieder nickte Sophie.

»Und du verstehst was von Motoren? Kannst du vielleicht mal einen Blick auf diesen hier werfen?« Sein Tonfall wurde freundlicher. »Ich habe es nämlich wirklich eilig, du würdest mir sehr helfen.«

»Von mir aus.« Sophie gab den braunen Umschlag an Sandra weiter und kniete sich vor den Roller. Sorgfältig inspizierte sie den Motorraum. »Eine Zündkerze ist kaputt«, verkündete sie dann.

»Und was bedeutet das?«, wollte Luca wissen.

Sophie zog ein Taschentuch aus ihrer Jackentasche und wischte sich die Hände sauber. »Du brauchst eine neue Zündkerze, vorher wirst du nicht mehr fahren können.«

Leise stieß Luca ein paar italienische Flüche aus. »Wie soll ich denn jetzt von hier wegkommen?«

»Musst du in die Pizzeria?«, platzte Sandra heraus.

Er nickte überrascht. »Woher weißt du das?«

Sandra deutete auf die rote Box. »Das war nicht schwer zu erraten.«

Er lachte. »Kluges Mädchen.«

»Zufällig wollen wir heute sowieso Pizza bestellen«, bemerkte Vanessa und lächelte zuckersüß. Sie war augenscheinlich sehr zufrieden mit der Entwicklung der Dinge. »Soll ich dich fahren? Ich parke gleich um die Ecke.«

»Würdest du das wirklich tun?«

»Na klar. Als Dank könntest du uns eine leckere Pizza zubereiten und mir während der Wartezeit einen Cappuccino spendieren.«

»Einverstanden.« Er erhob sich.

»Moment bitte!«, schaltete sich Sophie ein. »Zuerst schaffst du dieses Ding aus unserem Hausflur!«

»Natürlich.« Er grinste entschuldigend. »Normalerweise hätte ich den Roller auch nicht hierhergebracht, aber da es so stark regnet, hatte ich keine andere Wahl.«

»Dafür hast du unser vollstes Verständnis«, versicherte Vanessa ihm mit einem umwerfenden Augenaufschlag. »Übrigens: Ich heiße Vanessa. Und das da sind Sophie und Sandra.«

»Ich bin Luca.«

»Das wissen wir schon«, sagte Sandra freundlich. »Wir haben vorhin dein Namensschild auf dem Briefkasten gelesen.«

»Komm!« Hastig zog Sophie Sandra mit zur Treppe, bevor die Freundin noch weitere Details ihrer vorausgegangenen Unterhaltung preisgeben konnte. Es reichte schon, dass sich Vanessa dem neuen Nachbarn an den Hals warf. Er sollte nicht auch noch denken, dass sie sich mehr Gedanken als nötig über ihn machten.

»Wir warten oben auf dich!«, rief sie Vanessa noch zu, bevor diese mit ihrer neuen Eroberung in den Regen verschwand.

»Du liebe Güte!«, schnaufte Sandra, als sie den vierten Stock erreicht hatten. »Wann wird in diesem Haus endlich ein Aufzug eingebaut?«

Sophie öffnete die Tür zu ihrer Wohnung. »Ich befürchte, nie. Aber wenn es dich tröstet: Treppensteigen hält schlank.«

»Gut, dass Vanessa mich nicht so kurzatmig sehen kann. Sie würde mir sofort ein paar Sportkurse verschreiben.«

»Keine Angst, sie hat gerade Wichtigeres zu tun. Es scheint ja auf Anhieb gefunkt zu haben.«

»Bei ihr funkt es immer auf Anhieb«, stellte Sandra fest. »Aber schon George Bernard Shaw sagte: ›Liebe auf den ersten Blick ist ungefähr so zuverlässig wie eine Diagnose auf den ersten Händedruck.‹«

»Wenn es in dem Tempo weitergeht, tauschen die beiden bald mehr aus als nur einen Händedruck.«

»Wetten, dass wir ihr trotzdem gleich jedes Wort aus der Nase ziehen müssen?« Achtlos ließ Sandra ihre Handtasche und den Regenumhang im Flur auf den Boden fallen und marschierte mit dem Päckchen in der Hand weiter in die Küche.

Sophie blickte ihr kopfschüttelnd nach. Sie hatte sich längst damit abgefunden, hinter Sandra herräumen zu müssen, und so hängte sie auch jetzt die Jacke ihrer Freundin ordentlich an der Garderobe auf und stellte die Tasche neben den Schirmständer.

»Hoffentlich denkt Vanessa an die Pizza«, sagte sie, als sie in die Küche kam. »Mit leerem Magen ertrage ich die Vorstellung nicht, dass sie etwas mit meinem Nachbarn anfängt.«

»Wieso nicht? Das könnte lustig werden. Dann wohnt ihr wieder Wand an Wand, so wie früher.«

»Lieber nicht! Die Wände sind hier nicht besonders dick. Ich möchte gar nicht wissen, was man alles mithören kann.«

Sandra lachte. Dann ließ sie sich mit einem erleichterten Stöhnen auf die kleine Eckbank am Fenster fallen und streckte die Beine aus. »Puh, das war ein anstrengender Tag! Wie wäre es jetzt mit einem Glas Sekt?«

»Gute Idee.« Sophie nahm die Flasche aus dem Kühlschrank und schenkte zwei Gläser ein. Dann setzte sie sich zu ihrer Freundin an den Tisch.

»Prost!« Sandra erhob ihr Glas.

»Auf besseres Wetter!«

»Auf Gummistiefel mit zwanzig Prozent Preisnachlass!«

»Hast du dir welche gekauft?«

»Ja. Und du?«

»Nein. Sie hatten keine mehr in meiner Größe.«

»Das ist der Vorteil, wenn man so kleine Füße hat wie ich. In meiner Größe gab es noch genügend Auswahl: dunkelblaue, knallgelbe und ein Paar mit Leopardenmuster.«

»Und welche hast du genommen?«, fragte Sophie, obwohl sie die Antwort bereits ahnte.

»Natürlich alle drei«, entgegnete Sandra dann auch prompt. »Bei diesem Wetter kann man gar nicht genug Gummistiefel im Schrank stehen haben.«

Sophie bezweifelte, dass ihre Freundin die Stiefel tatsächlich ordentlich im Schrank aufbewahrte. Vermutlich flogen sie irgendwo unter dem Bett herum und teilten den Platz mit vielen anderen Sachen, die Sandra spontan gekauft, einmal getragen und dann schnell wieder vergessen hatte. Der arme Steffen konnte einem leidtun! Ob er wohl schon erkannt hatte, welch große Chaotin seine Frau war? Wahrscheinlich, denn Sandras Unordnung ließ sich kaum verbergen.

Schmunzelnd nahm Sophie noch einen Schluck Sekt. Sie mochte Steffen und freute sich über das Glück der beiden. Vermutlich bestätigte sich hier das alte Sprichwort, dass Gegensätze sich anziehen, anders war diese Verbindung auch kaum zu erklären.

»Du siehst aus, als würde dich gerade etwas sehr amüsieren. Woran denkst du?«, wollte Sandra wissen.

»Ach, an nichts Bestimmtes«, antwortete Sophie diplomatisch und stellte ihr Glas auf den Tisch zurück. Dabei fiel ihr Blick auf den braunen Umschlag.

»Wollen wir nachschauen, was drin ist?«, fragte sie, um das Thema zu wechseln.

»Ja, unbedingt!« Neugierig rückte Sandra ein Stück näher, und gemeinsam beugten sich die beiden Frauen über den Brief, den Sophie aus dem Umschlag zog.

Liebe Sophie,
beim Ausräumen der letzten Kellerschränke habe ich heute dieses Poesiealbum gefunden. Ich glaube, es gehörte deiner Mutter. Deshalb ist es bei dir sicherlich besser aufgehoben als bei uns.

Liebe Grüße
Rosi

1. *PS: Ich stecke dir das Album in den Briefkasten, weil ich heute noch so viel zu erledigen habe und dich deshalb nicht persönlich besuchen kann.*
2. *PS: Aber am Freitag sehen wir uns wie verabredet beim Abendessen!*
3. *PS: Viele Grüße auch von Papa!*
4. *PS: Weißt du, wo ich diese durchsichtigen Beutel kaufen kann, die man an der Sicherheitskontrolle am Flughafen vorzeigen muss?*
5. *PS: Ich muss Schluss machen, es klingelt an der Tür. Wahrscheinlich ist es wieder irgendein Vertreter oder der Postbote.*

Sophie lächelte. Die vielen PS am Ende des Briefes waren typisch für ihre Stiefmutter. Rosi redete gern und viel, aber nur selten zog sich ein roter Faden durch ihre Gedanken. Es war nicht immer ganz einfach, ihren Aussagen zu folgen.

»Kennst du das Poesiealbum, von dem Rosi schreibt?«, erkundigte sich Sandra.

»Nein.« Sophie riss den braunen Umschlag noch ein wenig weiter auf und holte das Album heraus. Interessiert betrachtete sie den blauen Stoffeinband mit Goldrand, der an den Seiten schon etwas abgegriffen wirkte, und schlug dann die erste Seite auf.

Dieses Album gehört Angelika Schuster, Weidenstraße 8 in Havixbeck, stand dort in kindlicher Handschrift. Weiter unten war noch vermerkt: *Geschenkt von Oma Anni zu Nikolaus 1972.*

»Oma Anni!«, rief Sophie überrascht. »Das war meine Urgroßmutter. Als ich klein war, habe ich sie oft mit meinen Großeltern im Seniorenheim besucht.«

»Nikolaus 1972 …« Sandra rechnete nach. »Das ist schon mehr als vierzig Jahre her.« Behutsam strich sie mit der Hand über die Mädchenschrift. »Wie alt war deine Mutter damals?«

»Neun Jahre.«

»Dann ging sie vermutlich noch in die Grundschule. Seltsame Vorstellung, oder?«

»Was meine Mutter betrifft, bin ich es gewohnt, mir Dinge vorzustellen.« Gleichmütig zuckte Sophie mit den Schultern. »Ich war noch so klein, als sie starb, dass ich schon gar nicht mehr weiß, was eigene Erinnerungen sind und was ich nur aus den Erzählungen anderer Leute kenne.«

»Wie alt warst du, als sie starb?«

»Sieben.«

»Und was sind deine liebsten Erinnerungen?«

»Ein paar Szenen sind mir im Gedächtnis geblieben. Zum Beispiel, dass wir oft gemeinsam auf dem Spielplatz waren. Oder ihr Klavierspiel. Das werde ich nie vergessen.« Ein wehmütiger Ausdruck trat in Sophies Gesicht.

»Sie muss bei ihrem Tod noch sehr jung gewesen sein.«

»Ja, sie war erst siebenundzwanzig. Es war ein Autounfall, ein Lastwagenfahrer hat ihr die Vorfahrt genommen.« Sophie schluckte. »Sie ist noch am Unfallort gestorben.«

»Wie schrecklich!« Sandras dunkle Augen schimmerten voller Mitgefühl.

»Trotz allem, ich hatte Glück im Unglück, denn mein Vater und Rosi waren sofort für mich da und haben mich zu sich geholt.«

»Ja, die beiden sind tolle Eltern, das spürt man. Besonders Rosi ist ein Schatz.«

»Sie hat mich von Anfang an geliebt.« Sophie lächelte, als sie an ihre Stiefmutter dachte. »Das war nicht selbstverständlich.«

»Warum haben sich deine Eltern eigentlich getrennt? War Rosi der Grund?«

»Nein. Meine Eltern waren nie ein Paar, sie haben lediglich ein paar Nächte miteinander verbracht. Ich war sozusagen ein Unfall.«

»Wohl eher ein glücklicher Zufall«, korrigierte Sandra.

»Meine Mutter hat das ganz ähnlich gesehen«, bestätigte Sophie. »Sie hat immer gesagt, ich sei das Beste, was ihr passieren konnte, und sie hätte es nicht anders gewollt.«

»Ganz schön mutig! Vor dreißig Jahren hatten es ledige Mütter sicherlich noch schwer.«

»Ich glaube, es hat sie nie gestört, dass sie allein war. Sie hatte ja ihre Eltern bei sich und meinen Vater in der Nähe.«

»Und wann kam Rosi dazu?«

»Da muss ich vier oder fünf Jahre alt gewesen sein. Es gibt Hochzeitsfotos von Rosi und meinem Vater, auf denen ich mit rosa Kleid, geflochtenen Zöpfchen und Blumenkorb am Altar stehe und Blumen streue.«

»Wie süß!«

»Süß? Du kennst die Fotos nicht. Ein rosa Kleid und rote Rosen, und das bei meinen Haaren. Ich sah aus wie Pipi Langstrumpf im Lillifee-Kostüm!«

Sandra lachte.

»Aber Rosi hat das nicht gestört«, fuhr Sophie schmunzelnd fort. »Sie fand mich niedlich und hübsch.«

»Du bist immer noch niedlich und hübsch.«

»Das sagst du nur, weil du meine Freundin bist.«

»Nein, das ist die Wahrheit.« Sandra stupste sie in die Seite. »So, und nun lass uns endlich lesen!«

Vorsichtig schlug Sophie die nächste Seite im Poesiealbum auf. Hier hatte die kleine Angelika mehrere Blumenbilder eingeklebt und dazu Glückspilze und Kleeblätter gemalt. Unter dieses Kunstwerk hatte sie einen Spruch geschrieben:

Liebe Leute groß und klein,
schreibt mir in dieses Album rein.
Reißt nur ja keine Blätter raus,
sonst ist unsere Freundschaft aus!

»So etwas Ähnliches habe ich auch in meinem Poesiealbum stehen«, sagte Sandra. »Und dann habe ich noch allen Glück und Wohlergehen gewünscht.«

»Ich glaube, ich habe mein Album schon während der Schulzeit verloren.«

»Wie schade! Das sind ganz wunderbare Erinnerungen.«

»Hier, schau dir mal das an.« Sophie deutete auf eine filigrane Bleistiftzeichnung auf der nächsten Seite. Sie zeigte mehrere Vögel, Blumen und Schmetterlinge, die ein Gedicht einrahmten.

Jeden Tag zur Schule gehn
finde ich nicht wirklich schön.
Dass wir zwei uns wiedersehn,
lässt mich trotzdem täglich gehn.

Dieses schrieb dir zur steten Erinnerung deine beste Freundin Marita Hoffmann

Havixbeck, im Dezember 1972

»Hat deine Mutter jemals von dieser Marita erzählt? Kennst du sie?«

Nachdenklich runzelte Sophie die Stirn. »Ich kann mich leider nicht daran erinnern.«

Sie blätterte weiter. Auf die nächste Doppelseite waren links Glanzbilder von pausbäckigen Engeln geklebt worden. Auf der rechten Seite stand in krakeliger Kinderschrift:

Ins Album schreib ich gern hinein,
denn ich will nicht vergessen sein.
Doch auch im Herzen will ich stehen,
weil's Album könnt verlorengehen.

Dieses schrieb dir, lieb und fein,
deine Freundin Beate ein.

Auf der folgenden Seite hatte eine Schulfreundin mit Namen Christine eine lachende Sonne in die Mitte des Blattes gemalt. In den Ecken stand:

Blaue Augen,
roter Mund,
liebe Angelika,
bleib gesund!

Sandra lachte. »Ein Klassiker! Ich glaube, den hat jede in ihrem Album stehen.«

»Ich kenne noch einen Spruch, der nicht fehlen darf.

Mal sehen, ob er auch hier zu finden ist.« Neugierig schlug Sophie die letzte Seite des Albums auf und deutete auf das Gedicht. »Habe ich es mir doch gedacht!«

Ich hab mich hinten angewurzelt,
dass niemand aus dem Album purzelt,
und wer dich lieber mag als ich,
der schreibe sich noch hinter mich!

April 1973, zur Erinnerung an
deine Mitschülerin Sabine Voss

»Den Spruch habe ich auch auf der letzten Seite stehen!«, rief Sandra.

»Tja, dann scheint sich bei den Freundschaftsgedichten wohl nicht viel geändert zu haben.«

»Oder die Klassiker sind so gut, dass man keine neuen Sprüche braucht.«

»Haben die Kinder heutzutage überhaupt noch Poesiealben?«, wollte Sophie wissen.

»Ich glaube, heute werden eher Freundschaftsbücher herumgereicht. Du weißt schon, diese Bücher, wo man seinen Steckbrief eintragen muss: Lieblingsfarbe, Lieblingsgericht, Lieblingssänger und so weiter.«

»Ja, die kenne ich. Die gab es sogar schon, als ich klein war. Sie sind sehr praktisch, und man erfährt auch viel mehr über seine Freunde.«

»Schade ist nur, dass dabei die Poesie auf der Strecke bleibt.«

»Du meinst, solche Kunstwerke wie diese hier?« Sophie hatte mittlerweile zurückgeblättert und zeigte ihrer Freundin nun schmunzelnd mehrere Beispiele.

Rosen, Tulpen, Nelken,
alle Blumen welken,
nur die eine nicht,
und die heißt Vergissmeinnicht.

April 1973, von deiner Freundin
Stefanie Teipel

hatte eine Mitschülerin in grüner Tinte geschrieben und die Zwischenräume der Buchstaben mit roter Farbe ausgemalt. Gleich danach folgte der Spruch eines weiteren Mädchens:

Liebe Angelika, sei so schlau,
werde niemals Ehefrau!
Vor der Ehe kriegst du Rosen,
in der Ehe flickst du Hosen.

Dieses schrieb dir
deine Freundin Andrea

Dazu passend hatte das Mädchen die linke Seite mit einer Wäscheleine und löcherigen Hosen bemalt.

»Wie gut, dass ich das nicht vor meiner Hochzeit gelesen habe!«, scherzte Sandra und überflog amüsiert die nächsten beiden Gedichte.

Wenn du einst nach vielen Jahren
dieses Büchlein nimmst zur Hand,
denk dran, wie froh wir waren
auf der alten Schülerbank.

Zur Erinnerung an deine
Schulfreundin Elke Siebert, im Mai 1973

Und eine Seite weiter:

Sei wie das Veilchen im Moose,
so sittsam, bescheiden und rein.
Nicht wie die stolze Rose,
die immer bewundert will sein.

In den Kranz der Erinnerung flicht
sich ein: deine Schulfreundin Birgit.

»Einflechten in den Kranz der Erinnerung«, wiederholte Sandra langsam. »Was für ein schönes sprachliches Bild.«

Sophie blätterte weiter. »Oh, guck mal hier!«

Von meiner Brieffreundin Jenny Schwarck aus der DDR, hatte Angelika geschrieben und gleich darunter ein Stück Papier eingeklebt, das anscheinend aus einem Brief ausgeschnitten worden war.

Nicht der, der mit dir lacht,
nicht der, der mit dir weint,
nur der, der mit dir fühlt,
das ist der wahre Freund!

Gewidmet in lieber Erinnerung
von deiner Jenny Schwarck aus Lichterfelde

»Stimmt, damals gab es noch die DDR«, stellte Sandra fest. »Das kann man sich heute gar nicht mehr vorstellen.«

»Und man schrieb sich echte Briefe«, ergänzte Sophie. »Auch das erscheint heute ziemlich überholt.«

Beinahe ehrfürchtig betrachtete Sandra das Poesiealbum. »Das ist ein kleines Stück Zeitgeschichte. Du musst es gut behandeln.«

»Zu spät! Irgendjemand hat nämlich auf der nächsten Seite ziemlich geschmiert.« Sophie fuhr mit dem Finger über ein paar Fettflecken. »Diese Freundin scheint nicht besonders sorgfältig gewesen zu sein.«

»Ihr Gedicht ist auch nicht sehr originell«, stellte Sandra nach einem Blick auf die Seite fest.

Wenn dich die bösen Buben locken,
bleib zu Haus und stopfe Socken.

Von deiner Schulfreundin Petra Mayer

»Kurz und knapp.« Sophie schmunzelte. »Vermutlich war sie gar keine richtige Freundin, sondern nur irgendeine Mitschülerin.«

»Hast du auch alle Mädchen deiner Klasse gefragt, ob sie dir ins Album schreiben?«

»Ja klar.«

»Ohne Ausnahme? Selbst die, die sonst keiner mochte?«

»Natürlich. Ich hatte Mitleid mit ihnen.«

»Das spricht für dich.« Sandra nickte zufrieden. »Mir ging es übrigens genauso. Ich habe auch immer alle gefragt.«

»Etwas anderes hätte ich von dir auch nicht erwartet.« Einträchtig beugten sich die beiden Frauen wieder über das Poesiealbum und blätterten weiter, bis sie zum letzten Eintrag kamen. Er stammte aus dem Jahr 1976.

Man sollte die Dinge so nehmen,
wie sie kommen.
Aber man sollte auch dafür sorgen,
dass die Dinge so kommen,
wie man sie möchte.

Zur Erinnerung an deine Klavierlehrerin
Romana Rautenberger, 14. Oktober 1976

»Zeig mal her!« Aufgeregt zog Sandra das Poesiealbum näher zu sich heran und rückte ihre Brille gerade. »Tatsächlich, da steht: Romana Rautenberger.«

»Ja und?«

»Weißt du nicht, wer das ist?«

»Romana Rautenberger«, wiederholte Sophie langsam und dachte angestrengt nach.

»Das ist eine bekannte Politikerin aus Berlin, die sich für die Rechte älterer Menschen einsetzt«, erklärte Sandra. »Sie hat sogar eine eigene Partei gegründet, die ›Senoritas‹.«

»Ja, jetzt erinnere ich mich. Neulich habe ich ein Interview mit ihr in einer Zeitschrift gelesen. Eine beeindruckende Persönlichkeit!« Sophie warf einen zweifelnden Blick auf das Poesiealbum. »Ich glaube nur nicht, dass das dieselbe Romana Rautenberger ist, die hier im Album steht.«

»Doch, das muss sie sein. Erstens ist der Name sicher nicht sehr häufig. Und zweitens hat sie vor kurzem in einer Talkshow erzählt, dass sie ihre Eltern früh verloren hat und danach ganz auf sich alleingestellt war. Während des Studiums musste sie Klavierstunden geben, um ihren Lebensunterhalt zu finanzieren.«

»Das könnte passen.«

»Hat deine Mutter nie über sie gesprochen?«

»Nein.«

»Wie schade.«

»Ja, schade …« Sophie räusperte sich, um den Kloß loszuwerden, der ihr auf einmal im Hals saß.

Allmählich wurde es ihr bewusst, was für ein kostbares Erinnerungsstück sie in den Händen hielt. Dieses Album musste einmal der größte Schatz der jungen Angelika gewesen sein. Wie oft sie wohl neugierig durch die Seiten geblättert hatte, wenn eine ihrer Freundinnen ihr das Album zurückgab? Ob sie es später, als Erwachsene, noch ein paarmal zur Hand genommen hatte?

Vermutlich schon, denn sonst wäre es wohl längst in den Müll gewandert – wie so viele andere Dinge aus Angelikas Jugendzeit. Ihre Mutter hatte nicht viel davon gehalten, Erinnerungsstücke aufzubewahren.

»Wer weiß, wohin es mich in Zukunft noch verschlägt«, hatte sie ihrer Tochter mit einem fröhlichen Lachen erklärt. »Es ist immer gut, mit wenig Gepäck zu reisen.«

Und so waren Sophie nicht viele persönliche Dinge von ihrer Mutter geblieben. Nur die üblichen Fotos, ein struppiger Teddybär, der als Dekoration auf ihrem Sofa saß, und das alte Klavier, das einen Ehrenplatz neben dem Fenster gefunden hatte.

Jetzt aber bekam sie gleich eine ganze Sammlung von kleinen, schön gestalteten Erinnerungen geschenkt, die Angelikas Freundinnen vor vielen Jahren für sie verfasst hatten. Damals war sie noch sehr jung gewesen und hatte geglaubt, das ganze Leben noch vor sich zu haben. Dabei waren es gerade einmal achtzehn Jahre, die ihr bleiben sollten.

Traurig starrte Sophie auf das Album. Das Bild verschwamm vor ihren Augen. Sandra warf ihr einen prüfenden Seitenblick zu.

»Oje!«, flüsterte sie und legte tröstend den Arm um ihre Freundin.

»Entschuldige«, seufzte Sophie. »Es ist nur … ach, ich weiß es auch nicht genau. Irgendwie bin ich gerade sehr gerührt, gleichzeitig aber auch ziemlich deprimiert.«

»Kein Wunder! Selbst ich bin ergriffen von diesen wunderschönen Erinnerungen.«

»Das ist es aber nicht allein. Ich bin auch ein wenig enttäuscht, weil ich mit diesem Poesiealbum im Grunde gar nichts anfangen kann.«

»Das würde ich nicht so sehen. Viele Freundinnen deiner Mutter haben sich dort verewigt.«

»Aber wie du gerade bemerkt hast, kenne ich keine einzige von ihnen!«

»Falls es dich tröstet: Ich kenne die Freundinnen meiner Mutter auch nicht alle persönlich. Und auf die Bekanntschaft von einigen, die ich kennenlernen durfte, hätte ich liebend gern verzichtet.«

Trotz ihrer Tränen musste Sophie lächeln.

»Und jetzt hast du dieses wunderschöne Poesiealbum mit den Namen ihrer Freundinnen«, fuhr Sandra fort. »Statt zu weinen, solltest du dich darüber freuen, ein Stück ihrer Vergangenheit geschenkt bekommen zu haben.«

Sophie wischte ihre Tränen fort. Sandras liebevoller Zuspruch tat ihr gut. Wie immer fand ihre Freundin auch heute die richtigen Worte. Außerdem hatte sie gerade etwas gesagt, das Sophie zum Nachdenken brachte.

»Die Namen ihrer Freundinnen«, sagte sie leise.

Ein Gedanke formte sich in ihrem Kopf, spannend und verlockend zugleich. Ja! Sie hatte jetzt Namen. Und hinter diesen Namen steckten Menschen – Frauen, die sich erinnern würden. Die ihr etwas zu sagen hatten. Die erzählen konnten.

Sie musste diese Frauen lediglich finden.

Begeistert von ihrem eigenen Plan, sprang sie auf. »Ich habe gerade eine tolle Idee!«

»Erzähl«, forderte Sandra, sichtbar erleichtert über den plötzlichen Stimmungswechsel.

Sophie deutete auf das Album. »Dieses Buch ist vielleicht doch nicht ganz so nutzlos, wie ich dachte. Es könnte der Schlüssel zu weiteren Erinnerungen an meine Mutter sein.«

»Das sage ich doch schon die ganze Zeit!«

»Ich werde aber mehr tun als nur darin blättern.«

»Wie meinst du das?«

»Na, ganz einfach: Ich werde die Mädchen, die ins Album geschrieben haben, ausfindig machen. Sie haben bestimmt noch die eine oder andere kostbare Erinnerung an meine Mutter.«

»Was für eine schöne Idee! Darf ich dir dabei helfen?«

»Na klar.«

»Dann lass uns einen Plan machen«, forderte Sandra, doch in diesem Moment klingelte es an der Tür.

»Das muss Vanessa sein.« Sophie eilte in den Flur und drückte auf den Türöffner. Nur wenig später stand Vanessa vor ihr, frisch und entspannt wie immer. Sie war die Einzige, die die vielen Stufen bis in den vierten Stock ohne Anstrengung bewältigen konnte.

»Da bin ich wieder!« Gut gelaunt balancierte sie zwei riesige Pizza-Kartons in die Küche und zog dabei den Duft nach warmem Käse, Zwiebeln und Knoblauch hinter sich her. »Warum sitzt ihr hier ohne Licht?«

Sophie warf einen Blick durchs Fenster. Draußen dämmerte es bereits, und immer noch perlten dicke Tropfen die Scheibe hinunter.

»Dieser blöde Regen macht es so schnell dunkel«, schimpfte sie und knipste das Küchenlicht an. »Wir haben es gar nicht bemerkt, weil wir uns die ganze Zeit unterhalten haben.«

»Muss ja ein spannendes Thema gewesen sein!« Aufmerksam musterte Vanessa ihre Freundin. Es entging ihr nicht, dass sie geweint hatte. »Was ist los?«

»Das erzählen wir dir in Ruhe beim Essen.« Sandra

rückte ein Stück zur Seite und machte Vanessa auf der Eckbank Platz. »Jetzt berichtest du uns erst einmal, wie dein Date mit Luca Vianello gelaufen ist.«

»Gut.«

»Backen kann er auf jeden Fall«, stellte Sophie zufrieden fest, während sie einen Karton öffnete und die Pizza auf drei Teller verteilte. »Das sieht lecker aus!«

»Die Pizza ist nicht von ihm, sondern von seiner Mutter. Er selbst fährt nur die Bestellungen aus.«

»Heute kann er aber nicht fahren«, gab Sandra zu bedenken und fischte sich eine Olive von der Pizza. »Wie wir alle wissen, ist sein Motorroller kaputt.«

»Sein Vater hat zum Glück noch einen alten Lieferwagen, den er nehmen kann«, erzählte Vanessa.

»Und er fährt wirklich nur Pizza aus?« Sophie schüttelte ungläubig den Kopf. »Kann man davon leben?«

»Anscheinend schon, aber wir haben uns nicht weiter über Berufliches unterhalten.«

»Sondern?«, hakte Sandra nach.

»Über dieses und jenes.«

»Du bist ja mal wieder wahnsinnig mitteilsam!«

»Was möchtest du hören?«

»Alles.« Sandra biss ein großes Stück Pizza ab und schaute ihre Freundin erwartungsvoll an.

Doch Vanessa ließ sich Zeit. Es schien ihr Spaß zu machen, ihre neugierigen Freundinnen noch etwas hinzuhalten.

»Kann ich etwas zu trinken haben?«, fragte sie und zog sich umständlich ihre Kapuzenjacke aus.

Sophie nickte und füllte ein weiteres Glas mit Sekt.

»Das tut gut«, seufzte Vanessa, nachdem sie einen Schluck genommen hatte. Entspannt lehnte sie sich zurück.

»Vanessa!«, protestierte Sandra mit vollem Mund.

»Also gut, hier hast du deinen heißersehnten Bericht: Das *Vianello* ist recht klein, aber sehr gemütlich. Ungefähr zehn Tische, viele Kerzen und italienische Musik im Hintergrund. Ein typischer Familienbetrieb. Die Mama steht in der Küche, der Papa hinter der Theke, Luca fährt Bestellungen aus, und seine beiden Schwestern machen den Service.«

»Und weiter?«

»Was weiter?«

»Jetzt kennen wir die Inneneinrichtung und die Statisten. Was ist mit den beiden Hauptdarstellern?«

»Da gibt es nicht viel zu erzählen. Luca hat mir einen Cappuccino spendiert, und für die Pizza musste ich auch nichts bezahlen.«

»Das ist nett von ihm.«

»Ja, er ist nett.« Vanessa lächelte versonnen. »Sehr, sehr nett.«

»Viel mehr als das wirst du aus ihr nicht herausbekommen«, raunte Sophie Sandra zu.

»Ich weiß«, kicherte die Freundin. »Die Doppelung des Adverbs ›sehr‹ war für ihre Verhältnisse schon so etwas wie ein emotionaler Durchbruch.«

»Schluss damit!«, schimpfte Vanessa. »Kommen wir lieber zu euch beiden. Was war so interessant, dass ihr darüber sogar das Tageslicht vergessen habt?«

Eine halbe Stunde später waren die Freundinnen von der Küche ins Wohnzimmer gewandert und hatten es sich auf dem blauen Plüschsofa gemütlich gemacht.

»Du hast also das Poesiealbum deiner Mutter gefunden und möchtest ein paar ihrer Freundinnen aufspüren, um mehr über sie zu erfahren«, fasste Vanessa die Unterhaltung beim Abendessen noch einmal zusammen.

Ihre kühle und sachliche Art hatte sich wohltuend auf Sophies Stimmung ausgewirkt. Sie wirkte jetzt gelöst und ausgeglichen.

»Ich glaube, es ist einen Versuch wert.«

»Warum machst du es dir nicht einfacher und fragst bei deinem Vater und Rosi nach?«

»Weil die mir schon alles erzählt haben, was sie wissen.«

»Und was ist mit den Eltern deiner Mutter?«

»Die sind beide schon vor vielen Jahren gestorben.«

»Gibt es irgendwelche anderen Verwandten?«

»Nein, leider nicht. Meine Mutter war ein Einzelkind, und alle Verwandten sind schon lange tot.«

»Wie schade!«

»Dafür hat mein Vater eine sehr große Familie, aber das nutzt mir in diesem Fall wenig.« Sophie seufzte. »Verstehst du nicht, Vanessa? Diese Frauen aus dem Album sind meine einzige Chance, noch etwas über meine Mutter zu erfahren.«

»Ich halte nicht viel davon, alte Erinnerungen aufzufrischen. Vorbei ist vorbei. Das Einzige, was zählt, ist das Hier und Jetzt.«

Sandra sah aus, als wolle sie widersprechen, doch noch bevor sie etwas sagen konnte, redete Vanessa weiter. »Du gräbst ja auch nicht deine alten Tagebücher aus und forschst nach den Jungen, für die du früher mal geschwärmt hast.«

Jetzt mischte sich Sandra doch ein. Aufgeregt hob sie den Zeigefinger und begann zu erzählen. »Eine ehemalige Kollegin von mir hat genau das gemacht. Sie ist sogar noch einen Schritt weiter gegangen und hat die Traumprinzen ihrer Jugendzeit persönlich aufgesucht.«

»Und was hat das gebracht?«, wollte Vanessa wissen. »Gar nichts, vermute ich.«

»Auf den ersten Blick tatsächlich nichts. Keiner der Männer entsprach ihren Erwartungen.«

»Siehst du, Sophie?«

»Aber dann ist sie doch noch fündig geworden, sozusagen vor ihrer eigenen Haustür«, fuhr Sandra fort. »Sie hat ihren Sandkastenfreund geheiratet, einen Tierarzt. Heute lebt sie mit ihm und den beiden Kindern auf dem Land.«

»Also, ich weiß nicht ...« Nachdenklich schüttelte Vanessa den Kopf. »Es macht einen großen Unterschied, ob man in seiner eigenen Vergangenheit herumstochert oder in der eines anderen Menschen. Woher willst du wissen, dass dir immer die Wahrheit gesagt wird?«

»Warum sollten die Freundinnen meiner Mutter mich anlügen?«, fragte Sophie erstaunt.

»Weil jeder Mensch seine eigene Wahrnehmung hat.« Vanessa nahm das Poesiealbum zur Hand und blätterte durch die Seiten. »Ich schätze, es sind ungefähr dreißig Einträge. Das bedeutet, dass du dreißig verschiedene Versionen über die Persönlichkeit deiner Mutter zu hören bekommst. Wie willst du entscheiden, welche der Wahrheit entsprechen?«

»Das ist mir gar nicht so wichtig. Ich weiß, dass man sich nach so vielen Jahren nicht an alles erinnern kann.«

»Schlimmer noch: Man redet sich seine eigene Vergangenheit schön.«

»Na und? Was ist so schlimm daran, wenn wir dreißig nette Geschichten zu hören bekommen? Ich stelle mir das ganz interessant vor.«

»Oder auch furchtbar langweilig.«

»Von wegen langweilig! Ich liebe diese alten Geschichten«, mischte sich Sandra in den Wortwechsel ein.

»Das überrascht mich jetzt nicht wirklich«, sagte Vanessa. »Aber mal abgesehen von deinen hohen Erwartungen: Habt ihr schon an die praktische Umsetzung gedacht? Wie wollt ihr die Frauen ausfindig machen?«

»Das ist doch heutzutage mit Internet kein Problem mehr.«

»Dein Plan scheitert mit Sicherheit daran, dass die meisten Frauen nicht auffindbar sein werden. Sie haben irgendwann geheiratet, und ihr Nachname hat sich geändert.«

»Macht nichts, ein paar werden wir auf jeden Fall erwischen.«

»Und dann?«

»Dann schreiben wir eine Mail oder einen Brief an die Frauen und bitten sie, sich bei Sophie zu melden.«

Sophie warf Vanessa einen fragenden Blick zu. »Und? Bist du dabei?«

»Sieh es doch mal positiv«, versuchte Sandra die Freundin zu überreden. »Wenn wir in dieser Woche öfter bei Sophie sind, um ihr zu helfen, hast du große Chancen, Luca über den Weg zu laufen.«

»Du weißt genau, mit welchem Argument du mich überzeugen kannst«, brummte Vanessa.

»Das sollte ich in den letzten zehn Jahren gelernt haben, sonst wäre ich eine schlechte Freundin.«

»Aber ich kann nicht jeden Tag herkommen. Ab und zu muss ich in meinem Studio Kurse geben.«

»Kein Problem. Ich habe ja auch noch einen Ehemann zu Hause, um den ich mich kümmern möchte.«

»Dann sind wir uns also einig?« Aufgeregt schaute Sophie von einer zur anderen. »Ihr helft mir dabei, die Freundinnen meiner Mutter aufzuspüren?«

»Ja, das tun wir.« Sandra erhob ihr Glas. »Auf gutes Gelingen!«

»Prost!«, sagte Sophie.

Beide warfen Vanessa einen auffordernden Blick zu.

»Ja, ja, prost!«, murmelte diese. »Ich mache auch mit. Was bleibt mir denn anderes übrig?«

3

In den nächsten Tagen nutzte Sophie jede freie Minute, um im Internet nach den Adressen der Freundinnen ihrer Mutter zu suchen. Doch so einfach, wie Sandra es sich vorgestellt hatte, waren die Nachforschungen nicht.

Einige der Mädchen schieden von vornherein aus, weil sie im Poesiealbum lediglich ihren Vornamen genannt hatten. Andere waren trotz intensiver Recherche nicht auffindbar. Letztendlich konnte Sophie nur vierzehn Adressen ermitteln.

»Das macht nichts«, tröstete Sandra sie. »Vierzehn sind mehr als genug.«

Eifrig setzte sich Sophie danach wieder an ihren Laptop und schrieb vierzehn E-Mails. Postwendend erhielt sie drei ablehnende Antworten von Frauen, die sich nicht an ihre Mutter erinnern konnten.

»Ist auch nicht schlimm«, sagte Sandra. »Es ist besser, sie sagen gar nichts, als dass sie dir etwas Falsches erzählen.«

Doch bis zum Donnerstagnachmittag kamen weitere Absagen hinzu. Selbst Sandra fand keine aufmunternden Worte mehr, als sie zu dritt bei einem Kaffee in Sophies Küche saßen und den Stapel mit den ausgedruckten E-Mails durchsahen.

»Diese Frau schreibt, dass sie nur ein gemeinsames

Schuljahr mit deiner Mutter hatte. Und hier sagt eine, dass sie nach einer Blinddarmoperation für eine Woche mit deiner Mutter zusammen im Krankenhaus lag, sie aber leider danach nie wiedergesehen hat.« Enttäuscht blätterte Sandra durch die Antworten. »Eine Dritte meint, dass deine Mutter sehr nett gewesen sei, dass sie aber keine weiteren Erinnerungen mehr an sie habe. Wie schade!«

»Ein paar Antworten sind zwar etwas ausführlicher«, ergänzte Sophie, »aber darin geht es nur um so belanglose Themen wie gemeinsame Schulausflüge, Geburtstagsfeiern und Kinobesuche. Alles Dinge, die jedes Mädchen während der Schulzeit macht.«

»Was hast du denn erwartet?«, fragte Vanessa. »Etwa eine ausführliche Charakterbeschreibung?«

»Nein, aber zumindest ein paar persönlichere Worte.«

»Ich verstehe das nicht.« Sandra runzelte die Stirn. »Gibt es denn keine einzige vernünftige Rückmeldung?«

»Doch!« Sophie erhob sich und holte einen dünnen Stapel Papier aus dem Küchenregal an den Tisch. »Hier ist ein sehr nettes Schreiben von einer Marita Köster aus Havixbeck. Sie hat sich total gefreut, dass ich Kontakt zu ihr aufgenommen habe.«

Liebe Sophie,
ich kann dir gar nicht sagen, wie gerührt ich war, als ich deine Mail gelesen habe. Angelikas kleine Tochter möchte mich kennenlernen!

Du ahnst nicht, wie gern ich dich treffen möchte. Angelika war meine beste Freundin, schon von der Grundschule an. Wir haben ständig aneinandergehangen – bis zu ihrem Umzug von Havixbeck nach Frankfurt. Erst danach haben wir nicht mehr viel voneinander gehört. Dennoch hat mir die Nachricht von ihrem viel zu frühen Tod furchtbar weh getan.

Ich war natürlich bei der Beerdigung und habe dich aus der Ferne beobachtet. Damals hast du deiner Mutter sehr ähnlich gesehen. Ist das immer noch so? Warum kommst du nicht einmal hier in Havixbeck vorbei? Ich kann dir viele schöne Geschichten erzählen. Du bist jederzeit willkommen! Da wir einen großen Bauernhof haben, der versorgt werden muss, bin ich so gut wie immer zu Hause. Du brauchst dich also nicht lange vorher anzumelden.

Ganz herzliche Grüße
deine Marita Köster, geb. Hoffmann

»Das muss eine sehr warmherzige und freundliche Person sein«, sagte Sandra, nachdem sie den Brief gelesen hatte. »Kannst du dich an sie erinnern? Anscheinend habt ihr euch ja auf dem Friedhof gesehen.«

»Nein, leider nicht.«

»Wie solltest du auch?«, fragte Vanessa. »Bei einer Beerdigung guckt man nicht jeden an, der am Grab steht. Außerdem warst du noch ein Kind.«

»Marita kann mir sicherlich viel erzählen«, vermutete Sophie. »Ich werde sie auf jeden Fall besuchen.«

»Das war ja klar«, stöhnte Vanessa. »Kaum ist eine positive Antwort da, rennt Sophie los.«

»Rennen reicht wohl nicht aus. Ich werde fahren müssen.«

»Wo liegt dieses Havixbeck überhaupt? Von dem Ort habe ich noch nie etwas gehört.«

»Das ist bei Münster in Westfalen.«

»So weit weg? Wie ist deine Familie denn da gelandet?«

»Mein Großvater wurde als Vertriebsleiter von Frankfurt nach Münster versetzt, noch bevor meine Mutter zur Welt kam.«

»Und wie lange haben sie in Havixbeck gelebt?«

»Bis kurz vor meiner Geburt. Dann sind sie zurück nach Frankfurt gezogen.«

»Bist du jemals dort gewesen?«

»Nein.« Sophie schüttelte den Kopf. »Meine Mutter hatte wohl nie das Bedürfnis, zurückzukehren. Seltsam, oder?«

»Ich kann das verstehen«, entgegnete Vanessa. »Ich bin auch immer froh, wenn ich den jährlichen Verwandtenbesuch in Stuttgart hinter mir habe. Manche Leute hängen nun mal nicht ganz so sehr an ihrer Heimat.«

»Havixbeck«, murmelte Sandra gedankenverloren. »Havixbeck ...« Dann schlug sie mit der Faust auf den Tisch. »Jetzt weiß ich es!«

»Was weißt du?« Vorsichtshalber hielt Vanessa ihre Kaffeetasse fest.

»Havixbeck liegt gleich neben Burg Hülshoff!«

»Tja, jetzt, wo du es sagst«, spottete Vanessa. »Da weiß doch gleich jeder Bescheid.«

»Auf Burg Hülshoff wurde Annette von Droste-Hülshoff geboren, eine der bekanntesten deutschen Dichterinnen«, erklärte Sandra begeistert. »Da wollte ich immer schon mal hin.«

»Hast du noch so einen schönen Brief?«, fragte Vanessa und lächelte amüsiert. »Oder wollen wir mit dem Weiterlesen warten, bis Sandra sich beruhigt hat?«

»Vielleicht nehmen wir zuerst dieses Schreiben hier, das ist kurz und sachlich formuliert und wird deshalb wohl keine Begeisterungsstürme auslösen.« Sophie nahm ein weiteres Blatt Papier in die Hand.

Sehr geehrte Frau Lensing,
wir bedanken uns hiermit herzlich für Ihre E-Mail. Im Namen von Frau Rautenberger möchten wir Sie bitten, einen Ter-

min mit unserem Büro zu vereinbaren, wenn Sie mal wieder in Berlin sind.

Bis dahin verbleiben wir
mit freundlichen Grüßen
Iris Klettner
(Leiterin Sekretariat Romana Rautenberger)

»Was soll das denn sein?« Vanessa schüttelte verständnislos den Kopf. »Klingt wie eine lieblose Standardantwort.«

»Romana Rautenberger ist eine vielbeschäftigte, erfolgreiche Politikerin«, erklärte Sandra. »Mehr als das kann man wohl nicht erwarten.«

»Leider!« Sophie seufzte enttäuscht. »Ich hatte mir mehr von ihr erhofft. Als Klavierlehrerin hatte sie immerhin regelmäßig Kontakt zu meiner Mutter. Sie muss sie gut gekannt haben.«

»Vielleicht hat sie deine Anfrage gar nicht selbst gelesen«, vermutete Sandra.

»Eigentlich ist es auch egal.« Sophie zuckte mit den Schultern. »Ich finde das Schreiben ziemlich unsympathisch und will sie sowieso nicht treffen.«

»Noch eine weniger auf der Liste! Wie viele sind jetzt übrig?«

»Genau noch eine.« Mit diesen Worten faltete Sophie das letzte Schreiben auseinander. »Aber das ist ein Volltreffer.«

Liebe Sophie,
genau dreiundzwanzig Jahre habe ich auf den Tag gewartet, an dem Sie sich bei mir melden. Dreiundzwanzig Jahre sind seit dem Tod Ihrer lieben Mutter vergangen. Ich stand damals an ihrem Grab, kurz nach Öffnung der innerdeutschen

Grenze, und habe das Schicksal verflucht. Jahrelang hatte ich gehofft, Ihre Mutter persönlich treffen zu können. Und dann, als die Mauer fiel, blieben mir nur noch eine Todesanzeige und ein Blick auf einen verzinkten Eichensarg.

Ich habe mich nie ganz von meiner Trauer erholt. Umso mehr freut es mich, dass ich jetzt die Möglichkeit habe, Sie kennenzulernen.

Wie Sie wissen, waren Ihre Mutter und ich Brieffreundinnen. Ich habe alle Briefe von Angelika aufbewahrt und würde sie Ihnen gern zeigen. Sie werden beim Lesen feststellen, was für ein wunderbarer Mensch Ihre Mutter war. Sie hat mir auch Fotos geschickt und so manche Musikkassette (wie sie es damals geschafft hat, diese durch die DDR-Postaufsicht zu schmuggeln, ist mir bis heute ein Rätsel!).

Leider kann ich in nächster Zeit nicht zu Ihnen nach Frankfurt kommen, da ich vor kurzem Oma geworden bin und jetzt während der Woche auf meinen Enkel aufpassen muss. Aber vielleicht haben Sie Lust, zu mir nach Lichterfelde zu kommen? Ich würde mich wirklich sehr freuen.

Ihre Jenny Haage

»Lichterfelde. Schon wieder ein unbekannter Ort. Wo liegt das?«, wollte Vanessa wissen.

»In Brandenburg, zwischen Wittenberg und dem Spreewald«, antwortete Sophie. »Ich habe es im Autoatlas nachgeschlagen, gleich nachdem die E-Mail kam.«

»Das ist nicht gerade um die Ecke.«

»Nein. Aber ich werde trotzdem hinfahren und das mit dem Besuch bei Marita Köster verbinden. Von Frankfurt nach Havixbeck sind es ungefähr dreihundert Kilometer und weiter nach Lichterfelde noch mal fünfhundert. Und die Strecke ist landschaftlich sehr schön.«

»Deine Planung hört sich ziemlich konkret an«, stellte Vanessa überrascht fest.

»Ja die Route steht. Eigentlich fehlt mir nur noch ein fahrbarer Untersatz …«

Vanessa runzelte die Stirn. »Wieso siehst du mich dabei an?«

»Du hast ein schickes Auto.«

»Ja und?«

»Ich nicht.«

»Du wolltest nie eins.«

»Normalerweise brauche ich auch kein Auto, ich fahre Zug.«

»Du könntest auch jetzt mit der Bahn fahren.«

»Dann bin ich ewig unterwegs und muss tausendmal umsteigen, das ist mir zu lästig.«

»Ich brauche mein Auto, um ins Studio zu kommen.«

»Nicht in der nächsten Woche, da willst du dir nämlich ein paar freie Tage gönnen«, warf Sandra ein.

»Na, vielen Dank auch!« Böse funkelte Vanessa ihre Freundin an. »Du bist ja gut informiert.«

»Selbst schuld. Das hast du neulich ganz groß bei Facebook gepostet.«

»Eigentlich wollte ich in ein Wellnesshotel fahren und mal so richtig schön entspannen.«

»Hast du schon gebucht?«, wollte Sophie wissen.

»Nein.«

»Siehst du, das passt doch perfekt! Du fährst mit mir nach Havixbeck und Lichterfelde. Da kann man bestimmt herrlich relaxen.«

»Ich weiß nicht …« Verzweifelt suchte Vanessa nach einer Ausrede. »Du kannst doch bestimmt nicht so kurzfristig Urlaub nehmen«, behauptete sie schließlich.

»Doch«, widersprach Sophie. »Ich habe das schon geregelt, eine andere Assistentin wird in der Zeit meine Seminare übernehmen.«

»Na toll!«

»Martin war nicht besonders begeistert. Er hat überhaupt kein Verständnis für meine Reise. Aber dieses Mal habe ich mich durchgesetzt. Irgendwie …« Sophie brach ab und biss sich verlegen auf die Lippe.

»Ja?«, hakte Sandra nach.

»Ich glaube, ein wenig räumlicher Abstand würde uns guttun. Wir brauchen beide Zeit zum Nachdenken.«

»Oha!«, sagte Vanessa. »Gibt es etwa Probleme in der Besenkammer?«

»Vanessa!«, warnte Sandra.

»Ja, ja, schon gut. Entschuldige.«

»Ein bisschen recht hast du ja«, gab Sophie widerstrebend zu. »Ich weiß momentan nicht, wie es mit uns weitergehen soll. Ich befürchte, er drückt sich davor, bei seiner Frau reinen Tisch zu machen.«

»Frag mich, ich weiß es.«

»Wenn du mit mir fährst, werde ich dich fragen. Wir können auf der Autobahn stundenlang quatschen. Das wird bestimmt lustig.«

»Ich weiß noch etwas viel Lustigeres«, mischte sich Sandra ein wenig eifersüchtig ein.

»Das kann ich mir kaum vorstellen«, knurrte Vanessa.

»Was denn?«, wollte Sophie wissen, froh darüber, dass sie zumindest eine ihrer Freundinnen für ihre Idee begeistern konnte.

»Ich komme auch mit. Ab Montag beginnt an meiner Schule eine Projektwoche zum Thema Sport, für die ich Gott sei Dank nicht eingeteilt bin. Ich habe unterrichtsfrei, und außerdem ist Steffen für mehrere Tage geschäftlich unterwegs. Bevor ich als Strohwitwe allein zu Hause herumsitze, kann ich auch mit euch fahren und –«

»Was soll denn daran lustig sein? Zu dritt in meinem Auto wird es ziemlich eng.«

»Lass mich doch mal ausreden! Wir fahren nicht mit deinem Auto. Wir nehmen unser Wohnmobil.«

»Die alte Kiste? Aus welchem Jahrhundert war die noch gleich?« Ablehnend verschränkte Vanessa ihre Arme vor der Brust. »Ohne mich!«

»Mit diesem Wohnmobil bin ich schon als Kind gut und sicher in den Urlaub gefahren.«

»Das beweist nur, wie alt das Ding inzwischen ist.«

»Aber es fährt! Der letzte Motorschaden ist schon zwei Jahre her.«

»Um den Motor werde ich mich kümmern, falls er kaputtgeht«, versprach Sophie.

»Und ich übernehme den Einkauf und das Kochen.« Sandra klatschte begeistert in die Hände. »Ich wollte immer schon mal wieder Ravioli aus der Dose essen. Und Buchstabensuppe aus der Tüte. Und Schmelzkäse. Der aus der Goldfolie in der dreieckigen Verpackung.«

»Moment«, bremste Vanessa die Begeisterung am Tisch. »Was macht ihr da? Ich habe noch nicht ja gesagt.«

»Bitte, Vanessa!« Flehend sah Sophie ihre Freundin an. »Es ist lange her, dass wir zu dritt im Urlaub waren. Es macht nur halb so viel Spaß, wenn du nicht dabei bist.«

»Ja, bitte!«, echote Sandra.

»Ich bin mir ziemlich sicher, dass man in diesem Zusammenhang nicht von Spaß reden sollte. Habt ihr eine Ahnung, wie eng das wird?«

»Ach, wir werden uns schon zusammenraufen, das haben wir bislang immer geschafft.«

»Es ist ja auch nur für eine Woche.«

»Wir können Sophie doch jetzt nicht hängenlassen!«

Belustigt wanderte Vanessas Blick zwischen ihren Freundinnen hin und her. Sie ahnte, dass weiterer Widerstand zwecklos war. »Also gut«, seufzte sie deshalb. »Ich komme mit.«

»Super!« Stürmisch umarmte Sophie Vanessa.

»Prima!« Sandra strahlte.

»Wann soll es losgehen?«

»Ich muss am Sonntag noch meinen Vater und Rosi zum Flughafen bringen.« Sophie studierte ihren Kalender. »Wie wäre es mit Montagmittag?«

»Passt.« Sandra nickte. »Steffen fliegt Montag nach London. Dann kann ich mich noch in Ruhe von ihm verabschieden. Und wie sieht es bei dir aus, Vanessa?«

»Irgendwie werde ich es einrichten können«, murmelte diese, immer noch wenig begeistert.

»Du bist ein Schatz!« Sophie drückte ihre Freundin noch einmal an sich. »Und du hast etwas gut bei mir.«

»Wie wäre es, wenn du deinem Nachbarn meine Telefonnummer gibst?«

»Soll ich?«

»Nein, bloß nicht! Das war ein Scherz. Sonst denkt er noch, ich will etwas von ihm.«

»Verstehe ich nicht. Du willst doch tatsächlich etwas von ihm.«

»Aber er soll den ersten Schritt tun.«

»Notfalls musst du ihn mit sanfter Gewalt dazu bringen«, schlug Sandra vor. »Lass dir etwas einfallen.«

»Schade, dass wir Luca die ganze Woche nicht gesehen haben«, bedauerte Sophie. »Sonst hätte ich ihn auf einen Kaffee zu uns einladen können.«

»O nein.« Vanessa versuchte erst gar nicht, ihr Entsetzen zu verbergen. »Ein Date zusammen mit euch hier am Küchentisch? Das könnt ihr vergessen.«

»Hey!« Sandra versetzte ihrer Freundin einen sanften Rippenstoß. »So redet man nicht mit seinen besten Freundinnen.«

»Vor allem dann nicht, wenn wir bald gemeinsam auf einer Reise quer durch Deutschland unterwegs sein werden.« Sophies Augen leuchteten voller Vorfreude.

»Mehr noch«, ergänzte Sandra und wagte ein freches Grinsen in Vanessas Richtung. »Wir werden Tag und Nacht zusammen sein.«

»Und zwar eingequetscht auf ungefähr fünf Quadratmetern«, ächzte Vanessa und schlug theatralisch die Hände vors Gesicht. »Worauf habe ich mich da bloß eingelassen?«

4

»Ich verstehe immer noch nicht, was an dieser Reise so wichtig sein soll«, sagte Martin zu Sophie, als sie am Freitagmittag gegen halb zwölf Uhr an ihrem üblichen Tisch in der Mensa saßen. Auf seiner Stirn hatte sich eine tiefe Querfalte gebildet, die immer dann auftauchte, wenn er besonders missgelaunt war.

Sie trafen sich jeden Tag zur selben Zeit in der Kantine, weil Martin fand, dass diese Gewohnheit weniger verdächtig wirkte als häufige, wie zufällig erscheinende Zusammenkünfte in der Öffentlichkeit. Bloß nicht auffallen, lautete seine Devise. Er versäumte es deshalb auch nie, seine Mitarbeiter zu fragen, ob sie mit zum Essen kommen wollten.

Doch den meisten Kollegen war die Uhrzeit zu früh und der Standort des Tisches neben dem Notausgang zu dunkel. Deshalb waren Martin und Sophie auch heute ungestört.

»Ich erwarte gar nicht, dass du es verstehst.« Sophie öffnete eine kleine Packung Ketchup und quetschte den Inhalt gleichmäßig über ihrer Bratwurst aus. Seit sie mit Martin zusammen war, hatte sie gelernt, den vertraulichen Inhalt ihrer Gespräche mit alltäglichen Gesten zu überspielen. Für ihre Kollegen musste es so aussehen, als ob sie sich über Belanglosigkeiten unterhielten.

»Es gefällt mir nicht, dass du so lange fort sein wirst.«

»Ach, wirklich?« Überrascht ließ Sophie die Ketchup-Packung sinken.

»Ich werde dich schrecklich vermissen«, flüsterte Martin und riskierte einen sehnsüchtigen Blick in ihre Richtung. Erfreut und gleichzeitig peinlich berührt senkte Sophie den Kopf und konzentrierte sich darauf, eine zweite Packung Ketchup zu öffnen. Sie war es nicht gewohnt, dass er in der Öffentlichkeit derart deutlich wurde. Normalerweise versteckte er seine Gefühle hinter einer Fassade aus Sachlichkeit und Zurückhaltung.

Kein Wunder, dass ihre Freundinnen ihn nicht mochten! Sie kannten ja nur seine kalte und unnahbare Schale und nicht den liebevollen, zärtlichen Kern – den sie selbst leider auch viel zu selten zu sehen bekam.

Sie schaute auf. Immer noch waren Martins blaue Augen auf sie gerichtet, während er sich mit der rechten Hand über den kurzen, blonden Bürstenhaarschnitt fuhr. Sehnsuchtsvoll starrte Sophie auf seine langen, schlanken Finger – und verspürte auf einmal den Wunsch, diese Finger würden nicht über seine Haare gleiten, sondern über ihren Körper.

»Äh … was?«, stotterte sie, als Martin sie etwas fragte.

»Ich möchte wissen, wann du zurück bist«, wiederholte er leise.

»Ich denke, dass wir spätestens am Pfingstmontag wieder zu Hause sein werden. Wirst du das aushalten?«

»Es bleibt mir ja wohl nichts anderes übrig.« Vorsichtig probierte er von seinem mexikanischen Bohneneintopf und verzog das Gesicht. »Schon wieder viel zu heiß! Kannst du mir bitte mal Salz und Pfeffer reichen?«

Sophie seufzte. Vorbei war es mit dem kurzen, intimen Moment. Aber das war vielleicht auch ganz gut so, denn sie kam sich allmählich vor wie ein verwirrter, liebeskranker Teenager. Dieser Zustand war höchst ärgerlich und musste dringend ein Ende finden.

Sie bemühte sich um eine gleichgültige Miene und konzentrierte sich auf ihre Bratwurst. Er würzte seine Suppe, nahm ein paar Löffel und nickte immer wieder grüßend in Richtung von Kollegen, die mit ihren Tabletts am Salatbuffet standen – nach außen wieder ganz der ernste und seriöse Professor, den alle kannten.

Eine Weile aßen die beiden, ohne ein Wort zu wechseln.

»Und, wie sind deine Pläne für die Pfingsttage?«, ergriff Sophie schließlich das Wort.

»Eigentlich wollten wir Mitte nächster Woche zu Katjas Eltern nach München fahren, aber ich weiß noch nicht, ob das klappt. Katja hat sich irgendetwas eingefangen.«

Es versetzte ihr immer einen kleinen Stich, wenn er so beiläufig von seiner Frau sprach. Doch wie üblich ließ sie sich das nicht anmerken. »Was hat sie denn? Ist sie erkältet?«

»Nein, es scheint eher ein Magen-Darm-Virus zu sein. Wahrscheinlich werde ich das ganze Wochenende über Krankenpfleger spielen dürfen. Sie ist immer schrecklich wehleidig.«

»Die Arme!« Sophie kannte Katja nur flüchtig, und in dunklen Momenten hatte sie ihr auch schon mal die eine oder andere Pest an den Hals gewünscht. Doch sie wusste, das war nicht fair. Katja konnte schließlich nichts dazu, dass sie, Sophie, sich in Martin verliebt hatte und alles so schrecklich kompliziert war.

»Eigentlich wollte ich die Autofahrt nach München nutzen, um ihr die Wahrheit über uns zu sagen, aber daraus wird jetzt wohl nichts.«

Sophies Mitleid mit Katja schwand.

»Mal wieder«, murmelte sie enttäuscht. Es war nicht das erste Mal, dass Martin das klärende Gespräch aufschob.

»Es wäre ziemlich unpassend, ihr unsere Affäre zu beichten, während sie mit dem Kopf über der Toilettenschüssel hängt, findest du nicht?«

»Ja, ja.« Sie spießte einen Rest Bratwurst auf ihre Gabel, schob damit den Ketchup auf dem Teller hin und her und versuchte zu ignorieren, dass er ihre Beziehung lediglich als Affäre bezeichnet hatte.

»Du bist ungerecht. Ich habe es gewiss nicht einfach, Sophie«, verteidigte sich Martin. »Ich mache reinen Tisch, das verspreche ich dir. Aber ich muss Rücksicht nehmen – auf meine Frau, meine Familie und nicht zuletzt auf meinen Job.«

»Natürlich.« Diese Argumente kannte sie zur Genüge.

»Du hingegen bist völlig ungebunden.«

»Bin ich nicht. Ich habe dich.«

»Aber du lebst allein.«

»Das liegt bestimmt nicht an mir«, entgegnete Sophie lauter als nötig.

»Pst!« Nervös blickte er sich um.

»Ach, schon gut.« Sophie knallte ihr Besteck auf den Teller und erhob sich. Sie hatte langsam genug von diesen Diskussionen. »Ich bin sowieso fertig mit essen.«

»Sehen wir uns vor deiner Abreise noch einmal? Ich habe heute um drei Uhr eine Freistunde.« Flehend sah er sie an – ein Blick, bei dem sie normalerweise schwach geworden wäre und ihm verziehen hätte. Er wäre später in ihr Büro gekommen, sie hätten die Tür zum Labor verschlossen und wären dort für eine halbe Stunde ungestört gewesen.

Unwillkürlich musste Sophie schmunzeln. Eigentlich

hatte Vanessa mit ihrer Vermutung über die Besenkammer gar nicht so falschgelegen.

Martin deutete ihre Belustigung anders.

»Um drei bei dir?«, fragte er und hob anzüglich die Augenbrauen in die Höhe.

Sophie schüttelte den Kopf.

Heute hatte er sie wirklich verärgert. Ein kleiner Denkzettel konnte nicht schaden.

»Nein«, antwortete sie deshalb kurz angebunden. »Ich habe zu tun.« Mit diesen Worten ergriff sie ihr Tablett und rauschte mit erhobenem Kopf Richtung Ausgang.

Das zweite Essen an diesem Tag verlief wesentlich harmonischer und fand am Abend in der Wohnung ihrer Eltern statt. Rosi hatte zur Feier des Tages rheinischen Sauerbraten mit Knödeln gekocht, die Lieblingsspeise ihrer Stieftochter. Sophie aß mit großem Appetit und probierte nacheinander genüsslich das zarte Fleisch, die selbstgemachten Knödel, das frische Rotkraut und, als Krönung des Ganzen, die goldbraune Sauce.

»Hm …« Genießerisch verdrehte sie die Augen zum Himmel.

»Es schmeckt dir«, stellte Rosi zufrieden fest.

»Wie immer.«

»Aber leider wirst du jetzt erst einmal auf den Braten verzichten müssen.«

»Das ist mit Sicherheit vorteilhafter für meine Figur«, scherzte Sophie mit vollem Mund. Sie wollte das Thema Abschied bei Tisch vermeiden. Rosi brach bei solchen Anlässen gern in Tränen aus, und auf traurige Szenen konnte sie am heutigen Tag wirklich verzichten. Deshalb begann sie, ihren Eltern von ihrem Plan zu berichten, die ehemaligen Freundinnen ihrer Mutter zu besuchen.

»Das ist eine wunderbare Idee!«, rief Rosi. »Darauf muss man erst einmal kommen – einfach die alten Freundinnen aus dem Poesiealbum anzuschreiben!«

»Andere Quellen habe ich ja leider nicht.«

»Ich fürchte, da haben dein Vater und ich es mit dem Entrümpeln zu gut gemeint. Im Laufe der Jahre haben wir etliche Kisten deiner Mutter und deiner Großeltern weggeworfen, weil wir glaubten, dass du später damit sowieso nichts mehr anfangen kannst. Das tut mir leid, mein Liebling!«

»Schon gut, es ist nicht mehr zu ändern. Jetzt habe ich ja eine Möglichkeit gefunden.«

»Wie aufregend! Am liebsten würde ich mitkommen.«

»Nichts da«, wandte Sophies Vater ein. »Du fliegst mit mir am Sonntag nach Sydney, schon vergessen?«

»Natürlich nicht. Aber ich wäre wirklich gern dabei, wenn Sophie Angelikas Freundinnen trifft.«

Sophie grinste, als sie sich ihre lebhafte, rundliche Stiefmutter bei einem Gespräch mit wildfremden Menschen vorstellte. Sie würde zweifellos zur guten Stimmung beitragen, wäre aber ansonsten wenig hilfreich. Wie viele Wahrheiten über ihre leibliche Mutter würde sie erfahren, wenn ihre Stiefmutter mit am Tisch saß?

Doch zum Glück stand Rosis Teilnahme nicht zur Diskussion.

»Ich hätte dich auch gern mitgenommen«, log sie deshalb ohne schlechtes Gewissen.

Ihr Vater zwinkerte ihr zu. »Wir können ja den Flug umbuchen«, schlug er vor. Natürlich hatte er ihre kleine Heuchelei sofort durchschaut.

»Geht denn das?«, wollte Rosi wissen.

»Nein, vermutlich nicht.«

»Tja, dann wird das wohl nichts mit uns beiden, meine

Kleine.« Zärtlich strich Rosi ihrer Stieftochter über die Wange. »Möchtest du noch ein Stück Fleisch?«

»Gern. Und einen Kloß mit viel Sauce. Die schmeckt heute besonders lecker.«

»Ich habe dieses Mal die Zwiebeln nach dem Anbraten püriert. Dadurch wird die Sauce noch sämiger.« Rosi freute sich über das Kompliment. »Wie findest du übrigens meine neue Haarfarbe?«

»Sehr … blond«, erwiderte Sophie zögernd. »Irgendwie interessant.« Rosi wechselte ihre Haarfarbe ein paarmal im Jahr, doch so hellgelb wie jetzt hatte ihr Pagenkopf noch nie geleuchtet.

»Ich habe festgestellt, dass blonde Farbe am längsten hält. Das ist für den Urlaub sehr praktisch.«

»Dein Haarproblem wäre also gelöst. Und du«, wandte sich Sophie an ihren Vater und fuhr ihm liebevoll mit der Hand über seine Halbglatze, »du musst genug Sonnencreme mitnehmen.«

Er lachte. »Besser ist noch ein Sonnenhut. Als Erstes werde ich mir in Sydney eine Basketballkappe kaufen. So eine mit einem Känguru vorn drauf.«

Rosi hatte in der Zwischenzeit Sophies Teller nachgefüllt. Jetzt stellte sie ihn vor ihr ab und musterte sie fürsorglich. »Aber du bist nicht allein, oder?«

»Allein? Wie meinst du das?« Sophie war Rosis unerwartete Themenwechsel gewohnt, doch dieser hier passte ihr nicht. Unruhig rutschte sie auf ihrem Stuhl hin und her. Würde es jetzt doch noch emotional werden? Spürte Rosi, dass sie sich tatsächlich ein wenig verlassen vorkam, weil ihre Eltern zum anderen Ende der Welt aufbrachen?

»Na, bei deinen Nachforschungen über Angelika«, antwortete ihre Stiefmutter jedoch zu ihrer großen Erleichterung.

»Nein, ich bin nicht allein. Vanessa und Sandra kommen mit.«

»Das ist schön. Bei den beiden bist du gut aufgehoben.«

»Wie meinst du das?«

»Sie sind genau die richtige Mischung für dich. Sandra hat Herz und Vanessa Verstand.«

»Und was habe ich?«

»Du hast von beidem, mein Liebling. Nur ab und zu verläuft sich dein Herz, und dein Verstand setzt aus. Dann ist es gut, wenn dir jemand zeigt, wo es langgeht.«

»Apropos Richtung«, mischte sich ihr Vater ein. »Fahrt ihr mit dem Auto?« Aus seinem Blick sprach Besorgnis, denn er vertraute Sophies Fahrkünsten nicht.

»Nein, wir nehmen Sandras Wohnmobil.«

»Wer fährt denn?«

»Wir wollen uns abwechseln.«

»Ihr solltet nicht nachts fahren. Und auf keinen Fall zu schnell, gerade bei diesem Regenwetter.«

»Ich weiß, Papa.«

»Habt ihr Stellplätze reserviert?«

»Keine Ahnung.«

»Habt ihr wenigstens einen aktuellen Campingführer dabei? Ihr könnt euch auf keinen Fall einfach so in die Gegend stellen, das ist verboten.«

»Mark!« Rosi sah ihren Mann vorwurfsvoll an. »Das Kind ist fast dreißig. Sie weiß, was sie tut.« Sie warf Sophie einen liebevollen Blick zu. »Du musst bei Facebook über deine Erlebnisse mit Angelikas Freundinnen berichten. Dann können wir das auch in Australien mitverfolgen.«

»Ihr und dreihundert andere Freunde von mir.« Sophie runzelte die Stirn. »Ich weiß nicht, ob ich das möchte.«

»Dreihundert?«, wiederholte Rosi erstaunt. »Und das sind alles deine Freunde?«

»Nein, natürlich nicht.«

»Aber wieso heißen sie dann so?«

»Sie heißen Freunde, weil das nun mal bei Facebook so festgelegt ist. Sie sind sozusagen virtuell mit mir befreundet.«

»Und in der Realität?«, fragte ihr Vater. »Wie viele von den dreihundert nennst du wirklich deine Freunde?«

»Keine Ahnung, höchstens ein paar.«

»Ich verstehe das immer noch nicht«, bemerkte Rosi. »Woher kennst du dreihundert Menschen so gut, dass sie mit dir befreundet sein wollen?«

Sophie stöhnte innerlich. Sie hatte keine Lust auf eine Grundsatzdiskussion über Freundschaften in sozialen Netzwerken, schon gar nicht mit ihren Eltern. Doch anscheinend war sie gerade mittendrin in einem solchen Gespräch. Also legte sie ihr Besteck zur Seite und begann zu erklären.

»Ein Freund in Facebook ist nicht wirklich ein Freund, sondern eher ein Bekannter –«

»Bei uns nicht!«, unterbrach Rosi sie. »Wir haben nur diejenigen als Freunde akzeptiert, mit denen wir auch privat zu tun haben: Beckers von nebenan, Tante Gundi, meine beste Freundin Ina, die Frauen aus meinem Sportkurs …«

»Schon gut, Rosi! Ich glaube, sie hat verstanden, worum es dir geht.« Sophies Vater legte den Arm um seine Frau. »Aber ich glaube, die jüngere Generation sieht das anders als wir. Viel lockerer.«

»Das ist in diesem Fall aber nicht besser.« Missbilligend schüttelte Rosi den Kopf. »Wo kämen wir denn hin, wenn wir jeden Menschen, dem wir jemals begegnet sind, gleich als Freund akzeptieren?«

»Dann bräuchten wir wohl einen neuen Begriff für die richtigen Freunde«, überlegte Sophies Vater. »So etwas wie ›Bestfreund‹ oder ›Echtfreund‹.«

»Mir gefällt das alles nicht.«

»Mir auch nicht. Aber wie hast du vorhin so schön gesagt? Das Kind ist alt genug und weiß, was es tut.«

»Eben!«, bestätigte Sophie und stopfte sich ein großes Stück Fleisch in den Mund. Mit etwas Glück war diese Diskussion jetzt beendet.

Und tatsächlich, Rosi hatte bereits eine andere Sache gefunden, die sie beschäftigte.

»Möchtest du noch Nachtisch?«

Am nächsten Abend klopfte es, als Sophie sich gerade die Reste des Sauerbratens in der Mikrowelle aufwärmte. Überrascht und ein wenig verärgert lief sie zur Tür. Sie hatte keinen Besuch erwartet und es sich deshalb bereits mit ihrer Jogginghose und einem ausgebeulten T-Shirt bequem gemacht. Wer immer der späte Gast sein mochte, er kam auf jeden Fall ungelegen.

»Hallo Sophie!« Vor ihr stand Vanessa, perfekt gekleidet in einem kurzen, türkisfarbenen Sommerkleid und farblich dazu passenden Stöckelschuhen. »Ich war gerade in der Gegend und dachte mir, ich schaue mal rein.« Sie lachte und klang dabei seltsam nervös.

»Wieso warst du in der Gegend?« Sophie trat einen Schritt zur Seite, um ihre Freundin in die Wohnung zu lassen, doch Vanessa blieb im Hausflur stehen.

»Ich wollte für die nächste Woche Lebensmittel einkaufen gehen.«

»Das übernimmt doch Sandra.«

»Aber ob sie auch daran denkt, dass ich Vegetarierin bin? Da habe ich mich lieber selbst auf den Weg gemacht, in der Stadt gibt es einen tollen Bioladen.«

»Zu Fuß?«

»Ja.«

»Und in diesem Outfit?«

»Warum nicht?« Wieder kicherte Vanessa unnatürlich albern.

»Es regnet.«

»Nein, seit einer Stunde nicht mehr.«

»Es soll aber wieder anfangen.«

»Bis dahin bin ich längst zu Hause. Oder …« – sie warf einen schnellen Blick nach rechts – »… unterwegs.«

»Okay.« Sophie hatte keine Lust, noch länger mit ihr zu diskutieren. Stattdessen zog sie Vanessa am Arm in die Wohnung. »Jetzt komm endlich rein.«

»Warte!« Vanessa schüttelte Sophies Arm ab und deutete in Richtung der Nachbarwohnung. »Luca ist auch gleich da.« Dabei kniff sie verschwörerisch ein Auge zu.

»Wer?« Sophie ignorierte Vanessas Blick und spähte in den Hausflur.

»Luca, dein Nachbar. Ich habe eine Weile über eure Haussprechanlage mit ihm gesprochen. Er kommt gleich.«

»Wohin?«

»Na, zu dir!«

»Wieso das denn?«

In diesem Augenblick trat Luca aus seiner Tür, lediglich bekleidet mit kurzen Shorts, einem weißen T-Shirt und leichten Turnschuhen, deren Schuhbänder offen über den Boden schleiften. Vanessa bekam Stielaugen und winkte ihn eifrig zu sich heran.

»Moment noch!« Er hockte sich hin und begann umständlich, seine Schuhe zu binden.

»Luca war so nett und hat sich bereit erklärt, auf deine Pflanzen aufzupassen, wenn wir unterwegs sind«, erklärte Vanessa ihrer Freundin.

»Ist ja interessant. Wann habt ihr das denn ausgemacht?«

»Gerade eben, über die Sprechanlage.«

»Eigentlich brauche ich niemanden für die Blumenpflege«, protestierte Sophie. Es gefiel ihr nicht, dass Vanessa, ohne zu fragen, über ihre Wohnung bestimmte. »Meine Kakteen halten es notfalls wochenlang ohne Wasser aus.«

»Gerade jetzt, im Frühling, muss man sie regelmäßig gießen«, widersprach Vanessa und fügte einen flehenden Blick und ein stummes »Bitte« hinzu.

Plötzlich verstand Sophie.

Es ging gar nicht um die Kakteen, Vanessa hatte lediglich einen Grund gesucht, mit Luca Vianello ins Gespräch zu kommen. Aber ob stachelige Pflanzen dafür ein guter Anfang waren? Sie unterdrückte ein Lächeln und nickte kaum merklich. »Oh, daran habe ich gar nicht gedacht«, sagte sie eine Spur lauter als nötig.

Inzwischen hatte Luca seine Schuhe gebunden und Sophies Tür erreicht. Er sah müde und schlecht gelaunt aus und brachte lediglich ein unfreundliches »Hallo!« zustande.

Doch Vanessa ließ sich so leicht nicht beirren.

»Habe ich dich geweckt?«, flötete sie und zauberte ein hinreißendes Lächeln in ihr Gesicht. »Das tut mir leid.« Dann wandte sie sich wieder an Sophie. »Stell dir vor, ich habe doch tatsächlich unten eure beiden Klingeln verwechselt.«

»Was du nicht sagst!«

»Du hast mindestens drei Minuten Sturm geläutet«, beklagte sich Luca.

»Das habe ich nur gemacht, weil niemand öffnete.«

»Ich brauchte Zeit, um wach zu werden und mir etwas anzuziehen.«

»Wieso schläft ein Mann wie du um diese Zeit überhaupt? Es ist Samstagabend, da geht man aus.«

»Na ja, die letzten Nächte waren sehr hart.« Er gähnte herzhaft und ließ dabei seinen Blick träge über Vanessas Kleid gleiten. »Aber dieser Anblick entschädigt mich für einiges«, fügte er versöhnlich hinzu. »Du hast Glück, dass ich leicht verzeihen kann.«

»Äh ..., wollt ihr hereinkommen oder draußen weiterreden?«, mischte sich Sophie ein.

»Wir kommen natürlich rein.« Vanessa hakte sich bei Luca unter und zog ihn mit sich in die Wohnung. Die beiden boten einen merkwürdigen, aber durchaus attraktiven Anblick: Vanessa in ihrem äußerst schicken Kleid, das ihre zarte Bräune und den goldenen Blondton ihrer Haare betonte, und Luca, der trotz seines zerknitterten Outfits und den müden Augen so aussah, als ob er soeben einer Modezeitschrift entsprungen sei.

Neben diesen beiden Besuchern fühlte sich Sophie auf einmal schrecklich unscheinbar und spießig. Ihr graues T-Shirt hatte bereits mehrere Flecken, und die schwarze Jogginghose war am Knie aufgerissen. Und jetzt ertönte auch noch der Klingelton ihrer Mikrowelle!

»Oh, der Sauerbraten ist fertig«, murmelte sie entschuldigend. »Geht doch schon mal ins Wohnzimmer, ich komme gleich nach.«

Eilig lief sie in die Küche und deckte ihr Abendessen mit einem Teller ab. Als sie ins Wohnzimmer kam, standen Vanessa und Luca bereits vor dem Fenster und begutachteten die Kakteen.

»Wow, die sind ganz schön groß«, stellte Luca gerade fest.

»Der da ist von mir.« Vanessa deutete auf einen riesigen Säulenkaktus. »Den habe ich Sophie zum Einzug geschenkt.«

»Seit wann wohnst du denn hier?«, wollte Luca wissen und drehte sich zu Sophie um.

»Im August werden es vier Jahre.« Sophie trat neben die beiden ans Fensterbrett. »Ich bin gleich nach Ende des Studiums hierhergezogen.«

»Vorher haben wir zu dritt in einer Wohngemeinschaft gelebt«, ergänzte Vanessa. »Sophie, Sandra und ich.«

»Sandra? Die Kleine mit der Brille, die neulich mit euch im Hausflur stand?«

»Ja.« Sophie nickte.

»Das war bestimmt lustig.«

»Nicht immer«, entgegnete Vanessa. »Ich bin froh, dass ich jetzt meine eigene Wohnung habe.«

»Tja, irgendwann ist man zu alt für eine WG«, sagte Sophie beiläufig, was ihr einen bösen Blick ihrer Freundin einbrachte.

»Kläre mich mal auf, Sophie«, forderte Luca. »Wie oft muss ich gießen?«

»Nur einmal, am besten am Mittwoch. Da wässere ich sie auch immer.«

»Okay, das klingt einfach.«

»Nicht so ganz«, widersprach Sophie. Sie liebte ihre Kakteen und ließ nur ungern zu, dass sich Fremde um die Pflanzen kümmerten. Wenn es doch einmal nötig war, sorgte sie dafür, dass die Pfleger eine gründliche Einweisung bekamen. Bei Luca würde sie keine Ausnahme machen.

»Also«, begann sie deshalb, »du musst reichlich gießen, darfst aber kein überschüssiges Wasser in den Untertöpfen stehen lassen.«

»Verstanden.«

»Außerdem darfst du nicht in der prallen Mittagssonne gießen, sondern lieber am Abend.«

»Derzeit scheint die Sonne ja gar nicht.«

»Das ist egal. Sie sind es gewohnt, abends gegossen zu werden.«

»Ist das jetzt nicht ein wenig übertrieben?«, fragte Vanessa ungeduldig.

»Nein, sie haben sich darauf eingestellt.«

»Das sind doch nur Kakteen.«

»Das sind Lebewesen«, korrigierte Sophie und fügte mit einem liebenswürdigen Lächeln hinzu: »Außerdem habe ich deinen Worten vorhin entnommen, dass dir meine Pflanzen am Herzen liegen.«

Vanessa seufzte. »Stimmt. Mach weiter!«

Sophie wandte sich wieder an Luca. »Ich bereite das Gießwasser für dich vor und stelle es in die Badewanne.«

»Warum?«

»Ich reichere das Leitungswasser mit Torf an, das mögen die Kakteen sehr gern. Das ist so ähnlich wie Dünger.«

»Puh!« Luca kratzte sich verlegen am Kopf. »Ich fürchte, das behalte ich nicht. Kannst du mir das mit der Badewanne aufschreiben, bevor du fährst?«

»Ja, das mache ich. Notfalls lasse ich dir auch meine Telefonnummer da, dann kannst du mich anrufen, wenn du Fragen hast.«

»Meine kannst du auch haben«, bot Vanessa an. »Für alle Fälle, falls bei Sophie besetzt sein sollte.«

Luca grinste. »Okay, dann bin ich ja für den Kaktus-Notfall bestens ausgestattet.«

»Den Schlüssel für die Wohnung kann ich dir leider erst morgen geben, der liegt noch bei meinen Eltern.«

»Sophies Eltern starten morgen zu einer mehrmonatigen Reise nach Australien«, setzte Vanessa erklärend hinzu. »Deshalb können sie das Blumengießen bei Sophie nicht übernehmen.«

»Australien. Cool.« Luca nickte anerkennend. »Und wohin fahrt ihr?«

»Wir machen eine kleine Tour mit dem Wohnmobil

quer durch Deutschland«, antwortete Sophie, ohne weitere Einzelheiten preiszugeben.

»Wir lassen sozusagen unsere WG wieder aufleben, dieses Mal aber auf Rädern«, ergänzte Vanessa.

»Wie lange seid ihr denn fort?«

»Nur eine Woche.«

»Eine ganze Woche?« Er warf Vanessa einen langen, theatralischen Blick zu. »Wie soll ich das nur überleben?«

»Indem du zum Beispiel heute Abend mit mir ausgehst.«

»Ich dachte, du willst einkaufen.«

»Das ist schnell erledigt, ich brauche nur ein paar Kleinigkeiten.« Vanessa schaute auf ihre Armbanduhr. »Sollen wir uns um halb acht in der Wunder-Bar treffen?«

»Gern.« Seine Müdigkeit schien auf einen Schlag verschwunden.

»Möchtest du auch mitkommen, Sophie?«, fragte Vanessa.

Sophie zögerte.

Ob ihre Freundin diese Frage ehrlich meinte? Nein, vermutlich nicht. Schließlich hatte Vanessa das Theater um die Kakteen nur inszeniert, um mit Luca ins Gespräch zu kommen. Das allerdings war ihr wirklich gut gelungen, wie Sophie ohne Neid feststellen musste. Allein schon deshalb hatte sich ihre Freundin die Verabredung mit Luca redlich verdient.

Sie winkte ab. »Nein, lieber nicht. Ich will noch ein paar Sachen einpacken. Außerdem muss ich morgen sehr früh bei meinen Eltern sein, ihr Flug geht schon um zehn Uhr.«

»Tja, wenn jetzt alles Notwendige besprochen ist, gehe ich mal wieder.« Langsam spazierte Luca zur Tür hinaus.

»Bis gleich!«, flötete Vanessa.

Nachdem er in seine Wohnung verschwunden war, drehte sich Vanessa zu Sophie um.

»Das lief ja wie geschmiert«, stellte sie begeistert fest. »Danke für deine Hilfe! Willst du uns wirklich nicht begleiten?«

»Nein, ich bleibe hier.«

»Ich habe ein schlechtes Gewissen, weil ich dich benutzt habe, um an Luca heranzukommen.«

»Das ist schon okay.« Sophie grinste gutmütig. »Und wenn du dich unbedingt entschuldigen möchtest, dann bitte bei meinen Kakteen. Hoffentlich überleben die Pflanzen die zusätzliche Pflege!«

»Luca macht das schon.«

»Wenn du meinst ...«

»Ich muss los.« Vanessa legte den Arm um ihre Freundin und drückte sie kurz an sich. »Ich möchte nämlich tatsächlich noch ein paar Sachen im Bioladen besorgen, und der schließt in einer halben Stunde. Wir sehen uns am Montag!«

»Viel Spaß! Und am Montag erwarte ich einen langen Bericht über dein Date, schließlich müssen wir mehrere langweilige Stunden auf der Autobahn totschlagen.«

Erleichtert schloss Sophie die Tür hinter ihrer Freundin und schaltete erneut die Mikrowelle ein. Mit dem Teller Braten in der einen und einer Flasche Mineralwasser in der anderen Hand kehrte sie wenig später ins Wohnzimmer zurück. Dort drückte sie auf die »On«-Taste der Fernbedienung und machte es sich vor dem Fernseher gemütlich.

Doch schon nach wenigen Minuten musste sie feststellen, dass der Liebesfilm, den sie eigentlich hatte sehen wollen, durch die Live-Übertragung eines Fußballspiels ersetzt worden war. Träge schaltete sie sich durch die restlichen Fernsehprogramme und blieb schließlich bei einem Reisebericht über Namibia hängen. Während sie die Aufnahmen der Wüstenlandschaft bewunderte und gleichzeitig der sonoren Stimme des Sprechers lauschte, stopfte sie zuerst die Bratenreste und dann noch eine Tafel Schokolade in sich hinein.

Um neun Uhr endete die Sendung, und Sophie schaltete den Fernseher aus. Etwas verblüfft starrte sie auf den leeren Teller und das Schokoladenpapier. Hatte sie das wirklich alles allein gegessen? Sie musste dringend darauf achten, nicht mehr vor dem Fernseher zu essen, das war ungesund!

Kopfschüttelnd erhob sie sich und brachte das Geschirr in die Küche.

Dort, auf dem Küchentisch, lag noch immer das Poesiealbum ihrer Mutter. Sophie vergaß, dass sie eigentlich die Spülmaschine einräumen und anschalten wollte. Stattdessen setzte sie sich auf die Eckbank und blätterte gedankenverloren durch die Seiten des Albums.

Warum kannte sie keines der Mädchen beziehungsweise der Frauen, die ihrer Mutter mit einem kleinen Gedicht ewige Freundschaft geschworen hatten? Hatte ihre Mutter diese Namen nie erwähnt? Oder lag es daran, dass sie selbst noch zu jung gewesen war? Krampfhaft durchforstete Sophie ihr Gedächtnis, gab aber bald auf. Selbst wenn ihre Mutter über Freundschaften geredet hatte, konnte sie sich nicht daran erinnern.

Aber vielleicht existierten ja Fotos von den Mädchen! Mit neuem Elan sprang sie auf, lief ins Wohnzimmer zu ihrem Schreibtisch und durchwühlte die unterste Schublade. Kurz darauf zog sie ein Fotoalbum heraus, das in einen grünen Samtumschlag gebunden war. Hier hatte ihre Mutter alle Fotos eingeklebt, die vor Sophies Geburt gemacht worden waren.

Sophie hatte das Album oft angeschaut und kannte deshalb die meisten Fotos recht gut. Sie überblätterte die ersten Aufnahmen, die ihre Großeltern bei deren Hochzeit zeigten. Auch die Babybilder ihrer Mutter interessierten sie heute nicht. Erst als die Fotos zu sehen waren, die sie bei der Einschulung zeigten, hielt Sophie inne.

Einschulung in der Grundschule Havixbeck, August 1969, hatte ihre Mutter mit schwarzem Filzstift auf die Seite geschrieben. Ein Bild zeigte die sechsjährige Angelika, die vor einer rotgemauerten Hauswand stand und stolz ihre Schultüte in die Kamera hielt. Auf zwei weiteren Fotos hatte sich die Familie um das Mädchen versammelt: Angelikas Eltern, mehrere Onkel und Tanten sowie ihre Großmutter aus Frankfurt.

Und dann, beim letzten Bild auf dieser Seite, entdeckte Sophie, wonach sie gesucht hatte: Wieder stand Angelika vor der Hauswand, doch dieses Mal hatte sie ein gleichaltriges, blondes Mädchen an ihrer Seite, das ebenso fröhlich in die Kamera lachte wie sie selbst. Beide Kinder trugen leichte Sommerkleider, weiße Kniestrümpfe und Lackschuhe.

Nachdenklich starrte Sophie auf das Foto. Wieso war ihr das fremde Kind vorher nie aufgefallen?

»Vermutlich habe ich immer viel zu schnell weitergeblättert«, murmelte sie.

War es möglich, dass es sich bei dem Mädchen um Marita handelte? Was hatte die Frau aus Havixbeck noch geschrieben?

Angelika war meine beste Freundin, schon von der Grundschule an. Wir haben ständig aneinandergehangen.

Mit wachsendem Interesse blätterte sich Sophie durch die nächsten Seiten. Angelika mit ihren Puppen, Angelika beim Reiten, Angelika vor dem Christbaum und schließlich Angelika im weißen Spitzenkleid am Tag ihrer Erstkommunion.

Auch hier gab es die üblichen Familienbilder vor der Hauswand. Sophie schmunzelte. Warum hatten ihre Großeltern keinen anderen Hintergrund gewählt? Die rote Mauer war alles andere als schön – aber immerhin groß genug, dass alle Gäste der Kommunionsfeier vor ihr Platz gefunden hatten.

Und wieder entdeckte Sophie zwischen den vielen Erwachsenen das kleine blonde Mädchen. Es hatte sich dicht an Angelika geschmiegt und sogar den Kopf auf deren Schulter gelegt. Das musste Marita sein! Dieses Mal trug sie einen schwarzen, knielangen Rock mit weißer Bluse. Ihr blondes Haar hatte sie zu einem Zopf geflochten. Beide Kinder grinsten schelmisch in die Kamera, augenscheinlich hatten sie viel Spaß miteinander. Sophie meinte förmlich, das Kichern der Mädchen hören zu können.

Aufgeregt studierte sie die nächsten Bilder, doch Marita tauchte nur noch selten auf. Einmal saß sie auf einem Klassenfoto direkt neben Angelika, und ein anderes Mal stand sie im Hintergrund, während Angelika vor einem Klavier posierte.

»Das Klavier!« Versonnen blickte Sophie auf und betrachtete das alte Klavier, das an der Wand neben dem Fenster stand. Angelika war eine begnadete Klavierspielerin gewesen und hatte sogar ein paar Semester Musik studiert. Als Kind hatte Sophie es geliebt, dem Spiel ihrer Mutter zu lauschen. Doch leider hatte sie Angelikas Talent nicht geerbt. Geduldig hatte Angelika mit ihrer Tochter geübt, doch viel mehr als ein paar Kinderlieder und einfache Walzer brachte Sophie bis heute nicht zustande.

Wehmütig lächelnd schlug sie die nächste Seite im Fotoalbum auf. Angelika im hellen Kostüm als Solistin bei einem Konzert. *Das Schulorchester am Goethe-Gymnasium, Juni 1979*, hatte ihre Mutter über die Bilder geschrieben.

Sophie überflog die Fotos, konnte Marita aber nur auf einer Gruppenaufnahme entdecken.

Dafür fiel ihr ein anderes Gesicht auf, das ein paarmal aus der Menge stach. Es zeigte eine junge Frau mit kurzen Haaren und modischem Kostüm. Auf den meisten Fotos stand sie neben Angelikas Eltern und hielt Notenblätter in der Hand.

Ob das die berühmte Klavierlehrerin war?

»Romana Rautenberger«, flüsterte Sophie und dachte angestrengt nach. Sie hatte zwar neulich einen Artikel über die bekannte Politikerin gelesen, konnte sich jedoch nicht an ein Gesicht erinnern. Kurz entschlossen schaltete sie den Computer an. Gleich würde sie wissen, wie Romana Rautenberger heute aussah. Sie tippte den Namen in ein Suchprogramm ein und klickte bei den Ergebnissen auf »Bilder«. Sofort erschien eine Reihe von Portraitfotos, die alle dieselbe Frau zeigten. Kurze graue Haare umrahmten ein schmales, dezent geschminktes Gesicht. Frau Rautenberger lächelte kaum, doch ihre hellen Augen schauten freundlich in die Kamera.

Sophies Blicke huschten zwischen dem Bildschirm und dem Fotoalbum hin und her. Tatsächlich, die Frau neben ihren Großeltern war dieselbe wie die im Internet! Zwar um einige Jahre jünger, aber sie war es, eindeutig. Damit hatte sie schon zwei Freundinnen ihrer Mutter identifiziert. Schade, dass Frau Rautenberger so wenig Interesse an einem Treffen gezeigt hatte.

Es folgten Bilder, die Angelika im Schwimmbad, während des Familienurlaubs am Wörthersee und beim Skifahren zeigten. Dann, fast ganz zum Schluss, kam eine Doppelseite ohne Fotos. Lediglich die Beschriftung *Meine Berliner Zeit* war noch zu lesen.

»Wasserflecken«, hatte ihre Mutter dazu erklärt und

immer schnell weitergeblättert. »Die Bilder waren leider nicht mehr zu retten.«

Sophie fuhr langsam mit ihrer Handfläche über die leeren Seiten. Das Papier fühlte sich nicht beschädigt an, es war lediglich an einigen Stellen aufgerissen. So, als ob jemand zuerst Bilder eingeklebt und dann wieder entfernt hatte. Sie hielt das Fotoalbum schräg ins Licht und untersuchte die beschädigten Papierstellen.

»Das passt genau für acht Fotos«, stellte sie fest.

Konnte es sein, dass das Wasser nur über die Fotos gelaufen war, nicht aber über das Papier? Nein, das war mehr als unwahrscheinlich. Sie schüttelte den Kopf. Waren die Fotos aus einem anderen Grund entfernt worden?

Ihre Mutter hatte so gut wie nie über das Jahr erzählt, in dem sie in Berlin gelebt hatte.

»Ich bin gleich nach dem Abitur hin und habe dort Musik studiert. Aber es war dann doch nicht das, was ich wollte« war alles, was sie dazu gesagt hatte. Oder jedenfalls alles, woran sich Sophie noch erinnern konnte.

Sie schlug die letzte Seite des Albums auf. Keine Fotos mehr, sondern nur eine lose Sammlung von Zetteln, Umschlägen und Ansichtskarten, der sie bislang immer wenig Beachtung geschenkt hatte.

Jetzt aber ging sie die Sammlung Stück für Stück durch – eine Ansichtskarte aus Frankfurt, eine weitere vom Wörthersee, beide unbeschrieben. Ein altes Lesezeichen und ein abgestempeltes Bahnticket nach Berlin. Schließlich zwei Umschläge, einer davon leer.

Aus dem anderen Umschlag zog Sophie das Foto eines Brautpaares heraus. Das Bild war wohl schon etwas älter, aber gut erhalten. Die Braut trug ein langes, weitgeschnittenes Rüschenkleid, weiße Handschuhe und einen großkrempigen Hut, der ihre dunkelblonde Dauerwelle fast völlig verdeckte. Der Bräutigam im rostroten Cordanzug und mit schmalem Oberlippenbart strahlte glücklich mit seiner Frau um die Wette.

Unsere Hochzeit im Mai 1984, hatte jemand auf die Rückseite des Fotos geschrieben. *Als Eheleute grüßen: Maik und Jenny Haage*

Jenny Haage, die Brieffreundin ihrer Mutter, die so nett zurückgeschrieben hatte! Sophie lächelte erfreut und studierte Jennys Gesicht. Sie musste bei der Hochzeit noch sehr jung gewesen sein, trotzdem wirkten ihre Züge reif und erfahren. Ob sie wohl immer noch so aussah?

Sorgfältig steckte sie das Foto zurück in den Umschlag und klappte das Album zu. Eigentlich konnte sie mit ihrer Recherche zufrieden sein. Immerhin wusste sie jetzt, dass Marita und Jenny ihrer Mutter so wichtig gewesen waren, dass sie Bilder von ihnen aufbewahrt hatte.

Sie stopfte das Album in die Schublade zurück und erhob sich stöhnend vom Boden. Ihr rechter Fuß war eingeschlafen, und ihre Halswirbel knackten, als sie den Kopf in den Nacken legte. Vorsichtig humpelte sie zum Sofa und streckte sich aus. Das war wesentlich bequemer als der kalte Boden.

Träge ließ sie ihren Blick zu dem alten Wecker schweifen. Schon wieder fast elf Uhr! Eigentlich hatte sie früh zu Bett gehen wollen.

»Zu spät«, murmelte sie und gähnte herzhaft. Jetzt kam es auf ein paar Minuten auch nicht mehr an. Sie nahm den Laptop auf den Schoß und loggte sich bei Facebook ein.

Nur das Übliche, stellte sie nach einem Blick auf die Startseite fest. Ein paar Studentinnen auf Kneipentour, die Mannschaft ihrer Cousine hatte schon wieder ein Handballspiel gewonnen, und Sandras Spruch zur guten Nacht lautete heute: *»Die Sonne lehrt alle Lebewesen die Sehnsucht* *nach dem Licht. Doch es ist die Nacht, die uns alle zu den Sternen erhebt (Khalil Gibran).«* Anscheinend war dieser Herr Gibran gerade Sandras Lieblingsdichter.

Erst jetzt bemerkte sie, dass Martin ihr eine persönliche Nachricht geschickt hatte.

»Wochenende ist doof (weil K. krank), und die nächste Woche wird noch blöder (weil du nicht da bist). Miss you so much and love you! M.«

»Miss you so much and love you«, wiederholte Sophie überrascht.

Damit hatte sie nicht gerechnet. Diese Liebeserklärung war etwas ganz Besonderes, denn solche Worte kamen Martin sonst nie über die Lippen. Selbst jetzt hatte er eine Fremdsprache gewählt, um sich auszudrücken.

Trotzdem berührten seine Worte sie. Offensichtlich war seine Sehnsucht nach ihr stärker als sein Ärger über den kleinen Streit in der Mensa. Vergessen waren ihre Zweifel, jedenfalls für den Moment. Alles würde gut werden, wenn sie von ihrer Reise zurückkam.

Lächelnd schaltete Sophie den Computer aus und ging zu Bett. Während sie sich in ihre warme Decke kuschelte, fiel ihr der bevorstehende Abschied von ihren Eltern ein. Doch merkwürdigerweise machte sie dieser Gedanke nicht mehr so traurig wie noch vor ein paar Tagen. Vermutlich weil sie gerade andere Dinge im Kopf hatte. Außerdem – vielleicht würde sie bei der Rückkehr ihrer Eltern in einem halben Jahr zusammen mit Martin am Flughafen stehen. Als richtiges Paar …

Im Treppenhaus knallte eine Tür ins Schloss. Anscheinend war Luca Vianello zurück, dieser Krach war typisch für ihn. Ob Vanessa bei ihm war? Angestrengt lauschte Sophie in die Dunkelheit. Nein, es waren keine Stimmen zu hören. Obwohl – man konnte auch zu zweit sein, ohne zu sprechen. Schmunzelnd versuchte sie sich vorzustellen, was wohl gerade in der Nebenwohnung geschah. Doch bald schon stellte sie fest, dass diese Gedanken nicht dazu geeignet waren, ihr beim Einschlafen zu helfen. Also konzentrierte sie sich lieber auf eine komplizierte physikalische Fragestellung – und keine zehn Minuten später war sie eingeschlummert.

5

Vergesst eure schmutzige Fantasie!«, verlangte Vanessa, als die drei Freundinnen am Montagmittag im Wohnmobil saßen und über die Landstraße Richtung Autobahn fuhren. Sandra lenkte den großen Wagen geschickt durch den Regen, während Vanessa auf dem Beifahrersitz Platz genommen hatte und Sophie hinter der Fahrerkabine am Esstisch hockte.

»Es ist also gar nichts passiert?«, wollte Sandra wissen.

Vanessa schüttelte bedauernd den Kopf. »Nein. Wie sollte es auch, wenn sich Luca schon gegen elf Uhr verabschiedet hat?«

»Mit welcher Begründung?«

»Angeblich war er müde.«

»Dann ist er also doch allein gewesen, als er nach Hause kam«, murmelte Sophie. Sie hatte Sandras Campingführer vor sich auf dem Tisch liegen und suchte nach einem passenden Platz für die erste Übernachtung.

»Das will ich hoffen! *Ich* war jedenfalls nicht bei ihm, falls du in der Nacht etwas Verdächtiges gehört haben solltest.«

»Ich habe gar nichts gehört.«

»Das beruhigt mich.« Vanessa holte einen schmalen Autoatlas aus ihrer Handtasche und klappte die Übersichtskarte im Umschlag auf. »So, mal sehen … wir müssen gleich auf die A 5 abbiegen.«

»Das weiß ich schon längst.« Sandra deutete auf ihr Navigationsgerät.

»Ich werde unsere Route trotzdem auf der Karte kontrollieren. Hast du etwas dagegen?«

»Nein. ›Vertrauen ist gut, Kontrolle ist besser‹, das hat schon Lenin gesagt.«

Seufzend klappte Vanessa die Karte wieder zu. »Er wollte nicht einmal, dass ich ihn noch auf einen Kaffee begleite.«

»Wer? Lenin?«

»Nein, Luca.«

»Na ja.« Sophie schob den Campingführer ein Stück zur Seite und beugte sich vor, um besser mit ihren Freundinnen reden zu können. »Kann doch sein, dass er tatsächlich müde war, immerhin hat er ziemlich merkwürdige Arbeitszeiten. Oft ist er die ganze Nacht unterwegs.«

»So ein bisschen Schlafmangel sollte ihm in seinem Alter nichts ausmachen.«

»Also, ich brauche mindestens acht Stunden Schlaf pro Nacht«, behauptete Sandra.

Sophie nickte. »Ich eigentlich auch. Leider vergesse ich das abends sehr gern und gehe erst gegen elf oder zwölf Uhr ins Bett.«

»Gerade die beiden Stunden vor Mitternacht sind am wichtigsten für einen gesunden Schlaf.«

»Wie bitte?«, rief Vanessa. »Sagt jetzt bitte nicht, dass hier im Wohnmobil jeden Abend um zehn Uhr das Licht ausgehen wird!«

»Nur im Westflügel«, scherzte Sandra. Sophie atmete erleichtert auf. Offensichtlich hatten ihre Freundinnen den Sinn für Humor nicht verloren.

Das war nicht selbstverständlich, denn am Morgen, kurz vor der Abfahrt, wäre ein heftiger Streit um das Wohnmobil beinahe eskaliert. Vanessa hatte an allem etwas auszusetzen gehabt. »Wohnklo« und »fahrende Hundehütte« waren noch die harmlosesten Worte, mit denen die Freundin ihrer Verärgerung Luft gemacht hatte.

Zugegeben – es war eng im Wagen. Nur ein schmaler Gang trennte den Küchenblock und das Etagenbett auf der einen Seite von Essplatz, Schrank und WC auf der anderen Seite des Wohnbereiches. Das Fahrerhaus, das vom Wohnbereich aus zugänglich war, verfügte nur über zwei Sitze, so dass immer eine von ihnen während der Fahrt am Tisch Platz nehmen musste. Doch die Einrichtung wirkte gepflegt und dank der bunten Muster auf Bettdecken, Gardinen und Polstern auch einladend und gemütlich.

Vanessa jedoch war nach der ersten Besichtigung ganz anderer Ansicht gewesen. Das Wohnmobil erschien ihr von außen zu klapprig und von innen zu wenig komfortabel. Ihrer Meinung nach roch es trotz des grünen Duftbäumchens, das in der Fahrerkabine am Spiegel baumelte und einen intensiven Tannenduft verströmte, muffig und abgestanden. In der Toilette bekam sie Platzangst, im Gang konnte sie angeblich nicht einmal aufrecht stehen, und ihr Gepäck hatte keinen Platz im Schrank.

»Natürlich hat es dort keinen Platz«, hatte Sandra sie belehrt. »Im Schrank sind nämlich unsere Schlafsäcke, Handtücher, Geschirr und Lebensmittel untergebracht. Die Kleidung bleibt im Koffer.«

»Na super!«, hatte Vanessa gestöhnt. »Und wohin, bitte schön, soll ich den Koffer stellen?«

»Tagsüber kann er da hoch.«

»Oh, die Kofferablage über der Fahrerkabine ist aber praktisch.«

»Das ist keine Kofferablage, das ist das dritte Bett.«

»Und wer schläft dort? Ein Zwerg?«

»Nein, ich. Das ist mein Stammplatz, da habe ich schon als Kind geschlafen.«

»Inzwischen bist du gewachsen, wie du hoffentlich weißt.«

»So viel nun auch wieder nicht. Ich bin die Kleinste und Leichteste von uns dreien.«

»Und wo schlafen Sophie und ich?«

»Dort hinten, im Etagenbett.«

»Wie niedlich!« Vanessa inspizierte die schmalen Matratzen. »Ich schlafe übrigens oben. Unten kriege ich keine Luft.«

Sophie hatte sich um des lieben Friedens willen einverstanden erklärt, das untere Bett zu nehmen. Danach hatte sie Vanessa geholfen, ihre Sachen zu verstauen. Geflissentlich hatte sie dabei weitere spitze Kommentare ihrer Freundin überhört. Sie wusste, dass sich Vanessa irgendwann mit der Situation abfinden würde – das tat sie eigentlich immer, man musste ihr nur Zeit lassen.

Trotzdem hatte Sophie aufgeatmet, als Sandra endlich den Motor startete und sie die Frankfurter Innenstadt verließen. Während der Fahrt hatte sich Vanessas Stimmung tatsächlich gebessert. Sie war jetzt sogar schon wieder in der Lage, einen Scherz über ihre Situation zu machen.

»Wie gut, dass ich eine Taschenlampe dabeihabe«, griff sie Sandras Bemerkung über die frühe Schlafenszeit auf. »Wenn um zehn Uhr das Licht ausgeht, kann ich unter der Bettdecke weiterlesen.«

»Welches Buch hast du denn mitgenommen?«, wollte Sandra wissen.

»Keines, nur ein paar Frauenzeitschriften.«

»Ich habe zwei Werke von Annette von Droste-Hülshoff

eingepackt. *Die Judenbuche* und *Das geistliche Jahr*. Das erschien mir passend, außerdem habe ich ihre Geschichten und Gedichte schon lange nicht mehr gelesen. Wenn ihr wollt, könnt ihr euch die Bücher gern ausleihen.«

»Mal sehen. Ich stehe nicht unbedingt auf diese alten Dichter.« Vanessa deutete auf ein blaues Schild. »Schau! Da geht es auf die Autobahn.«

»In einhundert Metern rechts abbiegen«, forderte auch die Stimme aus dem Navigationsgerät.

Sandra nickte. »Hörst du? Auf mein Navi kann ich mich verlassen.«

»Auf mich kann man sich auch verlassen.«

»Mag sein. Aber mein Navi meckert nicht an allem herum.«

»Das tue ich auch nur, wenn es unbedingt nötig ist.«

»Deine Szene heute Morgen war unnötig. Und ziemlich –«

»Sandra! Vanessa!«, warnte Sophie ihre Freundinnen.

»Ja, ja, schon gut.« Sandra setzte den Blinker.

»Lasst uns lieber über etwas anderes sprechen.«

»Meinetwegen.« Vanessa überlegte kurz. »Haben sich deine Eltern schon gemeldet?«, fragte sie dann und drehte sich zu Sophie um.

»Nein, bislang habe ich noch nichts von ihnen gehört. Es ist allerdings auch noch ein bisschen zu früh, ich weiß gar nicht, ob sie schon gelandet sind.«

»Wie war der Abschied?«

»Ziemlich hektisch. Rosi hat nirgendwo diese Plastiktüten auftreiben können, in die man die Flüssigkeiten verpacken soll, bevor man durch die Sicherheitskontrolle geht. Also sind wir zuerst noch durch alle möglichen Geschäfte am Flughafen gerannt.«

»Und? Habt ihr sie gefunden?«

»Ja, in einem Drogeriemarkt. Rosi war total erleichtert. Ich glaube, sie hatte schon damit gerechnet, ihr Lieblingsparfum, das Nasenspray und diverse Cremes wegwerfen zu müssen.«

»Vielleicht war es ganz gut, dass es so chaotisch war«, bemerkte Sandra. Sophie fing ihren fürsorglichen Blick im Rückspiegel auf. »Dann hattet ihr wenigstens keine Zeit, sentimental zu werden.«

»Allerdings nicht! Am Check-in war eine lange Warteschlange, und dann sind sie auch gleich ans Gate gegangen.«

Sophie lächelte, als sie an den eiligen Abschied vor der Sicherheitskontrolle dachte. Ihr Vater hatte sie noch einmal fest in den Arm genommen, während Rosi ihr einen Kuss auf die Stirn gedrückt hatte. Dann waren sie davongestürmt, ohne sich noch einmal umzublicken.

Sophie war auf die Besucherterrasse gegangen, hatte dort einen Kaffee getrunken und gewartet, bis das Flugzeug mit ihren Eltern gestartet war. Den restlichen Tag über war sie so beschäftigt gewesen, dass ihr die Zeit für trübe Gedanken gefehlt hatte. Sie hatte ihren Koffer gepackt, die Wohnung aufgeräumt und bei Marita Köster angerufen, um ihren Besuch in Havixbeck für den kommenden Dienstag anzukündigen. Anschließend hatte sie noch bei Luca Vianello geklingelt. Leider war ihr Nachbar nicht zu Hause gewesen, und so hatte sie den Ersatzschlüssel zusammen mit einer kurzen Notiz in seinen Briefkasten geworfen. Am Abend war sie todmüde auf dem Sofa eingeschlafen.

»Ich hasse Abschiede am Flughafen«, sagte Sandra jetzt. »Deshalb habe ich Steffen heute Morgen auch nicht persönlich weggebracht, sondern mich zu Hause von ihm verabschiedet.« Sie schaute auf die Uhr am Armaturenbrett. »Eigentlich müsste er schon in London gelandet sein.«

»Was machst du?«, fragte Vanessa, als Sandra begann, in den Taschen ihrer hellgrünen Cargohose zu wühlen. »Lass bitte beide Hände am Lenkrad!«

»Ich suche mein Handy. Steffen wird jeden Moment anrufen.«

»Ist doch egal! Du darfst während der Fahrt sowieso nicht telefonieren.«

»Ich will es ja auch nur Sophie geben.« Endlich fand Sandra, wonach sie gesucht hatte. Sie reichte Sophie das Handy. »Kannst du es auf den Tisch legen und drangehen, falls es klingelt?«

»Kein Problem.« Sophie schob das Telefon neben ihr eigenes Gerät.

»Meins kannst du auch haben.« Vanessa beugte sich über ihre Handtasche und zog ein Mobiltelefon heraus. »Wenn es in der Tasche steckt, höre ich es nicht klingeln.«

»Dann lege es doch irgendwo vorne bei dir ab.«

»Wo denn, bitte schön? Hier ist so gut wie kein Platz.« Vorwurfsvoll deutete sie auf das geöffnete Handschuhfach, aus dem Zeitschriften, Landkarten und Reiseführer herausquollen. Selbst die kleine Ablage über dem Fach war vollgestopft mit Bonbontüten, Erfrischungstüchern, einer Schachtel Tampons sowie einem Fernglas und einer Kamera.

»Ich muss schon froh sein, dass ich meine Füße auf den Boden stellen kann.«

»Hättest du nicht so eine große Handtasche, hätten deine Füße mehr Platz«, stichelte Sandra.

»Und hättest du ein komfortableres Auto, dann könnte ich –«

»Hey, Mädels!«, schimpfte Sophie. »Bitte nicht schon wieder!«

»Hm.« Vanessa reichte Sophie ihr Handy. »Ich erwarte

zwar keinen dringenden Anruf, aber falls es im Sportstudio eine Frage gibt, bin ich gern erreichbar. Macht es dir etwas aus, auch noch auf mein Telefon aufzupassen?«

»Überhaupt nicht.« Sophie legte Vanessas Telefon neben die anderen beiden Geräte vor sich auf den Tisch und lachte. »Jetzt komme ich mir vor wie eine Telefonistin.«

»Eine rasende Telefonistin«, ergänzte Sandra.

»Na ja, also ›rasen‹ ist etwas anderes«, stellte Vanessa nach einem Blick auf die Geschwindigkeitsanzeige richtig. »Wir fahren ziemlich langsam.«

»›Ein Mensch, der zu langsam ist, wird nicht so viel Schaden anrichten wie ein Mensch, der zu schnell ist‹«, dozierte Sandra.

»Und diesen sinnigen Spruch hat wer gesagt?«

»Max Dauthendey, ein deutscher Schriftsteller.«

»Auf uns übertragen soll das dann wohl bedeuten, dass wir heute sehr unschädlich sind.« Vanessa grinste. »Aber mir soll's egal sein, ich bin ja nur Beifahrerin. Möchte jemand Apfelschorle?«

Zweihundert Kilometer später, am Westhofener Kreuz, hatte Sophie fünf Telefonate entgegengenommen.

Zuerst war der Anruf ihrer Eltern gekommen. Sie waren gut in Sydney gelandet. Dann hatte sich Sandras Mann Steffen aus London gemeldet. Die letzten drei Gespräche waren für Vanessa gewesen. Offensichtlich gab es ein Problem mit einem Sportgerät in ihrem Studio, das jedoch im Verlauf der Telefonate gelöst werden konnte.

»Ich muss mal«, verkündete Vanessa, nachdem sie das letzte Gespräch beendet hatte. »Kann ich nach hinten auf die Toilette gehen?«

»Nein.« Sandra schüttelte den Kopf.

»Warum nicht? Hast du Angst, dass ich umfalle, wenn

du plötzlich bremsen musst? Das ist rein physikalisch gar nicht möglich, wie dir Sophie gern bestätigen wird. Im Klo ist nämlich gar kein Platz zum Umfallen.«

»Wir benutzen die Toilette im Wagen nur nachts oder wenn wir keine andere Möglichkeit haben. In zwanzig Kilometern kommt eine Raststätte.«

»So lange kann ich nicht warten.«

»Dann hättest du nicht so viel Apfelschorle trinken sollen.«

»Das hättest du mir eher sagen müssen. Ich kann unmöglich noch zwanzig Kilometer aushalten!«

»Da vorn kommt ein Parkplatz, dort fahre ich ab.«

»Danke.«

Vanessa verschwand sofort in den Wald, nachdem Sandra eingeparkt hatte. Sophie öffnete die Tür, um frische Luft in den Wohnraum zu lassen, und setzte sich auf die Treppenstufen des Wohnmobils.

»Es regnet gar nicht mehr«, stellte sie erfreut fest. Trotz des Lärms der vorbeifahrenden Autos war sogar Vogelgezwitscher zu hören. »Und wie gut das riecht! Wie Frühling.«

»Das macht der Regen.« Sandra hüpfte auf und ab und streckte dabei ihre Arme in die Luft. »Ah, das tut gut!« Die weiten Ärmel ihrer orangefarbenen Bluse rutschten nach hinten und gaben den Blick frei auf ein buntgeringeltes T-Shirt.

Sophie lächelte.

Zusammen mit der grünen Cargohose hob sich ihre Freundin wie ein frischer Farbklecks vom regennassen Asphalt ab.

»Wollen wir uns einen Tee kochen?«

»Gern.«

»Dann lass mich mal durch.«

Sandra drückte sich an Sophie vorbei ins Innere des Wohnmobils. Gleich darauf hörte man, wie Schranktüren geöffnet wurden und Geschirr klapperte. Dann zischte die Kochplatte des kleinen Gasherdes.

Unterdessen war Vanessa aus dem Wald zurückgekehrt. »Darf ich mir wenigstens die Hände in unserer Toilette waschen?«

»Nein, tut mir leid«, entgegnete Sandra. »Das ist kein Notfall.«

»Ungewaschene Hände sind sehr wohl ein Notfall, finde ich.«

»Vorn über dem Handschuhfach sind irgendwo Erfrischungstücher. Nimm dir eines davon.«

Vanessa verzog das Gesicht, aber sie schwieg und öffnete die Beifahrertür, um nach den Tüchern zu suchen.

»Puh! Die riechen wie damals meine Großtante Agathe«, beschwerte sie sich, als sie in den Wohnbereich zurückkam. »Irgendwie nach Maiglöckchen und Alkohol.«

»Das muss ja eine lustige Tante gewesen sein.« Sophie grinste.

»Gewöhn dich schon mal an den Duft. Ich habe eine Großpackung gekauft«, sagte Sandra. Sie hatte den Tisch mit Tassen, Thermoskanne und einer Packung Kekse gedeckt und rutschte nun auf der Bank ans Fenster durch, um Sophie Platz zu machen. Vanessa ließ sich gegenüber auf der anderen Seite des Tisches nieder und griff hungrig in die Kekspackung.

»Löffelbiskuits, wie lecker!«

»Tee?«, fragte Sandra.

»Gern.« Sophie schob ihre Tasse in Richtung der Teekanne.

Vanessa lehnte sich lässig gegen die Außenwand und nahm ihre dampfende Tasse in beide Hände. »Ich gebe es ja ungern zu, aber so ein Wohnmobil hat durchaus seine Vorteile. Wie könnten wir sonst so bequem und unkompliziert zusammensitzen, mitten auf der Autobahn?«

»Siehst du? Alles nur halb so schlimm«, entgegnete Sandra.

»Abwarten«, murmelte Vanessa. Dann fiel ihr Blick auf den Campingführer. »Hast du uns schon einen netten Campingplatz ausgesucht, Sophie?«

»Ja. Nur zehn Kilometer von Havixbeck entfernt gibt es einen kleinen Platz direkt an einem See.« Sophie schlug den Campingführer auf. »Soll ich mal anrufen und uns einen Platz reservieren?«

»Das kannst du immer noch machen, wenn wir weiterfahren. Von hier aus sind es noch ungefähr siebzig Kilometer. Das schaffen wir in gut einer Stunde.«

»Oder in zwei, wenn wir weiterhin so unschädlich fahren«, warf Vanessa grinsend ein.

Sandra ignorierte die Bemerkung. »Wann sollen wir morgen bei Marita Köster sein?«, fragte sie Sophie.

»Gegen zehn Uhr, zum zweiten Frühstück.«

»Hat sie dir beschrieben, wo sie wohnt?«

»Das scheint nicht schwer zu finden zu sein. Es geht irgendwann von der Hauptstraße ab, und ihr Bauernhof ist das letzte Haus in einer Seitengasse.«

»Wenn wir schon um zehn Uhr bei ihr sein sollen, dann haben wir am Nachmittag genug Zeit, um noch zur Burg Hülshoff zu fahren.« Sandra nickte zufrieden.

»Hast du schon mit der anderen Frau gesprochen, dieser Brieffreundin aus der ehemaligen DDR?«, wollte Vanessa wissen.

»Jenny Haage? Ja, ich habe ihr gestern Nachmittag eine Mail geschrieben und ihr mitgeteilt, dass wir sie in dieser Woche besuchen kommen«, entgegnete Sophie. »Sie hat gleich geantwortet und gemeint, es würde reichen, wenn wir ihr kurzfristig Bescheid geben. Sie sei wegen ihres Enkels sowieso immer zu Hause.«

»Fein, dann sind wir ja völlig flexibel«, freute sich Sandra.

»Oder anders ausgedrückt: gänzlich ohne Plan«, ergänzte Vanessa.

»Na und? Hauptsache, wir haben Spaß.« Sandra schraubte den Verschluss der Thermoskanne auf. »Möchte noch jemand Tee?«

»Nein danke.« Vanessa hielt die Hand über ihre Tasse. »Sonst muss ich gleich wieder in die Büsche verschwinden.«

Gegen siebzehn Uhr erreichten sie endlich den Campingplatz Havixbecker Waldesruh.

Wie der Name es versprach, lagen die Stellplätze auf einem kleinen Waldgrundstück, umgeben von Äckern, Wiesen und Weiden. Sandra parkte das Wohnmobil auf dem zugewiesenen Platz und sah sich neugierig um.

»Anscheinend sind wir heute ziemlich allein hier.«

Nur vereinzelt und in weiter Entfernung standen ein paar Wohnwagen und Zelte.

»Ist doch egal, zum Glück sind wir endlich da.« Vanessa seufzte erleichtert. »Dieser Stau im Ruhrgebiet hätte wirklich nicht sein müssen. Der hat uns zwei Stunden gekostet!«

Sandra öffnete die Fahrertür. »Wir müssen jetzt zuerst Wasser und Strom anschließen. Wer kommt mit?«

»Ich helfe dir.« Zusammen mit ihrer Freundin wollte Sophie das Wohnmobil verlassen, zögerte jedoch im letzten Moment, als sie den aufgeweichten Boden entdeckte.

»Das ist ziemlich matschig, nicht wahr?« Sandra stand

schon draußen im Schlamm. Sie hatte die Hose in ihre neuen gelben Gummistiefel gestopft. »Wie gut, dass ich vorbereitet bin!«

Vanessa warf einen angeekelten Blick auf den Matsch und schloss die Beifahrertür wieder. »Heute gehe ich nicht mehr raus«, sagte sie zu Sophie, während sie sich zwischen den beiden Autositzen hindurch in den Wohnbereich zwängte. »Ich finde, dieser Dreck vor der Tür ist eindeutig ein Notfall, und damit erkläre ich unsere Toilette für eröffnet.«

»Einverstanden«, ließ sich Sandra von draußen vernehmen. »Es macht tatsächlich keinen Spaß, bei Dunkelheit durch den Schlamm zu laufen.«

»Gott sei Dank, sie stimmt mir zu!« Dankbar schaute Vanessa Richtung Himmel.

Sophie lachte.

»Sophie? Wo bleibst du?«

Nach einem letzten bedauernden Blick auf ihre frisch gewaschene Jeans und die hellen Leinenschuhe sprang Sophie die beiden Stufen des Wohnmobils hinab und folgte ihrer Freundin.

»Du hättest dir andere Schuhe anziehen sollen«, kritisierte Sandra, als sie nach ein paar Minuten zum Wohnmobil zurückkamen.

»Ach, halb so schlimm«, entgegnete Sophie und streifte ihre verschmutzten Schuhe ab.

»Hoffentlich erkältest du dich nicht.«

»Hier!« Vanessa hielt ihren beiden Freundinnen ein Glas Rotwein entgegen. »Trinkt, dann wird euch warm und keine wird krank.«

Auf dem Gasherd köchelte bereits ein silberfarbener Topf, und es roch nach Tomatensauce und Gewürzen.

»Das ist ja wie in alten WG-Zeiten«, stellte Sophie erfreut fest. »Wisst ihr noch, da haben wir beim Kochen auch immer ein Glas Wein getrunken.«

Sandra hob den Topfdeckel an und schnupperte. »Ravioli, lecker!«

»Für euch mit Fleischfüllung«, erklärte Vanessa. »Und ich mache mir eine Portion vegetarische Ravioli warm.«

Kurze Zeit später saßen die Frauen um den kleinen Tisch und ließen sich das Fertiggericht schmecken. Nach dem Essen öffnete Vanessa eine zweite Flasche Wein, doch gegen halb zehn begann Sandra zu gähnen.

»Ich glaube, ich muss jetzt ins Bett.«

»Ich bin auch müde«, gab Sophie zu. »Meine letzte Nacht auf dem Sofa war nicht besonders bequem.«

»Gut. Dann hört jetzt alles auf mein Kommando!« Vanessa erhob sich. »Ich übernehme den Abwasch, und ihr bleibt sitzen und trocknet ab. Wir können nur einzeln vom Tisch aufstehen, sonst sind wir uns gegenseitig im Weg.«

»Ach, das ist alles nur eine Sache der Übung.«

Trotz Sandras Versicherung dauerte es fast eine Stunde, bis alle im Bett lagen. Vanessa hatte als Einzige den Überblick über Geschirr, Schuhe, Taschen, Koffer und Handtücher behalten und das Chaos mit kurzen, klaren Anweisungen beseitigt. Jetzt standen die Teller wieder sauber im Schrank, das Gepäck war auf den Bänken gestapelt, die Handtücher hingen über der geöffneten Toilettentür, und die Schuhe waren unter dem Tisch verräumt.

Fröstelnd zog Sophie den Reißverschluss ihres Schlafsacks noch ein wenig höher. Sie war froh, dass sie nur zwei Gläser Wein getrunken hatte. Zum einen ersparte ihr das unnötige Ausflüge in die winzige Toilette, und zum anderen wollte sie am nächsten Morgen möglichst frisch und ausgeruht sein.

»Bist du noch wach, Sophie?«, wisperte Vanessa.

»Ja. Aber ich glaube, Sandra schläft schon. Hörst du sie schnarchen?«

»Wie sollte ich nicht?« Das Bett wackelte, als sich Vanessa aufrichtete. »Meinst du, es ist erlaubt, kurz mal online zu gehen?«

»Ich denke schon, wenn wir leise sind.« Sophie griff in ihre Handtasche.

»Kannst du mir bitte mein Telefon heraufreichen?« Vanessas Arm erschien vor Sophies Bett.

»Klar.«

Eine Weile lang war es still, nur der bläuliche Schein der Handybildschirme warf ein schwaches Leuchten in den Raum.

»Nichts Wichtiges«, stellte Vanessa schließlich fest. »Weder auf Facebook noch in meinem E-Mail-Account. Und bei dir?«

»Auch nichts Bemerkenswertes.«

Sophie verschwieg die Tatsache, dass Martin ihr geschrieben hatte. *»Nur noch sieben Tage ohne dich! Vermisse dich so!«* war seine knappe, aber sehnsuchtsvolle Nachricht gewesen.

»Sandra hat heute gar kein ›Zitat zur Nacht‹ online gestellt«, bemerkte sie stattdessen.

»Das ist mir auch schon aufgefallen.« Vanessas Stimme klang amüsiert. »Sollen wir sie wecken?«

»Lieber nicht.«

»Hat der Herr Professor Doktor von sich hören lassen?«

Sophie seufzte. Wieso hatte Vanessa für so etwas einen sechsten Sinn?

»Ja«, antwortete sie knapp.

»Und was schreibt er?«

»Das geht dich nichts an.«

»Ich wette, er vermisst dich und zählt die Tage bis zum Wiedersehen.«

»Woher weißt du das?«

»Das schreiben alle Kerle, die keine Fantasie haben.« Wieder bewegte sich das Bett, und gleich darauf beugte sich Vanessas Kopf herunter. »Dieser Typ nutzt dich aus.«

»Das ist ganz allein deine Meinung.«

»Ich wette, Sandra denkt das Gleiche.«

»Aber sie sagt es nicht so deutlich.«

»Weil sie dich nicht verletzen will.«

»Ach! Und du?«

»Ich bin nicht so einfühlsam und verständnisvoll wie sie, das weißt du. Ich sage lieber offen und ehrlich, was ich denke, auch wenn dir das nicht gefällt.«

»Manchmal kann es ganz schön verletzend sein.«

»Und wenn schon! Das Ende dieser dummen Affäre wird dir noch viel mehr weh tun als meine warnenden Worte.«

Sophie schwieg.

»Er wird seine Frau nie verlassen«, fuhr Vanessa leise und eindringlich fort. »Warum auch? Für ihn läuft es perfekt: eine Frau für Heim und Hof und eine andere für schnellen Sex und intelligente Gespräche.«

»Aber ...«

»Kein Aber! Du weißt es doch im Grunde selbst, sonst hättest du neulich nicht angedeutet, dass du über euch nachdenken musst. Du hast sogar gesagt, dass du dir meine Meinung anhören willst.«

»Aber nicht gleich heute, und schon gar nicht um diese Uhrzeit!«

Vanessa seufzte. »Also gut, dann reden wir ein anderes Mal weiter.« Ihr Kopf verschwand wieder nach oben. »Du hast Glück, dass ich müde bin.«

Sophie atmete auf.

Immer wenn Vanessa ihr ins Gewissen redete, fiel es ihr schwer, schlüssige Gegenargumente zu finden – erst recht dann, wenn es um so etwas Unlogisches wie ihr Gefühlsleben ging. Und jetzt wollte sie nicht nachdenken, sondern lieber die Vorstellung genießen, dass Martin sie vermisste und die Tage bis zum Wiedersehen zählte. Auch wenn Vanessa diese Formulierung als platt und einfallslos bezeichnet hatte.

Verärgert runzelte Sophie die Stirn. Nach diesem Gespräch war es ihr unmöglich, eine positive Einstellung zu Martins Nachricht zu finden. Deshalb ließ sie ihre Gedanken weiterwandern zu dem bevorstehenden Besuch in Havixbeck. Ob Marita Köster wohl tatsächlich so nett war, wie sie am Telefon geklungen hatte?

»Bist du eigentlich aufgeregt wegen morgen?«, kam es aus dem oberen Bett. Vanessas Gespür für Sophies Gedanken war schon fast unheimlich!

»Ein wenig schon.«

»Das dachte ich mir. Dabei hast du keinen Grund dazu.«

»Das sagst du so einfach. Aber was ist, wenn Marita Köster mir Dinge erzählt, die ich nicht hören will?«

»Das hättest du dir früher überlegen müssen.«

»Sehr hilfreich! Hast du keinen besseren Tipp?«

»Wenn sie Blödsinn erzählt, stell deine Ohren auf Durchzug.«

Eine Zeitlang blieb es still. Sophie dachte über Vanessas Worte nach. Natürlich hatte ihre Freundin recht.

»Ich bin froh, dass du mitgekommen bist«, sagte sie leise in die Dunkelheit hinein.

»Hm?«, kam es schläfrig aus dem oberen Bett.

»Ach nichts. Lass uns schlafen.«

»Gute Idee.« Vanessa gähnte. »Zerbrich dir nicht länger den Kopf über unnötige Dinge! Morgen um diese Zeit sind wir schlauer.«

6

Am nächsten Tag war der Regen verschwunden, und die Sonne strahlte von einem wolkenlosen Himmel. Pünktlich um zehn Uhr trafen die Freundinnen auf dem Bauernhof der Familie Köster ein.

Vanessa war die Erste, die den Wagen verließ.

»Wunderschön ist es hier!«, bemerkte sie anerkennend.

Das Wohngebäude, ganz in schwarzweißem Fachwerk gehalten, stand etwas abseits der Straße inmitten von Blumenwiesen und Obstbäumen, deren Blätter im Schein der Morgensonne saftig grün funkelten. Ein schwacher Wind raschelte in den Baumkronen. Ansonsten war es still, bis auf das gelegentliche Glucken von Hühnern, die auf dem Hof frei herumliefen und im Boden nach Insekten scharrten. Direkt vor dem Haus war ein großer Gemüsegarten angelegt worden, der von einer roten Steinmauer begrenzt wurde. Hier wuchsen Erdbeerpflanzen, Salat, Zwiebeln und Rhabarber.

Die Ankunft des Wohnmobils war wohl nicht unbemerkt geblieben, denn in diesem Moment wurde die Haustür aufgerissen, und eine mollige, nicht mehr ganz junge Frau in Latzhose eilte auf den Wagen zu. Sie hatte ihre blonden Haare nachlässig zu einem Zopf geflochten und strich sich ungeduldig ein paar Strähnen aus dem Gesicht, die der

Wind vor ihre Augen blies. Kurz bevor sie das Wohnmobil erreicht hatte, verlangsamte sie den Schritt.

»Sophie? Bist du das?«, fragte sie aufgeregt. Ihre hellen Augen strahlten.

»Nein. Ich bin eine Freundin von ihr, Vanessa Jansen.«

»Ich bin Marita Köster.« Die beiden Frauen wechselten einen freundlichen Händedruck. Danach wanderte Maritas neugieriger Blick weiter zu Sandra, die immer noch hinter dem Lenkrad saß. »Bist du Sophie?«

»Nein, ich bin auch nur eine Freundin, mein Name ist Sandra Fischer«, erklärte Sandra durch die geöffnete Fahrertür. Leise fügte sie in Richtung Sophie hinzu, die hinter ihr auf der Rückbank saß: »Wir bringen die Gute völlig durcheinander. Du solltest aussteigen!«

»Ich komme ja schon«, ächzte Sophie und zwängte sich durch die Sitze Richtung Tür.

»Du lieber Himmel!«, hörte sie Marita sagen. »Jetzt habe ich, ohne zu fragen, ›du‹ gesagt. Ich hoffe, das ist in Ordnung.«

»Natürlich«, versicherte Vanessa ihr.

»Ich bin immer so konfus, wenn ich aufgeregt bin. Aber heute habe ich allen Grund dazu: Endlich lerne ich Angies kleines Mädchen kennen!«

Etwas langsamer als nötig verließ Sophie das Wohnmobil. Sie verspürte plötzlich eine gewisse Scheu vor der lebhaften Frau, die erwartungsvoll vor dem Wagen stand und sich gerade eine weitere Haarsträhne aus dem Gesicht pustete.

Sie war froh darüber, dass Marita es offensichtlich kaum erwarten konnte, sie zu treffen. Andererseits jedoch wurde ihr in diesem Moment schmerzlich bewusst, dass sie mit Marita im Grunde nur durch einen einzigen Menschen verbunden war. Ein Mensch, der heute nicht bei ihr sein konnte. Der nie wieder bei ihr sein würde: ihre Mutter.

Sophie wischte sich über die Augen und zwinkerte heftig. Was sollte denn bloß Marita Köster von ihr denken, wenn sie gleich in Tränen ausbrach?

Doch ihre Bedenken waren unnötig, denn gleich darauf wurde sie von zwei weichen Armen umfangen und fest gedrückt.

»Sophie!«, schluchzte Marita. Sie lachte und weinte gleichzeitig. »Meine Güte, du siehst genauso aus wie deine Mutter!«

Sophie nickte und war froh, dass ihre eigenen Tränen auf dem Latz von Maritas Hose landeten. Zwischen den anderen Flecken würden sie hoffentlich nicht weiter auffallen.

»Lass dich genauer anschauen.« Marita trat einen Schritt zurück, ohne Sophie loszulassen. »Die gleichen roten Haare, die Sommersprossen, und sogar die Augenfarbe hast du von Angelika geerbt. Ach, bin ich froh!« Wieder presste sie Sophie an ihre Brust.

»Ich freue mich auch«, nuschelte Sophie.

»Kommt rein!« Marita legte den Arm um Sophies Schultern und winkte die beiden anderen Frauen mit sich ins Haus. »Ich habe ein zweites Frühstück vorbereitet und hoffe, ihr habt Hunger.«

»O ja!«, erwiderte Vanessa. »Es gab heute Morgen nur Instantkaffee und Toastbrot mit Nuss-Nugat-Creme.«

»Das dachte ich mir.« Marita lachte. »Mein Mann und ich haben vor vielen Jahren mal mit einem alten Kleinbus Urlaub in Südfrankreich gemacht. Ich weiß deshalb, wie fade die Ernährung beim Campen sein kann.«

»Du sprichst mir aus der Seele.« Vanessa grinste.

»Und dann diese Enge!«, fuhr Marita fort. »Das wurde schon nach wenigen Tagen zum Problem, obwohl wir damals noch sehr verliebt waren.«

»Frag uns mal, wie eng wir es finden«, sagte Vanessa seufzend. »Und wir sind nicht einmal verliebt!«

»Jedenfalls nicht ineinander«, stellte Sandra richtig.

Inzwischen hatten sie die Haustür erreicht, von der aus ein kleiner Gang in die geräumige Wohnküche führte. Hier roch es nach frischgebackenen Waffeln und heißem Kaffee.

»Schön habt ihr es!« Interessiert sah sich Vanessa in der Küche um. Der Raum war mit weißen Landhausmöbeln eingerichtet, die durch alte Glasvitrinen und vollgestopfte Holzregale ergänzt wurden. Bunte Töpfe mit Küchenkräutern standen auf den Fensterbänken, und eine geöffnete Glastür führte direkt in den Küchengarten.

»Erwartest du noch andere Gäste?«, wollte Sandra wissen.

»Nein. Warum?«

»Weil so viel Essen auf dem Tisch steht. Waffeln, Wurst, Käse, Erdbeeren, Marmelade, Honig, Brot ... lecker!«

Marita schüttelte den Kopf. »Das ist nur für uns vier. Wenn tatsächlich etwas übrig bleiben sollte, freut sich meine Familie heute Abend.«

»Ich wollte, ich wäre mit euch verwandt«, scherzte Vanessa.

»Ich habe drei Söhne.« Marita deutete auf ein Familienfoto, das am Kühlschrank hing. »Die sind alle noch zu haben, such dir einen aus! Es sind drei Prachtexemplare.« Voller Stolz betrachtete sie das Bild. »Die beiden Ältesten studieren in Münster Landwirtschaft, und der Jüngste macht gerade Abitur.«

»Und dann?«

»Dann studiert er auch Landwirtschaft, was sonst?«

»Wie praktisch!«

»Für dich ist bestimmt auch noch einer dabei, Sophie«,

sagte Marita fröhlich. »Deine Mutter und ich haben schon damals beschlossen, dass unsere Kinder später mal heiraten sollen.«

»Tja, danke für das Angebot, aber ich fürchte, die sind zu jung für mich.«

»Angelika war mit ihrer Schwangerschaft ein paar Jahre schneller als ich, sonst wärst du vielleicht meine Schwiegertochter geworden.«

»Schade!« Sophie lächelte.

Maritas freundliche Art hatte beruhigend auf ihre aufgewühlte Stimmung gewirkt, und das muntere Geplauder ihrer Freundinnen trug ebenfalls dazu bei, dass sie sich allmählich entspannte.

»Also, dann nehmt mal Platz«, bat Marita. »Und lasst es euch schmecken.«

»Du lebst also in Frankfurt, bist noch unverheiratet und arbeitest an der Universität«, resümierte Marita eine halbe Stunde später.

Sie hatte viele neugierige Fragen gestellt und kannte jetzt Sophies Lebensgeschichte und ihren beruflichen Werdegang.

»Sie arbeitet nicht nur an der Uni. Genau genommen hat sie dort gerade ihre Doktorarbeit fertiggestellt«, ergänzte Sandra, was ihr einen bösen Seitenblick von Sophie bescherte. »Aber sie redet nicht gern darüber.«

»Warum nicht?«

»Weil sie nicht mit ›Frau Doktor‹ angesprochen werden möchte«, erklärte Vanessa. »Ich weiß auch nicht, was sie daran stört. Wir beide …« – sie nickte mit dem Kopf in Sandras Richtung – »… wir sind jedenfalls mächtig stolz auf sie.«

»Zu Recht!«, bestätigte Marita.

»Nachdem das jetzt geklärt ist, könnten wir vielleicht langsam auf den ursprünglichen Zweck meines Besuches zu sprechen kommen«, schlug Sophie vor, der es immer peinlich war, wenn ihre Freundinnen sie so überschwenglich lobten.

»Das Wort ›Zweck‹ klingt viel zu sachlich«, stellte Marita fest. »Dabei ist das heute der schönste Tag seit langem für mich. Du ahnst gar nicht, wie sehr es mich freut, dich hier zu sehen. Deine Mutter wäre stolz auf dich.«

Sophie errötete. Noch ein Kompliment, das sie durcheinanderbrachte! Um von sich selbst abzulenken, öffnete sie umständlich ihre Handtasche und holte das Poesiealbum heraus.

Vorsichtig, fast so, als könne es zerbrechen, nahm Marita das Album in die Hand. »Und du hattest bis vor kurzem wirklich keine Ahnung, dass es existiert?«

»Nein. Es lag die ganze Zeit in einem Karton im Keller. Wenn meine Stiefmutter dort nicht aufgeräumt hätte, wäre es wohl noch lange nicht ans Tageslicht gekommen.«

Behutsam schlug Marita die erste Seite auf und las Angelikas Spruch.

»Wie lange ist das schon her? Vierzig Jahre? Meine Güte, wie die Zeit vergeht.«

Sophie nickte, sagte jedoch nichts. Sie wollte Marita ein wenig Zeit zum Erinnern geben.

Diese starrte wehmütig auf die fein säuberlich beschriftete Seite. Dann seufzte sie, lehnte sich zurück und begann zu erzählen. »Ich weiß noch genau, wann mir Angelika das Album zum ersten Mal gezeigt hat …«

Ein schriller, langgezogener Klingelton beendete die erste große Pause, doch die vergnügten Rufe und das Lachen auf dem Schulhof verstummten nur langsam. Heute war der erste Schnee gefallen und hatte das Schulgelände in eine weiße Winterwelt verwandelt. Aus dem pappigen Schnee ließen sich wunderbar Schneebälle formen, die während der letzten fünfzehn Minuten munter hin- und hergeflogen waren. Jetzt war es leider mit diesem Spaß vorbei, und unwillig schlichen die Schüler ins Gebäude zurück.

Auch das Klassenzimmer der 4 A füllte sich wieder. Ungeduldig zerrten die Kinder an Schals und Mützen, schlüpften aus ihren Winterjacken und verstauten die Reste ihrer Pausenbrote in den Schultaschen. In der zweiten Stuhlreihe, ganz nahe am Fenster, standen zwei Schülerinnen vor ihren Plätzen und tuschelten miteinander. Während sich das eine Mädchen gerade die weizenblonden Haare zu einem Zopf zusammenband, hüpften bei der anderen bei jeder Bewegung rote Locken auf und ab.

»Hier!« Angelika Schuster zog ein kleines Buch aus ihrem Ranzen. »Schau mal.«

Stolz präsentierte die Neunjährige ihrer Freundin Marita ein Poesiealbum, das in einen blauglänzenden Stoffumschlag eingebunden war. Marita verknotete ihr Haarband und nahm das Buch in Empfang.

»Die Seitenränder sind ja aus Gold«, stellte sie bewundernd fest.

Angelika nickte. »Und guck mal hier!« Sie tippte auf die Vorderseite des Albums. »Auf dem Umschlag steht in Gold ›Mein Poesiealbum‹.«

»Ob das echtes Gold ist?«

»Wahrscheinlich. Meine Oma hat es mir geschenkt.«

»Die Oma aus Frankfurt?«

»Ja genau.«

»Dann ist es bestimmt echtes Gold«, bestätigte Marita ein wenig neidisch. Angelikas Oma aus Frankfurt brachte stets wertvolle Geschenke mit, wenn sie ihre Familie in Havixbeck besuchte. Manchmal wünschte sich Marita, auch so eine Verwandte zu haben, die nur einmal im Jahr zu Besuch kam und bei dieser Gele-

genheit alle Familienmitglieder reich beschenkte. Bei ihr zu Hause wohnten drei Generationen unter einem Dach, und Geschenke gab es lediglich zum Geburtstag und zu Weihnachten.

»Du musst als Erste reinschreiben«, forderte Angelika Marita auf.

»Ich?«

»Ja klar! Wer denn sonst? Du bist doch meine beste Freundin!«

Marita lächelte geschmeichelt. Angelika mochte zwar ein wenig verwöhnt und vorlaut sein, aber sie war das netteste Mädchen, das Marita kannte. Es freute sie, dass sie ihr offensichtlich genauso wichtig war.

»Du schreibst gleich auf die zweite Seite.« Angelika nahm das Album und klappte es auf.

Interessiert beugte sich Marita über ihre Schulter.

Liebe Leute groß und klein,
schreibt mir in dieses Album rein.
Reißt nur ja keine Blätter raus,
sonst ist unsere Freundschaft aus!

Das hatte Angelika in kleinen, leicht verschnörkelten Druckbuchstaben auf die erste Seite geschrieben.

»Ich werde ganz vorsichtig sein«, versicherte Marita schnell.

»Das weiß ich.« Angelika ließ ihren Blick durch die Klasse schweifen. »Aber bei Petra und Christine bin ich mir nicht so sicher.«

»Was? Du willst ausgerechnet denen auch das Album geben?«

»Natürlich. So ein Album gibt man doch allen seinen Freundinnen.«

»Seit wann bist du denn mit Petra und Christine befreundet?« Verärgert runzelte Marita die Stirn.

»Ich bin nicht richtig mit ihnen befreundet.«

»Aber gerade hast du das gesagt!«

»Na gut, dann sind wir vielleicht doch ein bisschen befreundet.« Angelika verdrehte die Augen. »Auf jeden Fall stehen sie auf meiner Freundinnen-Liste.«

»Du hast eine Liste? Wie viele Freundinnen hast du denn?« Maritas Stimme klang jetzt gereizt.

»Ziemlich viele«, sagte Angelika. »Zuerst meine beste Freundin, das bist natürlich du. Dann kommt die zweitbeste, die drittbeste und so weiter. Und dann ist da noch meine Brieffreundin Jenny.«

»Seit wann hast du die denn?«

»Seit dieser Woche. Sie wohnt in der DDR.«

»Echt?« Schon wieder hatte Marita mit ihrem Neid zu kämpfen. Eine Brieffreundin aus der DDR, das war etwas ganz Besonderes.

»Woher hast du ihre Adresse?«

»Von meinem Vater. Jenny ist die Nichte von seinem Arbeitskollegen.«

»Und wie oft willst du ihr schreiben?«

»Jede Woche einmal, mindestens.«

»Darf ich ihre Briefe auch lesen?«

»Mal sehen.« Angelika wollte sich offenbar nicht festlegen. Marita beschloss, vorerst nicht beleidigt zu sein. Sie konnte ja später noch einmal nachfragen. Stattdessen kehrte sie zu ihrem ursprünglichen Problem zurück.

»Und an welcher Stelle …«, begann sie, als plötzlich die Tür geöffnet wurde und die Klassenlehrerin Frau Delling das Klassenzimmer betrat. Schnell klappte Angelika das Album zu und übergab es Marita. Diese ließ es in ihre Schultasche gleiten und stellte sich dann zur Begrüßung der Lehrerin hinter ihrem Stuhl auf.

»Guten Morgen, Frau Delling«, erklang es vielstimmig, bevor sich vierundzwanzig Schüler und Schülerinnen geräuschvoll setzten.

Marita nutzte den Lärm, um leise zu fragen: »An welcher Stelle stehen Christine und Petra auf deiner Liste?«

»Ganz unten.«

»Ich kann die beiden nicht leiden.«

»Ich eigentlich auch nicht richtig.«

»Warum sollen sie trotzdem in dein Album schreiben? Das verstehe ich nicht.«

»Meine Oma meint, ich soll die ganze Klasse reinschreiben lassen«, erklärte Angelika flüsternd. »Sie sagt, dass ich mich darüber freuen werde, wenn ich groß bin. Wegen der schönen Erinnerungen und so.«

»Die ganze Klasse? Auch die Jungs?«

»Nee, die nicht! Die sind ja noch blöder als Christine und Petra.«

»Das finde ich nicht. Die beiden sind viel gemeiner und doofer!«, zischte Marita.

»Na und?« Wieder verdrehte Angelika die Augen. »Dann werde ich mich eben daran erinnern, wie gemein und doof sie waren!«

Marita unterdrückte ein Kichern. Angelika schaffte es immer wieder, sie zum Lachen zu bringen. Man konnte ihr einfach nicht böse sein! Sie wollte gerade etwas Versöhnliches erwidern, doch dann traf sie ein strafender Blick der Lehrerin. Damit war die Diskussion der beiden Freundinnen erst einmal beendet.

»Ich war sehr stolz, dass ich als Erste ins Album schreiben durfte«, beendete Marita ihre Erzählung und schlug die nächste Seite im Poesiealbum auf. »Hier, das ist mein Eintrag.«

Jeden Tag zur Schule gehn,
finde ich nicht wirklich schön.
Dass wir zwei uns wiedersehn,
lässt mich trotzdem täglich gehn.

»Das ist zwar nur ein belangloser Spruch, aber für mich hatte er eine tiefere Bedeutung. Ich habe die Schule immer gehasst und bin nie gern hingegangen. Erst die Freundschaft zu Angelika hat es für mich erträglich gemacht.«

»Seid ihr bis zum Abitur in einer Klasse gewesen?«, wollte Sophie wissen.

»Ja. Wenn es nach mir gegangen wäre, hätte ich schon früher aufgehört, aber meine Eltern wollten unbedingt, dass ich weitermache.«

»Und wart ihr die ganze Zeit über befreundet?«

»O ja! Wir sind zusammen durch dick und dünn gegangen, von der ersten Klasse bis zum Abitur. Gemeinsam haben wir jede Situation gemeistert.«

»Zum Beispiel?«

»Das erste Fahrrad, der erste Kassettenrecorder, die erste Periode, die erste Liebe, die erste Tanzstunde«, zählte Marita, ohne zu zögern, auf. »Alles, was Freundinnen miteinander erleben, inklusive der üblichen Streitereien.«

»Worüber habt ihr euch denn gestritten?«

»Über alles Mögliche. Das bleibt gar nicht aus, wenn man so verschieden ist, wie wir beide es waren.«

Sophie runzelte fragend die Stirn.

»Ich war immer die Ruhigere von uns beiden, dazu sehr bodenständig und zurückhaltend.« Marita lachte. »Ich weiß, das sieht man mir heute nicht mehr an. Meine Selbstsicherheit kam erst mit den Jahren. Angelika hingegen … Sie war damals das genaue Gegenteil von mir: neugierig, selbstbewusst und lebhaft.«

»Trotzdem hat die Freundschaft gehalten.«

»Vermutlich hat sie gerade wegen unserer unterschiedlichen Charaktere so gut funktioniert«, überlegte Marita. »Zumindest bis …« Sie zögerte.

»Ja?«, hakte Sophie nach.

»Bis diese Klavierlehrerin ihr Flausen in den Kopf gesetzt hat. Wie hieß sie noch gleich?«

»Romana Rautenberger«, platzte Sandra heraus.

»Ja genau, die! Plötzlich, mitten im letzten Schuljahr, sprach Angelika nur noch davon, nach Berlin zu gehen und dort Musik zu studieren.«

»Hat Romana ihr dazu geraten?«

»Indirekt schon. Romana ist nämlich auch nach Berlin gegangen. Kurz vor unserem Abitur war sie plötzlich fort.«

»Und Angelika? Was hat sie dazu gesagt?«, wollte Vanessa wissen.

»Sie fand das gut. Sie fand immer alles gut, was Romana machte oder tat. Ich habe das nie ganz verstanden …« Marita unterbrach sich und lächelte entschuldigend. »Ich glaube, ich tue dieser Frau gerade unrecht. Ich kenne sie ja nicht einmal.«

»Aber du musst sie doch auf Angelikas Konzerten gesehen haben«, wandte Sophie ein.

»Ja, aus der Ferne. Sie hat sich nie zu uns gesetzt, sondern blieb immer ein wenig abseits.«

»Seltsam.«

»Trotzdem hat Angelika sie vergöttert. Ich war ganz schön eifersüchtig.«

»Was fand meine Mutter denn wohl so toll an ihr?«

»Romana war sechs oder sieben Jahre älter, und sie hat immer nur das getan, was ihr gefiel. Das hat Angelika imponiert. Sie wollte sein wie Romana.«

»Deswegen ist sie ihr bis nach Berlin gefolgt?«

»Ich nehme es an.« Marita zuckte mit den Schultern. »Warum hätte sie sonst ihre Heimat verlassen sollen?«

»Tja, keine Ahnung«, murmelte Sophie.

»Sie wird gute Gründe für ihre Entscheidung gehabt

haben«, befand Vanessa. »Darüber zu spekulieren bringt jetzt nichts.«

»Natürlich nicht«, stimmte Marita zu.

»Ich kann mir vorstellen, dass der Abschied euch beiden sehr schwergefallen ist«, sagte Sandra und warf Marita einen teilnehmenden Blick zu.

»Und wie, obwohl wir es uns nicht haben anmerken lassen. Stundenlange Gespräche über Gefühle waren nicht so unser Ding. Wir haben lieber so getan, als ob es uns gar nichts ausmacht. So war das damals bei uns.« Marita machte ein nachdenkliches Gesicht. »Mal überlegen … Es war im Juli 1981, der heißeste Tag des Jahres. Und dann kam auch noch der Zug zu spät …«

»Achtung, eine Information für unsere Fahrgäste auf Gleis drei: Der Schnellzug von Münster nach Hannover, planmäßige Abfahrt 8.50 Uhr, wird voraussichtlich fünfzehn Minuten später hier eintreffen. Wir bitten um Ihr Verständnis.«

»War ja klar«, murmelte Angelika missgelaunt. »Wenn ich mal mit der Bahn fahren will!«

Marita seufzte und schaute bedrückt auf die große Bahnhofsuhr. Fünfzehn weitere Minuten auf einem überfüllten Bahnsteig bei dreißig Grad im Schatten waren keine angenehme Aussicht. Verstohlen wischte sie sich den Schweiß von der Stirn. Sie hatte sich den Abschied von Angelika schöner vorgestellt.

»Hast du noch etwas vor?«, fragte Angelika. »Du kannst ruhig gehen, wenn dir die Warterei zu lang wird.«

»Nein, ich bleibe. Ich habe mir den ganzen Tag freigenommen.«

»Es war sehr nett von dir, mich zum Bahnhof zu bringen.« Dankbar lächelte Angelika ihre Freundin an.

»Gern geschehen.«

»Ich hätte meine Eltern keine Minute länger ertragen. Meine Mutter hat praktisch seit gestern Abend nur noch geweint.«

»Sie ist traurig, dass du gehst«, sagte Marita leise. Merkte Angelika wirklich nicht, wie schwer es ihren Lieben fiel, dass sie Havixbeck verlassen wollte?

Anscheinend nicht.

»Ich verschwinde doch nicht für immer!«

»Trotzdem ist Berlin furchtbar weit weg.« Marita schluckte und beschloss, das Thema zu wechseln. Sonst flossen gleich auch bei ihr die Tränen. »Kriegst du mit dieser Verspätung deinen Anschluss in Hannover überhaupt noch?«

»Aber klar! Den habe ich in weiser Voraussicht nicht zu knapp geplant.«

Natürlich. Angelika hatte ihre Reise bis in alle Einzelheiten perfekt vorbereitet. Sie hatte die Fahrkarte lange im Voraus gekauft, sich telefonisch für die ersten Nächte ein Zimmer reserviert und den Stadtplan von Berlin praktisch auswendig gelernt. Seit einigen Wochen redete sie von nichts anderem mehr als von ihrer bevorstehenden Reise und dem damit verbundenen Neubeginn. Zeitweise hatte sich Marita völlig zurückgezogen, weil sie die gute Laune der Freundin nicht ertragen konnte. Es kränkte sie, dass Angelika ihr bisheriges Leben, einschließlich ihrer Freundschaft, scheinbar ohne zu zögern, hinter sich lassen konnte.

»Magst du noch einen Kaffee?«, fragte sie schließlich, um die Stille zu überbrücken. Kaffeetrinken war immer gut, besonders dann, wenn man nicht mehr wusste, worüber man reden sollte. Wer den Mund voller Kaffee hatte, musste nicht sprechen.

»Noch einen Kaffee bei dieser Hitze? Bist du verrückt? Wir haben doch schon zwei getrunken.«

»Magst du lieber etwas Kaltes? Vielleicht ein Eis?«

»Wie wäre es mit einem Cola-Eis?«, schlug Angelika vor.

Das war Maritas Lieblingseis.

»Gute Idee!« Ihre Freundin lächelte, gerührt darüber, dass sich Angelika an ihre Vorliebe erinnerte. »Was meinst du, wie viele

Cola-Eis-Portionen haben wir beide in unserem Leben bislang verdrückt?«

»Tausend.«

»Gut möglich.« Marita kramte mehrere Münzen aus ihrer Hosentasche. »Dann hole ich uns jetzt Nummer tausendundeins und tausendundzwei.«

Sie drängte sich durch die Menschenmenge und kehrte wenige Minuten später mit zwei Eistüten zurück. Einträchtig setzten sich die beiden Freundinnen nebeneinander auf Angelikas großen Koffer und begannen zu schlecken.

»Hm!« Marita schloss genießerisch die Augen, öffnete sie aber gleich darauf wieder, als sie Angelika schmatzen hörte. Tadelnd drohte sie ihrer Freundin mit dem Zeigefinger. »Wie oft habe ich dir gesagt, dass du die Cola nicht gleich zu Anfang heraussaugen sollst?«

»Ungefähr tausendmal.«

»Gleich hast du nur noch gefrorenes Wasser ohne Geschmack.«

»Und wie oft habe ich dir geantwortet, dass es auf diese Weise noch besser schmeckt?«

»Auch ungefähr tausendmal.«

Angelika lächelte. »Weißt du noch, wie wir versucht haben, Cola-Eis selbst zu machen?«

»Du meinst, als wir eine Flasche Cola ins Eisfach gelegt haben und diese dann explodiert ist? Wie könnte ich das je vergessen?«, fragte Marita schmunzelnd. »Das war die zweitschlimmste Strafpredigt, die ich je bekommen habe.«

»Was war die schlimmste?«

»Als wir in der Kirche während der Andacht laut gelacht haben.«

»Danach durften wir im Gottesdienst nie wieder nebeneinandersitzen.«

»So sauer habe ich meine Mutter noch nie erlebt.«

»Aber lustig war es trotzdem.«

»Ja«, stimmte Marita nachdenklich zu und warf ihrer Freundin einen verstohlenen Blick zu. »Lustig war es immer mit uns beiden …«

Und dann ging auf einmal alles ganz schnell. Über den Lautsprecher wurde die Ankunft des Zuges mitgeteilt. Hektisch aßen die beiden jungen Frauen ihr Eis auf. Kurz darauf fuhr der Zug auch schon mit ohrenbetäubendem Donnern ein, und Angelika drückte Marita fest an sich. »Du kommst auf jeden Fall bald nach Berlin, versprichst du mir das?«

»Ja natürlich.«

»Und wir schreiben uns jede Woche.«

»Klar. Aber wenn du unglücklich bist, dann kommst du sofort zurück!«

»Ich werde nicht unglücklich sein. Außerdem habe ich für den Notfall ja Romana in der Nähe.«

Marita verkniff sich eine böse Bemerkung. »Pass trotzdem auf dich auf«, sagte sie stattdessen.

»Du auf dich auch. Und grüß mir Havixbeck!«

Angelika zog Marita noch einmal an sich, nahm ihren Koffer und stieg in den Zug. Kurz bevor sich die Türen schlossen, winkte sie fröhlich zum Abschied. Dann ertönte ein schriller Pfiff, und die Waggons setzten sich in Bewegung.

Der Bahnsteig leerte sich. Nur wenige Menschen schlenderten noch herum und beobachteten die Abfahrt. Marita war eine der Letzten, sie blieb geduldig stehen und schaute dem Zug hinterher, der die beste Freundin ihrer Kindheit in eine ungewisse Zukunft brachte. Sie wünschte Angelika von Herzen alles Gute und freute sich jetzt schon auf das Wiedersehen. Aber sie wusste auch, dass die Distanz zwischen ihnen mit jedem Kilometer wuchs, den Angelika zurücklegte.

»Nicht nur die Entfernung in Kilometern …«, murmelte sie und wischte sich verstohlen eine Träne aus dem Gesicht. Nein, es war mehr als das: Angelika hatte sich für ein anderes Leben ent-

schieden, fern der Heimat und ohne ihre Familie und ihre Freunde.

Sie selbst aber würde hierbleiben. Auf dem Bauernhof, zusammen mit ihrer großen Verwandtschaft und einem kleinen, recht überschaubaren Freundeskreis. Sie konnte sich keinen anderen Ort vorstellen, an dem sie so glücklich sein würde wie hier im Münsterland.

Doch jetzt hatte dieses Glück einen ersten Dämpfer erhalten. Denn Angelika war nicht mehr Teil ihrer Welt. Zukünftig musste sie ohne ihre Freundin auskommen.

»Tja, und dann war sie fort.« Gedankenverloren rührte Marita mit dem Löffel in ihrer Tasse herum.

»Hast du sie mal in Berlin besucht?«, fragte Sophie.

»Nein, das hat sich leider nicht ergeben. Zu Anfang haben wir uns regelmäßig geschrieben, aber mit der Zeit ist es weniger geworden. Du weißt ja, wie das ist. Wenn man in verschiedenen Welten lebt, hat man sich irgendwann nicht mehr viel zu sagen.«

»Wie meinst du das?«

»Nun, Angelika hatte offensichtlich viel Spaß in Berlin. Sie hat bei Romana gewohnt und schwärmte in ihren Briefen von der Stadt, vom Nachtleben, von ihrem Studium und von dem neuen Lebensgefühl. Ich hingegen konnte ihr nichts erzählen, was sie nicht ohnehin schon wusste.«

»Vielleicht hat sie gar nicht erwartet, dass du ihr viel Neues schreibst.«

»Ja, das denke ich heute auch. Aber damals kam ich mir ihr gegenüber schrecklich langweilig und spießig vor.«

»Habt ihr euch denn wenigstens noch hier in Havixbeck getroffen, wenn Angelika ihre Eltern besucht hat?«, wollte Sandra wissen.

»Natürlich, zu Weihnachten und an anderen Feiertagen.

Aber dann haben wir uns immer nur kurz sehen können, weil jede mit ihrer eigenen Verwandtschaft beschäftigt war.«

»Verstehe.« Sophie nickte. »Wirkte sie in dieser Zeit glücklich?«

»Ich denke schon. Deshalb konnte ich es kaum glauben, als es auf einmal hieß, dass sie Berlin verlässt und nach Havixbeck zurückkehrt.«

»Einfach so?«

»Es ging sehr plötzlich.« Marita bedachte Sophie mit einem liebevollen Lächeln. »Rate mal, warum!«

»Ich kann es mir denken!«, rief Sandra. »Sie war schwanger.«

»Richtig.«

»Mein Vater hat mir erzählt, dass er meine Mutter in Berlin kennengelernt hat, in einer schicken Diskothek«, erzählte Sophie.

»Eine Diskothek? Dann weißt du mehr als ich. Angelika war nicht sehr mitteilsam, als sie aus Berlin zurückkam.«

»Wann war das denn genau?«

»Irgendwann im Dezember, Anfang der achtziger Jahre. Ich hatte mich gerade mit Frank Köster verlobt, meiner großen Jugendliebe.«

»Wie romantisch!«, schwärmte Sandra. »Ich bin auch verheiratet, aber erst seit vier Wochen. Und Steffen war auch nicht meine Jugendliebe, aber trotzdem –«

»Pst, Sandra!«, unterbrach Vanessa den Redefluss ihrer Freundin und legte ihren Finger auf die Lippen. »Sei still und lass sie erzählen.«

Marita hatte fast den ganzen Tag über gestrickt, und jetzt lag das Ergebnis ausgebreitet vor ihr auf dem Tisch.

Zufrieden betrachtete sie die gelbweiß gestreifte Babyjacke mit der passenden Mütze. Sie hatte extraweiche Baumwolle genommen, damit die Kleidungsstücke nicht auf der Haut kratzten. Kleine Kinder waren angeblich sehr empfindlich, und Angelikas Baby würde vermutlich keine Ausnahme sein.

Als sie gehört hatte, dass Angelika nach Havixbeck zurückkehren würde, war sie zunächst einmal erleichtert gewesen. Endlich hatte ihre Freundin Vernunft angenommen!

Dass Angelika nun auch noch schwanger war, hatte Marita zwar überrascht, aber nicht weiter gestört. Tapfer verteidigte sie ihre Freundin, wenn der Dorfklatsch zu böse wurde. Gescheitert in Berlin, ledig und schwanger! Für die Havixbecker war das ein Skandal.

Angelikas Eltern waren erstaunlich gelassen geblieben und ertrugen ruhig die neugierigen Fragen ihrer Nachbarn. Ja, Angelika hatte ihr Musikstudium in Berlin abgebrochen. Ja, sie würde nach Havixbeck zurückkehren. Nein, sie war nicht verheiratet, aber ja, sie war schwanger. Was jetzt kommen sollte? Das würden sie in aller Ruhe zusammen mit ihrer Tochter entscheiden.

Marita bewunderte diese Haltung und hoffte im Stillen, ihre Eltern würden genauso unerschütterlich zu ihr stehen, wenn sie selbst einmal in Schwierigkeiten geraten sollte.

Aber derzeit sah ihr Leben nicht unbedingt nach Komplikationen aus. Gerade erst hatte sie Verlobung gefeiert, Anfang Juni nächsten Jahres würde sie heiraten und danach mit ihrem Mann in die erste Etage des elterlichen Bauernhofes ziehen. Irgendwann in nicht allzu ferner Zukunft würde sie selbst ein Kind haben. Dann konnte sie für ihr eigenes Baby stricken. Oder sie würde mit Angelika Kinderkleidung tauschen, mit ihr und den Babys spazieren gehen, Erziehungstipps austauschen und vieles mehr …

Die Aussicht, dass sie wieder zahlreiche Gemeinsamkeiten mit Angelika haben würde, gefiel ihr. Natürlich hatte sie andere

Freundinnen, die in der Nähe lebten. Doch keine von ihnen war ihr im Laufe der Jahre so sehr ans Herz gewachsen wie Angelika.

»Marita?« Die Stimme ihrer Mutter riss sie aus ihren Gedanken. »Angelika ist hier.«

»Sie soll raufkommen! Ich bin in meinem Zimmer.« Schnell ließ Marita die Babyjacke und die Mütze unter einem Tablett verschwinden. Diese Überraschung würde sie sich für später aufheben.

»Hi!« Da stand Angelika in der Tür, sehr blass und schmal. Dunkle Schatten lagen unter ihren Augen. Sie hatte die Haare zu einem strengen Knoten zurückgebunden und trug Jeans und einen schlichten weißen Pulli.

»Endlich!« Mit drei Schritten war Marita bei ihr und umarmte die Freundin. »Ich habe mich schon so auf dich gefreut!«

»Ich mich auch auf dich.«

Marita löste sich aus der Umarmung und musterte Angelika gründlich. »Entschuldige, dass ich das sage, aber du siehst nicht gut aus.«

»Ich fühle mich auch nicht besonders gut«, sagte Angelika leise. Dann versuchte sie ein Lächeln und zog Marita neckisch am Gürtel ihrer Latzhose. »Aber du siehst hübsch aus, auch wenn die Hose grässlich ist.«

»Die Latzhose? Das ist meine Arbeitskleidung.«

»Aber zu deiner Hochzeit ziehst du hoffentlich ein Kleid an?«

»Aber klar! Lass dich überraschen.«

»Ich freue mich schon, und ich hoffe, dass ich dabei sein kann. Mein Baby kommt ja erst Mitte Juni.« Angelika legte eine Hand auf ihren Bauch. Endlich erreichte das Lächeln auch ihre Augen.

Es überraschte Marita, wie weich der Gesichtsausdruck ihrer Freundin wurde. Bislang hatte Angelika es immer gut verstanden, ihre Gefühle zu verbergen.

»Mensch!«, platzte sie heraus. »Du wirst Mutter! Ich kann mir das gar nicht vorstellen.«

»Ich schon. Dieses Kind ist das Beste, was mir passieren konnte.« Angelika streichelte sanft über ihren Bauch. Schon wieder eine Geste, die Marita verblüffte.

»Du musst mir alles genau erzählen!« Sie schob ihre Freundin zum Tisch und goss Tee ein.

Angelika schnupperte an der Tasse. »Das riecht gut. Was ist das für ein Tee?«

»Wildkirsche. Früher war das dein Lieblingstee.«

»Das ist er immer noch.«

»Magst du Zucker?«

»Nein, danke.«

»Milch?«

»Nein.«

»Lebkuchen oder Weihnachtskekse?«

»Nö.«

»Sonst irgendetwas?«

»Was wird das, Marita?« Belustigt zog Angelika ihre Augenbrauen in die Höhe. »Eine fröhliche Fragestunde über Belanglosigkeiten? Wie lange brauchst du, um auf die Themen zu kommen, die dich wirklich interessieren?«

»Nur noch drei Sekunden.« Marita sprang auf, schloss die Tür zu ihrem Zimmer und zündete eine dicke, rote Kerze an, die neben der Teekanne auf dem Tisch stand. »So, jetzt haben wir es schön gemütlich …«

»… und keiner kann mithören«, ergänzte Angelika amüsiert.

Marita errötete leicht. »Genau.«

»Na dann, fang an zu fragen!«

»Ich will aber nicht gleich mit der Tür ins Haus fallen.«

»Warum nicht?«

»Das wirkt so neugierig.«

»Wie lange kennen wir uns schon? Ich weiß, dass du im Grunde deines Herzens schrecklich neugierig bist. Also, frag ruhig. Ich werde antworten, soweit ich das kann.«

»Äh …« Marita versuchte, ihre Gedanken zu ordnen, und begann mit der naheliegendsten Frage. »Wer ist der Vater des Kindes?«

»Mark Lensing.«

»Und weiter?«

Angelika nippte an ihrer Teetasse, bevor sie antwortete. »Mark Lensing aus Frankfurt am Main. Ledig, gut aussehend und fünfzehn Jahre älter als ich.«

»Frankfurt am Main?«, fragte Marita überrascht. »Das verstehe ich nicht. Du warst doch die ganze Zeit in Berlin.«

»Ja, ich war in Berlin.« Für Bruchteile von Sekunden huschte ein Schatten über Angelikas Gesicht, und sie blickte auf ihre Schuhspitzen. Dann schüttelte sie kaum merklich den Kopf und sah wieder auf. »Genauso wie Mark Lensing. Er war dort auf Geschäftsreise.«

»Auf Geschäftsreise?« Soviel Marita wusste, dauerten Geschäftsreisen nie besonders lang. Anscheinend waren sich die beiden ziemlich schnell nähergekommen.

»Wir hatten zwei gemeinsame Nächte«, beantwortete Angelika die stumme Frage ihrer Freundin. »Und in einer dieser Nächte ist es passiert.«

»Einfach so? Ich meine … äh … man kann doch … irgendwie vorsorgen.«

»Daran hat keiner von uns gedacht.«

»Das wundert mich.« Marita warf Angelika einen erstaunten Blick zu, denn diese abenteuerliche Geschichte passte nicht zu ihrer Freundin. »Du bist doch sonst immer so überlegt.«

»Tja, an diesen beiden Abenden nicht. Ich wollte einfach nur Spaß haben.« Angelika zuckte mit den Schultern. »Ich hatte gerade eine sehr schwere Zeit hinter mir«, fügte sie leise hinzu.

»Was ist passiert?«, wollte Marita wissen.

»Darüber möchte ich nicht sprechen.«

»Aber mir kannst du es doch sagen!«

»Nein.« Angelika schüttelte traurig den Kopf. »Das geht nur Romana und mich etwas an.«

»Romana«, wiederholte Marita gedehnt. Bislang war der Name in diesem Gespräch nicht gefallen. Merkwürdig. »Habt ihr euch gestritten?«

»Das geht dich nichts an, und du würdest es auch nicht verstehen.«

»Ich könnte es zumindest versuchen«, entgegnete Marita gekränkt.

»Nein.«

Marita beschloss, das Thema vorläufig fallenzulassen. Instinktiv spürte sie, dass ihre Freundin in Berlin etwas Schlimmes erlebt haben musste. Doch sie würde vorerst nicht weiter nachfragen. Jetzt, da Angelika wieder hier in Havixbeck war, hatte sie schließlich noch genug Zeit, der Sache auf den Grund zu gehen. Wenn sie wollte, konnte sie ein sehr geduldiger Mensch sein.

»Magst du noch einen Tee?«

»Ja, gern.« Angelika blickte auf ihre Armbanduhr. »Aber in einer halben Stunde muss ich los, meine Tasche packen. Morgen früh um sechs Uhr geht unser Zug.«

Vor Überraschung ließ Marita beinahe die Teekanne fallen. »Wie bitte? Willst du verreisen? In deinem Zustand?«

»Keine Sorge, meine Eltern werden mich begleiten. Wir fahren für ein paar Tage nach Frankfurt.«

»Zu Mark?«

»Unter anderem. Wir haben einiges zu erledigen.«

»Weiß dein Mark überhaupt schon, dass er Vater wird?« Vor Maritas geistigem Auge erschien eine gefühlvolle Szene mit einer strahlenden Angelika, einem überraschten Mark und ganz vielen zärtlichen Küssen und Umarmungen.

»Natürlich. Ich habe ihn angerufen.« Angelikas sachliche Feststellung beendete Maritas Träumerei abrupt.

»Und jetzt wollt ihr alles Weitere persönlich besprechen, nicht

wahr?« Das klang zwar nicht ganz so romantisch, aber immerhin sehr vernünftig.

»Eigentlich sind wir uns schon am Telefon einig geworden, aber meine Eltern wollen ihn kennenlernen.«

»Das ist verständlich.« Marita lachte erleichtert. Also gab es wohl doch ein Happy End. »Schließlich wird er bald ihr Schwiegersohn.«

»Nein.«

»Nein? Das verstehe ich nicht.«

»Ich werde ihn nicht heiraten.«

»Warum denn nicht?«

»Ich liebe ihn nicht.«

»Du solltest ihm eine Chance geben! Manchmal kommt die Liebe mit der Zeit.«

»Nein.« Angelikas Gesichtsausdruck wurde hart. »Wahre Liebe passiert plötzlich.«

»Oder sie wächst langsam.«

»Nicht für mich.«

»Wir werden sehen«, entgegnete Marita vorsichtig und fragte sich, ob vielleicht eine unglückliche Beziehung schuld war an der »schweren Zeit«, von der ihre Freundin zuvor gesprochen hatte.

Angelika lachte bitter. »Du glaubst immer nur an das Gute, nicht wahr?«

»Warum nicht?«

»Weil die Welt nicht immer so toll ist, wie du meinst.«

»Über das Schlechte willst du ja mit mir nicht reden«, gab Marita verärgert zurück. »Das hast du mir deutlich zu verstehen gegeben.«

»Stimmt.«

»Wenn du schon nicht aus Liebe heiraten willst, dann wenigstens aus Pflichtgefühl dem Baby gegenüber. Du kannst es doch nicht ganz allein großziehen.«

»Ich bin nicht allein, ich habe meine Eltern. Und auch Mark hat mir seine Unterstützung zugesagt.«

»Na ja, er wohnt nicht gerade um die Ecke.«

»Noch nicht.«

»Oh, zieht er etwa zu dir nach Havixbeck?«

Noch bevor sie zu Ende gesprochen hatte, ahnte Marita die Antwort, und ihr wurde schlagartig übel. Blitzschnell huschte ihr Blick zu dem Tablett, unter dem immer noch das Babyjäckchen lag. Es würde noch länger dort liegen bleiben, denn sie würde es nicht hergeben. Nicht an eine Freundin, die sie erneut ohne eine Spur von Bedauern verließ.

»Nein«, sagte Angelika dann auch. »Ich ziehe nach Frankfurt.«

»Und schon wieder war sie fort«, schloss Marita ihre Erzählung. »Dieses Mal allerdings endgültig.«

»Ihr habt euch nie wieder getroffen?«, fragte Sophie erstaunt.

»Doch, natürlich hat sie sich kurz vor ihrem Umzug noch von mir und meiner Familie verabschiedet. Aber mehr als ein paar Belanglosigkeiten haben wir bei dieser Gelegenheit nicht ausgetauscht.«

»Und was war mit deiner Hochzeit? War sie dabei?«

»Du bist ein paar Wochen zu früh geboren, mein Liebes.« Marita tätschelte Sophies Hand. »Deshalb konnte Angelika nicht kommen.«

»Aber es kann doch nicht einfach so geendet haben!« Sophie schüttelte verständnislos den Kopf. »Ihr wart beste Freundinnen.«

»Trotzdem … danach war es vorbei.«

»Wie kann das sein?«, wunderte sich auch Sandra.

»Tja, ich befürchte, wir haben uns beide keine große Mühe gegeben.« Gedankenverloren spielte Marita mit einer

Haarsträhne. »Jede Freundschaft kostet Zeit und Arbeit. Offenbar waren wir beide damals nicht bereit, die zu investieren.«

»Schade.«

»Ja, heute tut mir das fürchterlich leid. Zu unserer Entschuldigung kann ich nur anbringen, dass wir uns nicht bewusst dafür entschieden haben, den Kontakt einschlafen zu lassen. Unsere Freundschaft ist nicht plötzlich zerbrochen, sondern langsam und leise verwelkt.«

»Und du hast nie wieder etwas von ihr gehört?«

»Nein, leider nicht. Sie wollte mir gleich nach ihrer Ankunft in Frankfurt eine Ansichtskarte schreiben, aber die ist nie angekommen.«

»Es hätte ja auch noch das Telefon gegeben«, gab Vanessa zu bedenken.

Marita winkte ab. »Wir hatten lange keinen eigenen Apparat. Wir hatten ja nicht einmal eine Telefonzelle in der Nähe.«

»Wirklich? Das kann man sich heute gar nicht mehr vorstellen.«

»Richtig. Heutzutage wäre das alles kein Problem, mit den ganzen technischen Möglichkeiten, die uns zur Verfügung stehen. Aber damals war es nicht ganz so einfach.«

Sophie nickte verständnisvoll.

»Kurz darauf kam mein erster Sohn zur Welt«, fuhr Marita fort. »Und meine eigenen Wünsche gerieten in Vergessenheit. Bis plötzlich ... bis Angelikas Todesanzeige per Post kam. Ich war völlig fertig.« Sie legte ihre Hände vors Gesicht und atmete ein paarmal tief durch. Dann hob sie ihren Blick wieder. »Bis heute kann ich mir nicht verzeihen, dass ich wertvolle Zeit verschenkt habe. Ich hätte mich bei deiner Mutter melden sollen.«

»Sie hätte das Gleiche tun können«, entgegnete Sophie

versöhnlich und dachte an die alte Postkarte im Fotoalbum ihrer Mutter. Hatte Angelika diese Karte für ihre Freundin gekauft?

»Es ist lieb, dass du das sagst.« Gerührt zog Marita Sophie in ihre Arme. »Versprich mir, dass wir beide es besser machen werden!«

»Gern.«

»Ich habe übrigens etwas für dich.« Marita erhob sich und holte eine rosarote Geschenktüte aus dem Küchenregal. »Es passt dir sicherlich nicht mehr, aber du sollst es trotzdem haben.«

Neugierig öffnete Sophie die Tüte und zog eine gelbweiß gestreifte Babyjacke und ein gelbes Mützchen heraus.

»Sind das die Sachen, von denen du gerade erzählt hast? Die Babykleidung, die du für meine Mutter gestrickt hast?«

Marita nickte. »Ich habe sie all die Jahre aufbewahrt, ich weiß auch nicht, warum.«

»Danke«, flüsterte Sophie ergriffen. Sie drückte das Jäckchen an sich und schloss für einen Moment die Augen.

Dadurch entging ihr der stumme Blickwechsel zwischen ihren Freundinnen. Vanessa und Sandra verständigten sich offensichtlich auf einen Themenwechsel, denn Vanessa räusperte sich gleich darauf lautstark und fragte: »Kann ich wohl noch einen Kaffee haben?«

»Aber sicher.« Marita sprang auf und schaltete die Kaffeemaschine ein. Dabei fiel ihr Blick aus dem Fenster.

»Oje! Was bin ich nur für eine schlechte Gastgeberin«, sagte sie. »Draußen ist das herrlichste Wetter, und ich sitze hier drinnen und hänge alten Zeiten nach. Kommt, lasst uns in den Garten gehen und dort Kaffee trinken.«

»Gute Idee!«, stimmte Vanessa zu. »Das ist der erste warme Sonnentag seit langem, wir müssen das unbedingt ausnutzen.«

»Ich zeige euch später noch den Hof und die Tiere.«

»Kannst du mir auch das Haus zeigen, in dem meine Mutter gelebt hat?«, fragte Sophie. Sie warf einen letzten gerührten Blick auf die Babyjacke und stopfte sie dann zurück in die Geschenktüte.

»Natürlich, Liebes.« Ungeduldig pustete sich Marita die Haarsträhne aus dem Gesicht, während sie den Tisch abräumte und dabei geschäftig in der Küche hin und her lief. Sie war wieder ganz die Alte. »Ihr müsst unbedingt auch noch eine Runde durchs Dorf drehen, damit ihr seht, wie schön es bei uns in Havixbeck ist.«

7

Ist es nicht himmlisch hier?«, fragte Sophie, als sie am späten Nachmittag vor dem Wohnmobil saßen. »Irgendwie kann ich verstehen, dass Marita nie von hier wegwollte.«

Alle drei Freundinnen hatten die Augen geschlossen und genossen das warme Sonnenlicht. Der Tag war lang und anstrengend gewesen. Schon der Besuch bei Marita hatte länger gedauert als geplant, so dass sie erst gegen zwei Uhr weiter zur Burg Hülshoff gefahren waren. Doch nur Sandra hatte das Herrenhaus von innen besichtigt. Vanessa und Sophie hatten sich damit begnügt, das Außengelände zu erkunden und durch die Gärten zu spazieren.

Jetzt parkte das Wohnmobil auf einem Feldweg, von dem aus sich ein herrlicher Blick auf das Wasserschloss und die wunderschön angelegten Grünanlagen bot. Rhododendronbüsche und Goldregen blühten in kräftigen Farben, alte Trauerweiden ließen ihre Zweige in den Schlossteich hängen, und das weiche Licht der Nachmittagssonne spiegelte sich glitzernd auf der Wasseroberfläche.

Zudem lag der frische Duft nach gemähtem Gras in der Luft, der von den Obstwiesen herüberwehte.

»Ich auch.« Träge ließ Sandra ihren Blick über die Landschaft gleiten. »Es ist perfekt.«

»Vielleicht wenn man auf Pferde und Kühe steht«, entgegnete Vanessa. Sie saß auf den Treppenstufen des Wohnmobils, während Sandra und Sophie auf einem alten Baumstamm am Wegesrand Platz genommen hatten. »Ich kann eher nachvollziehen, warum deine Mutter wegwollte. Mir wäre die Luft hier auf Dauer auch zu provinziell.«

»Sie hätte ja nach Münster ziehen können.«

Vanessa lachte abfällig. »Münster ist keine Großstadt.«

»Westberlin war vor dreißig Jahren auch nicht gerade groß.«

»Aber wesentlich spannender.«

»Ich möchte wirklich wissen, warum sie ausgerechnet dorthin wollte«, murmelte Sandra.

»Du hast doch Maritas Meinung gehört«, entgegnete Sophie. »Ihre Klavierlehrerin, Romana Rautenberger, war schuld.«

»Vielleicht steckte aber auch etwas ganz anderes dahinter. Ein Mann oder so.«

»Das glaube ich nicht. Das hätte sie Marita erzählt.«

»Bist du sicher, dass deine Mutter ihr immer alles gesagt hat?«

»Nein. Obwohl die zwei wirklich gute Freundinnen gewesen sein müssen.«

»Das eine schließt das andere nicht aus«, gab Vanessa zu bedenken.

»Hattet ihr eigentlich auch eine beste Freundin, als ihr klein wart?«, wollte Sandra wissen.

»Nein.« Vanessa schüttelte den Kopf. »Ich habe zwei große Brüder und war meistens mit Jungs unterwegs. Mit Puppen und diesem ganzen Mädchenkram konnte ich noch nie etwas anfangen.«

»Ich war eine Zeitlang mit der Nachbarstochter befreundet«, erzählte Sophie. »Sie hieß Suna und kam aus der Türkei. Leider ist sie nach der vierten Klasse mit ihrer Familie nach Istanbul zurückgegangen, und ich habe nie wieder etwas von ihr gehört. Und was ist mit dir, Sandra? Hattest du eine beste Freundin?«

»Mehrere.« Sandra grinste. »Ich konnte mich nie entscheiden, welche ich am liebsten hatte, denn ich fand sie alle nett.«

»Hast du zu einer von ihnen noch Kontakt?«

»Nein, eigentlich nicht. Die eine oder andere ist mittlerweile bei Facebook, aber mehr als Höflichkeiten tauschen wir dort nicht aus.«

»Merkwürdig! Warum enden so viele Freundschaften nach der Schulzeit?«

»Vermutlich liegt das daran, dass wir uns weiterentwickeln«, überlegte Vanessa. »Und nicht immer geht die Entwicklung in die gleiche Richtung. Da ist es doch nur natürlich, dass sich die Wege trennen.«

Sophie dachte für eine Weile darüber nach. »Daran könnte etwas Wahres sein.«

»Natürlich ist es das!«

»Ich hatte den Eindruck, dass Marita es meiner Mutter ziemlich übelgenommen hat, dass sie Havixbeck verließ. Ist euch das auch aufgefallen?«

Sandra nickte. »Ich glaube, sie denkt, dass alles ganz anders gekommen wäre, wenn sie hiergeblieben wäre.«

»Mag sein«, sagte Vanessa. »Aber es bringt nichts, darüber nachzugrübeln. Wie gesagt, Menschen entwickeln sich weiter, und irgendetwas hat deine Mutter nach Berlin getrieben.«

»Ich wüsste zu gern, was sie dort erlebt hat.«

»Ich auch. Schade, dass wir niemanden fragen können«, bedauerte Sandra.

»Wer weiß?«, murmelte Vanessa. »Vielleicht können wir das doch.«

Sophie öffnete ihre Augen und drehte sich neugierig zu Vanessa um. Diese hatte ihr Handy aus der Tasche genommen und tippte eifrig auf den Tasten herum. Schließlich nickte sie zufrieden. »Romana Rautenberger hält morgen Abend einen Vortrag in der Seniorenhilfe Charlottenburg.«

»Ja und?«

»Wir werden uns das anhören.«

»Wie bitte?«

»Wir fahren nach Berlin.«

»Super!«, rief Sandra aufgeregt. »Wenn der Prophet nicht zum Berg kommt, dann kommt der Berg zum Propheten.«

»Richtig.«

»Moment!« Sophie blickte verständnislos von einer zur anderen. »Könnt ihr mir das bitte mal erklären?«

»Wir fahren nach Berlin und statten Romana Rautenberger einen Besuch ab«, erläuterte Vanessa. »Da uns die gute Dame anscheinend nicht persönlich empfangen möchte, werden wir sie mit unserer Anwesenheit bei der Seniorenhilfe überraschen. Vor so vielen Leuten kann sie uns schlecht abwimmeln.«

»Ich weiß nicht.« Sophie war noch nicht überzeugt. »Das erscheint mir ein wenig aufdringlich. Vielleicht verärgern wir sie dadurch so sehr, dass sie uns nichts erzählt.«

»Und wenn schon! Dann sind wir genauso schlau wie jetzt. Wir haben also nichts zu verlieren.«

»Außerdem ist die Strecke über Berlin kein großer Umweg«, ergänzte Sandra.

»Ich checke das gleich mal.« Erneut nahm Vanessa ihr Smartphone zu Hilfe. »Von hier aus sind es ungefähr fünf Stunden bis Berlin«, verkündete sie nach wenigen Minuten.

»Das schaffen wir heute nicht mehr«, wandte Sophie ein.

»Müssen wir auch gar nicht.« Sandra holte den Campingführer aus dem Wagen. »Aber bis Osnabrück kommen wir heute noch, und dort gibt es mit Sicherheit einen netten Platz zum Übernachten.«

»Die Veranstaltung mit den Senioren beginnt morgen Abend um acht Uhr. Wir haben also genug Zeit, um ganz gemütlich nach Berlin zu fahren.«

Sophie ging das alles viel zu schnell.

Nach der Begegnung mit Marita hätte sie jetzt gern ein wenig Ruhe gehabt. Sie brauchte Zeit, um das Gehörte zu verarbeiten. Außerdem wusste sie nicht, was sie in Berlin erwartete. Marita hatte sie herzlich empfangen und offen über ihre Erinnerungen gesprochen. Ein Besuch bei Romana Rautenberger, so viel ahnte Sophie, würde weitaus weniger angenehm ablaufen.

»Was bringt uns das? Warum können wir nicht bei unserer ursprünglichen Reiseroute bleiben?«

»Jetzt hör mal gut zu, Frau Doktor Sophie Lensing!« Vanessa stemmte ihre Arme in die Hüften und musterte ihre Freundin streng. »Du kannst mich nicht erst zu dieser chaotischen Reise quer durch Deutschland überreden und dann auf einmal kneifen, weil wir ein wenig von der ursprünglichen Route abweichen.«

»Wir weichen nicht nur ab, wir ändern unser Programm.«

»Wir passen es unseren Bedürfnissen an«, stellte Vanessa richtig. »Oder willst du die Chance vertun, das große Geheimnis deiner Mutter zu erfahren?«

»Vielleicht gibt es gar kein Geheimnis.«

»Mag sein. Aber wenn wir nicht fragen, bekommen wir auch keine Antwort.«

»Komm schon, Sophie!« Sandra sah sie bittend an. »Ich wollte immer schon mal nach Berlin.«

»Ich dachte, du wolltest immer schon mal zur Burg Hülshoff.«

»Das habe ich heute erledigt, und jetzt möchte ich nach Berlin.«

Sophie stöhnte. Sie wusste, dass sie sich geschlagen geben musste. Gegen beide Freundinnen gleichzeitig hatte sie noch nie eine Chance gehabt.

»Also gut«, murmelte sie deshalb. »Fahren wir nach Berlin!«

Doch ein unangenehmes Gefühl in ihrem Magen blieb.

Es schien ganz so, als sollten sich Sophies dunkle Ahnungen bestätigen.

Der Campingplatz, den Sandra für die Nacht ausgesucht hatte, entpuppte sich als alt und ungepflegt. Zudem lag er in einer Flugschneise für Militärjets, die schon ab sechs Uhr am nächsten Morgen über den Platz donnerten. Entsprechend früh verließen die drei Freundinnen ihr Quartier.

Dann verfuhr sich Sandra trotz Navigationsgerät auf dem Weg zur Autobahn. Daraufhin entwickelte sich ein heftiger Streit mit Vanessa, weil Sandra sich weigerte, nach Vanessas Anweisungen zu fahren. Entnervt trennte Sophie die beiden Streithähne, setzte sich selbst ans Steuer und verbannte Vanessa auf die Rückbank.

Doch schon bald musste sie feststellen, dass das keine gute Idee gewesen war. Denn je näher sie der Hauptstadt kamen, umso lebhafter wurde der Verkehr. Zudem wimmelte es von Baustellen, Ampeln und Hinweisschildern, die das Navigationsgerät bei seinen Richtungsangaben nicht berücksichtigte.

Auch Sandra war keine große Hilfe, da sie lieber interessiert aus dem Fenster schaute und die Stadt bewunderte, statt Sophie durch die stark befahrenen Straßen Charlottenburgs zum Ziel zu lotsen.

»Das Olympiastadion«, rief sie begeistert, oder: »Schaut mal! Und der Funkturm!«

Langsam verwandelte sich Sophies Unsicherheit in Panik. Sie war keine gute Autofahrerin und hasste es, durch eine fremde Stadt fahren zu müssen. Doch dann schaltete sich Vanessa ein, die die ganze Zeit über beleidigt geschwiegen hatte.

»Gib mir mal die Straßenkarte nach hinten, Sandra«, forderte sie und begann mit ruhiger Stimme, Sophie durch den Verkehr zu lenken.

Ihre klaren Anweisungen gaben Sophie die nötige Sicherheit zurück. Dankbar lächelte sie Vanessa im Rückspiegel zu und war froh, dass auch ihre Freundin ein versöhnliches Lächeln zustande brachte.

Fünfzehn Minuten später hielten sie vor einem parkähnlichen Garten, der zu einer zweigeschossigen, alten Villa führte.

»Hier muss es sein.« Vanessa deutete auf ein großes Messingschild am Straßenrand. *Herzlich willkommen bei der Seniorenhilfe Berlin-Charlottenburg!*, stand dort.

»Geschafft!« Erleichtert wischte sich Sophie den Schweiß von der Stirn. Am liebsten hätte sie den Boden geküsst.

»Wir stehen im Halteverbot«, bemerkte Vanessa. »Hier können wir nicht parken.«

»Wir sind außerdem viel zu früh dran, die Veranstaltung beginnt erst in sechs Stunden.« Sandra warf einen Blick auf ihre Armbanduhr. »Das sollte noch für eine kleine Besichtigungstour reichen.«

»Und wo stellen wir das Wohnmobil ab?«

Sandra zuckte mit den Schultern. »Irgendwo muss es doch ein Parkhaus geben.«

»Mit diesem Ding fahre ich in dieser Stadt keinen Meter mehr. Weißt du, wie eng so ein Parkhaus ist?« Sophie hob abwehrend die Hände.

Vanessa nahm ihr Smartphone zu Hilfe.

»An der Messe gibt es mehrere Parkplätze im Freien«, verkündete sie dann. »Von dort aus müssen wir zu Fuß weiter.«

Um halb acht Uhr am Abend, nach einem ausgiebigen Bummel durch Berlin-Mitte, standen die drei Frauen wieder vor der alten Villa in Charlottenburg. Jetzt herrschte an der Tür reger Betrieb, mindestens dreißig ältere Damen standen schon in einer Schlange und warteten auf Einlass.

»Wollen die alle zu Romana Rautenberger?«, fragte Sandra überrascht. »Müssen wir uns auch anstellen?«

»Ich befürchte, schon.« Vanessa seufzte.

»Meine Füße tun weh«, stöhnte Sophie, als sie nach fünfzehn Minuten endlich die Vorhalle erreicht hatten. »Am liebsten würde ich jetzt heiß baden und danach ins Bett gehen.«

Vanessa lachte spöttisch. »Das scheitert schon an der fehlenden Badewanne!«

»Eine heiße Dusche wäre auch in Ordnung.«

Sandra blickte sich suchend um. »Kann ich hier irgendwo meine Tüten abstellen?«

»Was musst du auch immer so viele Klamotten kaufen!«, schimpfte Vanessa.

»Wann habe ich schon mal die Gelegenheit, in so vielen tollen Secondhand-Läden zu stöbern?«, verteidigte sich die Freundin. »Ich hatte ja keine Ahnung, welch riesiges Angebot es hier gibt. Ich muss unbedingt bald mit Steffen wieder herkommen.«

»Dort drüben scheint eine Art Garderobe zu sein.« Sophie zeigte auf einen langen Tisch, hinter dem mehrere Kleiderständer standen.

»Wollt ihr eure Jacken auch abgeben?«, fragte Sandra.

Sophie winkte ab. »Ich brauche meine Strickjacke, mir ist ein wenig kalt.«

»Ich behalte meinen Pulli auch lieber an.«

Nach weiteren fünf Minuten Wartezeit betraten sie schließlich den Saal, in dem Romana Rautenbergers Auftritt stattfinden sollte.

»Wow!«, rief Vanessa und drehte sich bewundernd um ihre eigene Achse. »Welche Pracht!«

Drei mächtige Kronleuchter mit unzähligen Glasperlen warfen ihr Licht in den großen Raum, dessen Wände mit Säulen und Reliefs in Weiß und Gold verziert waren.

»Das ist klassizistischer Baustil«, erklärte Sandra. »Gerade Linien, helle Farben, geometrische Anordnung und ein wenig antik.«

»Wunderschön!«

Leises Gemurmel von unzähligen weiblichen Stimmen schwirrte durch den Saal. Ehrfürchtig schritten die drei Freundinnen die Stuhlreihen ab.

»Hier ist alles schon besetzt oder reserviert«, bemerkte Sophie erstaunt. »Ich sehe keinen einzigen freien Platz.«

»In der ersten Reihe scheint noch etwas frei zu sein«, sagte Vanessa und deutete auf eine Frau in der Uniform des Ordnungspersonals, die ihnen durch Handzeichen zu verstehen gab, dass sie zu ihr kommen sollten.

»Die gucken uns alle so komisch an«, wisperte Sandra, als sie direkt vor dem Podium Platz genommen hatten.

»Kein Wunder. Wir sind ungefähr vierzig Jahre zu jung für diese Art von Veranstaltung«, entgegnete Sophie leise. »Ich habe euch ja gleich gesagt, dass das nichts bringt. Wir werden uns furchtbar blamieren.«

»Abwarten!«, flüsterte Vanessa.

In diesem Moment betrat die Vorsitzende der Seniorenhilfe die Bühne und kündigte mit aufgeregter Stimme Romana Rautenberger an. Tosender Applaus brandete auf, als Frau Rautenberger wenige Minuten später persönlich erschien. Lächelnd und zu allen Seiten winkend lief sie bis zur Mitte der Bühne – eine schlanke, hochgewachsene Frau von Mitte fünfzig mit kurzen, grauen Haaren. Sie war dezent geschminkt und trug einen dunkelblauen Hosenanzug.

Als es im Saal ruhiger wurde, griff sie zum Mikrofon.

»Ich begrüße heute Abend alle Senoritas«, begann sie mit tiefer, rauchiger Stimme. »Und auch diejenigen unter uns, die es werden wollen.« Ihr Blick streifte Sandra, Vanessa und dann Sophie. Für einen kurzen Moment blitzte so etwas wie Überraschung in ihren hellen Augen auf. Unbehaglich rutschte Sophie etwas tiefer in ihren Sitz und senkte den Blick, doch zum Glück hatte sich Romana Rautenberger schon wieder abgewandt und begann mit ihrer Rede.

»Sie hat dich erkannt!«, zischte Sandra. »Ich habe es genau gesehen.«

»Sie kann mich nicht erkannt haben, weil sie mich gar nicht kennt«, erwiderte Sophie zerstreut. Doch auch sie hatte das Gefühl, dass Romana Rautenberger einen Moment länger als nötig in ihre Richtung geschaut hatte.

»Es schadet nichts, wenn sie sich insgeheim fragt, wer du bist«, stellte Vanessa flüsternd fest. »Vermutlich zermartert sie sich gerade ihr Gehirn.«

»Das kann sich aber sehr professionell verbergen«, flüsterte Sandra zurück.

Tatsächlich gelang es Romana Rautenberger ohne große Mühe, das Publikum mit ihrer Rede in Begeisterung zu versetzen. Sie verriet, dass sie sich selbst gern schon zu den Senoritas zählte, obwohl sie ja noch berufstätig war. Dann beschrieb sie die Missstände, die ihrer Meinung nach immer noch im Bereich der Seniorenpolitik herrschten. Schließlich stellte sie eine Reihe von Forderungen auf. Jeder einzelne ihrer Vorschläge wurde mit frenetischem Applaus gefeiert.

»Sie ist wirklich gut«, musste Vanessa zugeben, als die Rede zu Ende war. »Wenn ich alt wäre, würde ich sie wählen.«

»Du kannst sie auch jetzt schon wählen.« Sandra deutete auf die Plakate, die an der Tür hingen. »Sie hat sich für die nächste Bundestagswahl aufstellen lassen.«

»Mal sehen.«

»Ich weiß noch gar nicht, wen ich wählen soll«, überlegte Sandra laut. »Wisst ihr das schon?«

»Wen interessiert das denn jetzt?«, schimpfte Vanessa. Sie zog ihre Freundinnen mit sich Richtung Podium. »Wenn wir nicht aufpassen, ist Frau Rautenberger gleich fort, ohne dass wir mit ihr sprechen konnten.«

»Ich glaube, darüber brauchst du dir keine Sorgen zu machen.« Sophie grinste, als sie zwischen eine große Gruppe von Seniorinnen gerieten, die alle aufgeregt nach vorn strömten. »Sie ist sicher noch eine Weile mit ihren Anhängerinnen beschäftigt.«

Eine Dreiviertelstunde später verabschiedete Romana Rautenberger die beiden alten Damen, die vor den Freundinnen in der Schlange auf ein Gespräch gewartet hatten. Dann griff sie zu ihrem Wasserglas und trank ein paar kleine Schlucke, bevor sie sich wieder zu den Wartenden umdrehte.

»Die nächsten Senoritas bitte!«, rief sie.

Sandra warf Sophie einen aufmunternden Blick zu. Vanessa war weniger zurückhaltend und schob sie ein paar Schritte weiter nach vorn.

Wie schon zu Beginn ihrer Rede wirkte Frau Rautenberger auch jetzt bei Sophies Anblick für einen Moment überrascht, beinahe sogar erschrocken. Sie überspielte es mit einem dünnen Lächeln. »Hallo!«

»Mein Name ist Sophie Lensing«, stellte sich Sophie vor. Sie fühlte sich mit einem Mal schüchtern und gehemmt, fast wie ein Teenager. Romana Rautenbergers Persönlichkeit hatte etwas Respekteinflößendes an sich. Wie viel angenehmer war gestern die erste Begegnung mit Marita verlaufen!

Hellgraue Augen musterten sie kühl und abschätzend. »Schön, Sie kennenzulernen, Sophie. Nennen Sie mich bitte Romana.« Wieder ein professionelles Lächeln. »Was kann ich für Sie tun? Sie wirken ein wenig zu jung, um aktives Mitglied bei uns zu sein.«

»Oh, ich möchte auch kein Mitglied werden ... also, jedenfalls jetzt noch nicht. Obwohl ich Ihr Engagement toll finde ...«, stammelte Sophie.

»Nun, wenn Sie mir nur ein Kompliment machen wollten, dann herzlichen Dank.« Sie hielt Sophie ihre Hand entgegen. »Es war sehr nett, Sie kennenzulernen.«

Auf einmal standen Vanessa und Sandra neben Sophie. »Nicht so schnell«, sagte Vanessa. »Sophie ist hier, um mit Ihnen über ihre Mutter zu sprechen.«

»Ach ja?«

»Ihr Name ist Angelika Schuster.«

»Ich wusste es.« Romana Rautenberger taxierte Sophie. »Sie sehen ihr sehr ähnlich.«

»Wenigstens geben Sie zu, dass Sie sie kennen.« Vanessa nickte zufrieden.

»Ich kannte sie, vor vielen, vielen Jahren.« Romana zuckte gleichgültig mit den Schultern. »Aber das ist lange her.«

»Sie waren mit ihr befreundet.«

Romana lachte bitter und winkte ab. »Ich brauche keine Freunde, schon gar nicht solche wie Angelika.«

»Was ist denn damals passiert?«, fragte Sophie. Ihre Stimme zitterte vor Aufregung.

»Nichts, was sie Ihnen nicht auch erzählen könnte. Fragen Sie sie doch.«

»Das geht nicht. Sie ist seit fast dreiundzwanzig Jahren tot.«

Romana erbleichte und wirkte für einen Augenblick ehrlich erschüttert. »Wie bitte?« Sie ließ sich auf einen der Stühle sinken, die man für die Gespräche mit ihren Wählerinnen aufgestellt hatte.

»Meine Mutter ist bei einem Autounfall ums Leben gekommen«, erklärte Sophie. »Damals war ich erst sieben Jahre alt.«

»Das tut mir leid«, sagte Romana leise. »Arme Angie!« Sie schüttelte den Kopf, so als ob sie Bilder und Erinnerungen loswerden wollte, die in diesem Moment auf sie einstürmten. Schließlich erhob sie sich und richtete ihren Blick wieder auf die drei Frauen, die immer noch abwartend vor ihr standen. »Ich weiß trotzdem nicht, wie ich Ihnen helfen kann, denn –«

»O doch«, unterbrach Vanessa sie. »Sie können!«

»Bitte!« Sophie sah Romana drängend an. »Meine Mutter hat nie über ihre Berliner Zeit gesprochen. Ich möchte wissen, was damals passiert ist. Und Sie sind die Einzige, die mir das erzählen kann.«

Romana starrte ins Leere. »Aber was ist, wenn die Wahrheit weh tut?«, fragte sie mit leiser Stimme.

»Keine Sorge, für diesen Fall hat Sophie uns dabei.« Sandra legte den Arm um ihre Freundin. »Wir kümmern uns um sie.«

»Das sehe ich.«

»Also?« Vanessa deutete auf ihre Armbanduhr. »Sie haben sicherlich heute Abend nicht viel Zeit. Wie wäre es, wenn wir uns morgen früh treffen?«

»Morgen ist mein freier Tag.«

»Das passt doch prima.«

»Ich habe einen Arzttermin.«

»Dauert der den ganzen Tag?«

»Nein.«

»Wann können wir uns also treffen?«

»Sie sind ziemlich hartnäckig, junge Dame!« In Romanas Tonfall schwang tatsächlich so etwas Ähnliches wie Bewunderung mit.

»Ich weiß«, entgegnete Vanessa. »Also?«

Frau Rautenberger zögerte. Sie warf Sophie einen langen Blick zu und rang sich dann offensichtlich zu einer Entscheidung durch.

»Gegen elf Uhr werde ich zurück sein«, murmelte sie. »Passt Ihnen die Zeit?«

»Ja. Uns passt jede Zeit.«

»Meine Sekretärin sitzt dort drüben am Eingang. Sagen Sie ihr, sie soll Ihnen meine Karte mit der privaten Adresse geben.«

»Danke, wir sehen uns dann morgen.«

»Ach, Sophie?«, rief Romana Rautenberger ihnen nach.

»Ja?« Sie drehte sich um.

»Mir scheint, Sie waren weitaus klüger bei der Auswahl ihrer Freundinnen als Ihre Mutter damals!«

»Wie meinte sie das wohl?«, fragte Sophie, als sie später am Abend mit ihren Freundinnen im Bett lag und dem Lärm vor der Tür lauschte.

Mit Mühe und Not hatten sie einen Stellplatz auf einem

völlig überfüllten Campingplatz am Wannsee gefunden. Obwohl das Wetter immer noch sehr schön und warm war, hatten sie darauf verzichtet, ihr Abendessen draußen einzunehmen, denn das Wohnmobil stand direkt neben einer Ansammlung von Zelten, die einer holländischen Jugendgruppe gehörte. Die jungen Leute saßen seit Stunden am Lagerfeuer und sangen lautstark Stimmungslieder.

»Wer meinte was?«, kam es müde aus dem Bett über der Fahrerkabine, wo Sandra schon vor zwanzig Minuten das Licht gelöscht hatte.

»Die seltsame Bemerkung von Romana Rautenberger, dass ich eine bessere Wahl getroffen habe.«

»Zerbrich dir darüber nicht den Kopf.« Sandra gähnte. »Ich fand so ziemlich alles an dieser Frau seltsam.«

»Aber irgendwie auch beeindruckend und respekteinflößend. Ich bin sehr gespannt auf morgen früh.«

»Hier vom Campingplatz aus sollten wir in ein paar Minuten bei ihr sein.« Vanessa hatte sich schon wieder über ihr Handy gebeugt. »Wir müssen nur ein paar Kilometer über die Landstraße.«

»Wir können also ausschlafen«, murmelte Sandra.

»Das wird auch nötig sein«, stellte Sophie fest, während draußen das »Lied der Schlümpfe« erklang. »Ich kann vorerst kein Auge zutun.«

Um sich vom Lärm abzulenken, holte sie ihr Smartphone aus der Tasche und prüfte ihren Mail-Account. Zwei neue Nachrichten im Posteingang. Die erste Mail stammte von ihren Eltern. Begeistert berichteten sie von ihrem Aufenthalt in Sydney.

Die zweite Nachricht trug den Titel *»Kaktus-Notfall«* und war von Luca Vianello erst vor wenigen Minuten verfasst worden. Alarmiert klickte Sophie auf »Öffnen«.

»Hallo Sophie,
habe wie besprochen die Kakteen gewässert und dabei festgestellt, dass der Kugelkaktus zwischen den Stacheln kleine weiße, wollige Stippen entwickelt. Habe ein Bild beigefügt. Ist das normal? Gruß, Luca«

Sophie betrachtete das Foto und schüttelte den Kopf. Nein, das war leider nicht normal und musste so schnell wie möglich behandelt werden. Deshalb schrieb sie sofort zurück.

»Hallo Luca,
danke für die Info! Vermutlich handelt es sich um Woll- oder Schmierläuse. Hier muss man sofort etwas unternehmen, sonst breitet sich der Befall auch auf die anderen Kakteen aus. Bitte stelle den betroffenen Kaktus vorerst in die Küche!
Danke und Gruß, Sophie«

Aus dem oberen Bett war lautes Gähnen zu hören.

»Mensch, bin ich erledigt!«, stöhnte Vanessa. »Dass ich mal freiwillig um zehn Uhr das Licht ausmache, hätte ich nicht gedacht. Hoffentlich hören die Jungs da draußen bald auf!«

Sophies Handy piepte. Eine neue Nachricht von Luca.

»Habe gemacht, was du gesagt hast. Kann ich sonst noch etwas tun, um den Patienten zu retten? LG Luca«

Sie lächelte.

»Wenn du unbedingt operieren möchtest, kannst du eine chemische Lösung auf die weißen Bollen pinseln. Das ist aber eine ziemlich knifflige Angelegenheit …«

»Wem schreibst du eigentlich die ganze Zeit?«, wollte Vanessa wissen.

»Meinem Nachbarn.«

»Wie bitte? Luca schreibt dir?«

»Es gibt Probleme mit dem Kugelkaktus. Er hat ein Foto mitgeschickt.«

»Von sich selbst oder vom Kaktus?«

»Vom Kaktus. Willst du mal sehen?« Sophie hielt ihr Telefon nach oben, doch Vanessa winkte ab. »Lass mal! So spannend ist das nun auch wieder nicht.«

»Immerhin nimmt er seinen Job als Kakteenpfleger sehr ernst, das hätte ich gar nicht gedacht.«

»Grüß ihn schön von mir!« Vanessa gähnte noch einmal herzhaft. Kurze Zeit später wurden ihre Atemzüge ruhig und gleichmäßig, offensichtlich war sie eingeschlafen. Auch Sandra schnarchte.

Wieder piepte Sophies Handy.

»Ich liebe knifflige Angelegenheiten! Wo finde ich die chemische Keule?«

Das war etwas schwierig zu erklären. Sophie beschloss deshalb, persönlich mit Luca zu sprechen. Leise schlich sie in die Toilette und wählte seine Nummer.

Er meldete sich schon nach dem ersten Klingeln.

»Hi!«

»Hallo«, flüsterte sie. »Hier ist Sophie.«

»Bist du heiser? Du klingst so leise.«

»Nein, ich will nur nicht mehr Lärm als nötig machen. Die anderen schlafen schon.«

»Okay.« Er lachte.

»Ich wollte dir nur schnell sagen, wo das Pflanzenmittel steht. Geh bitte mal zu mir rüber.«

»Warte! Ich muss mir erst etwas überziehen.« Im Hintergrund lief ein Fernseher. »So, fertig.«

»Du musst in meine Küche.«

Längere Pause. »Bin da. Und jetzt?«

»Rechts neben dem Herd ist ein Schrank. Öffne die oberste Tür.«

»Ja, das hab ich gemacht. Und jetzt?«

»Was siehst du?«

»Ein ziemliches Durcheinander. Gewürze, Hustensaft, Zahnstocher, Eisentabletten, Streichhölzer und eine Packung Bonbons.«

»Räum das mal raus.«

»Okay ... mal sehen ... du solltest den Hustensaft wegwerfen, der ist schon längst abgelaufen. Und Eisentabletten aus dem Supermarkt helfen nicht bei Eisenmangel ...«

»Hey, du bist nicht mein persönlicher Einkaufsberater!«

»Schon gut.«

»Siehst du jetzt eine kleine braune Flasche mit der Aufschrift ›Wolllaus-Tinktur‹?«

»Ja.«

»Gut. Damit musst du die betroffenen Stellen einstreichen, jeden Tag einmal. Du kannst die Zahnstocher zum Einpinseln benutzen.«

»Alles klar. Soll ich die anderen Sachen in den Schrank zurückstellen?«

»Ja, bitte!«

»Aber den Hustensaft werfe ich weg.«

»Von mir aus.« Eine Weile hörte Sophie zu, wie Luca in ihrer Küche herumwerkelte.

»So, das war es dann wohl«, meldete er sich schließlich.

»Danke, dass du dir so viel Mühe machst!«

»Gern geschehen.«

»Übrigens soll ich dich von Vanessa grüßen.«

»Danke.«

»Gute Nacht!«

Leise kehrte Sophie ins Bett zurück. Erleichtert stellte sie fest, dass der Lärm draußen endlich aufgehört hatte. Sie schlüpfte in ihren Schlafsack und zog den Reißverschluss bis zum Hals hoch. Ihr war kalt, wie schon an den letzten beiden Abenden.

Hoffentlich wurde sie nicht krank! Mit Fieber eingesperrt in diesem schmalen Bett, das wäre kein Vergnügen. Ein wenig neidisch dachte Sophie an Katja, Martins kranke Ehefrau. Sie hatte es mit Sicherheit bequemer, denn sie lag zu Hause in ihrem eigenen Bett und wurde zudem noch von Martin umsorgt.

Ach – Martin!

Sehnsüchtig umklammerte sie ihr Kopfkissen. Warum hatte er sich heute nicht gemeldet? Sonst war er doch immer so zuverlässig. Ob es bei Katja Komplikationen gab? Oder ging es ihr schon wieder so gut, dass Martin mit ihr doch noch wie geplant nach München gefahren war? Vielleicht saß er gerade in diesem Moment mit ihr im Auto und erzählte ihr die Wahrheit.

Sophie runzelte die Stirn. Sie war sich nicht sicher, ob ihr diese Vorstellung gefiel oder ob der Gedanke sie eher nervös machte.

Merkwürdigerweise empfand sie Mitleid mit Katja. Wie fühlte man sich als betrogene Ehefrau? Und wie würde sie selbst damit klarkommen, schuld am Ende einer Ehe zu sein? Aber noch bevor sie länger darüber nachgrübeln konnte, war sie eingeschlafen.

8

»Ich weiß immer noch nicht, warum Sie ausgerechnet zu mir gekommen sind.« Romana Rautenberger zündete sich eine Zigarette an und nahm einen tiefen Zug.

Fasziniert beobachtete Sophie, wie sie den Rauch langsam durch die Nase entweichen ließ. Zwei schmale Wolken bildeten sich vor ihrem Gesicht und schwebten dann langsam Richtung Zimmerdecke.

Es war elf Uhr am Donnerstagvormittag, und die Politikerin hatte Wort gehalten – sie hatte Sophie und ihre Freundinnen in ihrem eleganten Haus am Wannsee empfangen. Jetzt saßen die Frauen auf schwarzen Ledersesseln im lichtdurchfluteten Erker im Erdgeschoss des Hauses und tranken aus feinen weißen Porzellantassen. Eine ältere Frau, vermutlich die Haushaltshilfe, hatte Kaffee, Pralinen und Gebäck verteilt und sich danach diskret in die Küche zurückgezogen.

Romana zog erneut an ihrer Zigarette.

Ob sie dadurch Zeit gewinnen wollte? Sophie beschloss, vorerst zu schweigen und abzuwarten, ob Frau Rautenberger von allein zu reden beginnen würde. Sie nippte ein paarmal an ihrer Kaffeetasse und musterte ihr Gegenüber. Die Politikerin trug heute eine Kombination aus grauer Hose und weißer Bluse, eine schmale Perlenkette und dazu passende Perlenohrringe. Wieder war sie kaum geschminkt, sie hatte nur etwas Lidschatten und einen Lippenstift aufgelegt, der eine rostrote Spur auf dem Mundstück ihrer Zigarette hinterließ.

Als Romana Sophies Blick auf sich spürte, schüttelte sie kaum merklich den Kopf.

»Ich kann Ihnen wirklich nicht viel aus unserer gemeinsamen Zeit erzählen.«

»Oder Sie wollen es nicht«, stellte Vanessa hustend fest und fächerte sich mit der Hand etwas Luft zu. Sie hasste Zigarettenrauch.

Romana ignorierte die Bemerkung. »Was bringt es, in der Vergangenheit herumzustochern?«

»Ich möchte mehr über meine Mutter erfahren«, versuchte Sophie zu erklären. »Ich kann mich kaum an sie erinnern, und ihre Lebensgeschichte kenne ich auch nur aus den Erzählungen meiner Verwandten. Aber das ist mit Sicherheit nicht alles, was es über sie zu sagen gibt.«

»Und deshalb fahren Sie jetzt durch die Gegend und befragen wildfremde Menschen?«

»Sie sind nicht völlig fremd.« Sophie nahm das alte Poesiealbum ihrer Mutter aus der Handtasche und legte es neben die Kaffeetasse auf den kleinen Glastisch. »Alle, die wir besuchen, haben sich hier verewigt.«

»Ziemlich originelle Methode.« Romana drückte ihre halbaufgerauchte Zigarette in einem Kristallaschenbecher aus. »Ich mag einfallsreiche Menschen.«

Sophie beugte sich vor.

»Wie war meine Mutter? Was mochte sie? Worüber hat sie sich geärgert? Sie müssen das wissen, denn schließlich waren Sie jahrelang ihre Klavierlehrerin und haben viel Zeit mit ihr verbracht.«

»Sie waren mit ihr in Berlin«, fügte Sandra hinzu. »Sie

sind die Einzige, die uns sagen kann, was damals vorgefallen ist.«

Romana lächelte spöttisch. »Woher wollen Sie wissen, dass etwas vorgefallen ist?«

»Wir haben mit ihrer Jugendfreundin gesprochen, Marita Köster.«

»Marita.« Romana nickte. »An diesen Namen erinnere ich mich. Sie war Angies beste Freundin. Warum fragen Sie nicht Marita, was in Berlin passiert ist?«

»Sie weiß es nicht«, musste Sophie zugeben.

»Sie weiß es nicht? Nun, das hätte ich mir denken können.« Erneut zündete sich Romana eine Zigarette an und nahm einen tiefen Zug. »Unsere Geschichte eignet sich nicht für einen harmonischen Kaffeeklatsch im idyllischen Münsterland.«

»Was soll das heißen?«

Romana legte ihre Zigarette beiseite, schloss ihre Augen und massierte dabei ihre Schläfen. »Nun, ich muss Sie warnen, das ist keine besonders schöne Geschichte.«

»Macht nichts. Wir wollen sie trotzdem hören«, versicherte Sophie.

Romana sah auf. »Angelika und ich waren eine Zeitlang befreundet«, begann sie leise und stützte ihren Kopf in die Hände. »Aber es war keine von diesen schönen Freundschaften, die angeblich so wichtig für uns Frauen sind. Und zu Anfang war sie mir nicht einmal besonders sympathisch …«

Romana Rautenberger zog noch einmal an ihrer Zigarette, bevor sie diese achtlos in ein Blumenbeet hinter die Bushaltestelle in Havixbeck warf. Es regnete leicht, deshalb konnte sie sich das Löschen der Zigarettenkippe sparen. Fröstelnd zog sie den Kragen ihres Sommermantels vors Gesicht und kramte einen Zettel aus ihrer Handtasche.

»Angelika Schuster, Weidenstraße acht, Havixbeck«, murmelte sie und blickte suchend unter dem Dach des Wartehäuschens hervor, wo sie nach der kurzen Busfahrt Schutz gesucht hatte.

Trotz des schlechten Wetters wirkte der kleine Ort sauber und herausgeputzt. Die Hauptstraße war gesäumt von einstöckigen, rotschimmernden Backsteinhäusern. In der Ferne waren das mittelalterliche Torhaus und die Kirche zu erkennen. Romana kniff die Augen zusammen, um die Straßenschilder besser lesen zu können. Dort drüben, auf der anderen Seite, ging tatsächlich die Weidenstraße ab – ganz so, wie es ihr beschrieben worden war.

Fünf Minuten später stand Romana im Vorgarten eines modernen Einfamilienhauses und versuchte, sich den Regen vom Mantel zu schütteln. Dann fuhr sie sich noch einmal mit der Hand durch ihre kurzen, braunen Haare und drückte auf die Klingel, über der ein buntes Emailleschild mit dem Namen »Schuster« hing.

Fast augenblicklich öffnete sich die Tür, und ein Paar blassblaue Augen starrte sie neugierig an. Sie gehörten zu einem rothaarigen Mädchen in Jeans, T-Shirt und Baumwollsocken.

»Hallo!« Romana lächelte und streckte ihre Hand aus. »Mein Name ist Romana Rautenberger, und ich wette, du bist meine neue Klavierschülerin.«

Das Mädchen nickte. »Ich bin Angelika.« Unbekümmert schüttelte sie Romanas Hand und erwiderte das Lächeln selbstsicher. »Kommen Sie doch herein! Oder darf ich ›du‹ sagen? Das wäre bestimmt einfacher.« Sie wartete keine Antwort ab, sondern drehte sich um und beugte sich über das Treppengeländer.

»Mama? Meine neue Klavierlehrerin ist da!«, rief sie in den Keller hinab.

»Ich komme sofort«, schallte es zurück.

»Du kannst die Schuhe anlassen, hier unten ist alles gefliest.« Angelika nahm Romana den nassen Mantel ab und hängte ihn an einen Kleiderständer. Dann musterte sie ihre neue Klavier-

lehrerin interessiert. »Mir gefällt dein Pulli. Die enge Form steht dir. Und die rosa Farbe sieht toll aus. Hast du den selbst gestrickt?«

»Nein.«

»Macht nichts, ich finde Stricken sowieso doof. Meine Freundin Marita strickt ständig irgendwelche Sachen, aber sie kann das im Gegensatz zu mir auch echt gut.«

»Tatsächlich?«

»Ja. Wie alt bist du eigentlich?«

»Neunzehn.«

»Ich bin erst dreizehn. Aber vielleicht können wir trotzdem Freundinnen werden.«

»Tja, ich weiß nicht«, murmelte Romana. Sie wollte nicht gleich in den ersten Minuten unhöflich sein, doch das Geplapper des Mädchens irritierte sie. Sie war es nicht gewohnt, dass ihre Schülerinnen derart selbstbewusst auftraten.

»Meine vorherige Klavierlehrerin war steinalt, mindestens vierzig. Mit dir wird es bestimmt viel mehr Spaß machen!«

»Hoffentlich.«

Angelika deutete auf eine geöffnete Tür. »Komm, lass uns schon mal ins Wohnzimmer gehen.«

Romana folgte ihr.

»Darf ich dich auch Romy statt Romana nennen? Das klingt netter.«

»Wenn es sein muss.« Eigentlich hasste Romana Kosenamen, und Romy fand sie besonders schlimm.

»Hier ist das Klavier.« Angelika ließ ihre Finger über die Tasten gleiten. »Meine Oma aus Frankfurt hat es mir vor ein paar Jahren zu Weihnachten geschenkt.«

»Es hat einen schönen Klang.«

»Wir lassen es regelmäßig stimmen.«

»Aber es steht an einer Außenwand. Das ist nicht gut für das Instrument.«

»Das hat meine alte Klavierlehrerin auch schon gesagt. Aber wo sollen wir es sonst hinstellen?«

»Ich weiß nicht.« Interessiert schaute sich Romana um. Das Zimmer war sehr hell und modern möbliert. Eine Seite öffnete sich zum Garten hin und war vollständig verglast. Daneben bedeckte ein elfenbeinfarbenes Bücherregal eine weitere Wand, und die dritte Wand wurde durch einen Torbogen unterbrochen, der in den Essbereich führte. Vier kugelförmige Schalensessel, die locker um einen Glastisch gruppiert waren, vervollständigten die Einrichtung.

»Frau Rautenberger? Wie schön, dass Sie da sind!« Plötzlich stand eine nicht mehr ganz junge Frau in schwarzen Cordhosen und roter Bluse vor ihr. »Ich bin Brigitte Schuster, Angelikas Mutter«, erklärte die Frau etwas atemlos und schüttelte Romana die Hand. »Entschuldigen Sie, dass ich Sie nicht gleich begrüßt habe, aber ich war mit der Wäsche beschäftigt. Mein Mann braucht jeden Tag ein frisches Hemd, deswegen stapelt sich im Keller die Bügelwäsche. Sie wissen bestimmt, wie das ist.«

Romana nickte, obwohl sie keine Ahnung hatte, wie es war, wenn man ständig Hemden bügeln musste.

»Haben Sie gut zu uns gefunden?«

»Ja, danke. Sie haben mir den Weg letzte Woche perfekt beschrieben.«

»Mein Mann sagt immer, ich habe überhaupt keinen Orientierungssinn. Aber wir Frauen verstehen uns, nicht wahr?« Sie zwinkerte Romana zu.

Diese nickte wieder. Ihr wurde allmählich klar, von wem Angelika ihre offene und lebhafte Art geerbt hatte.

»Darf ich Ihnen etwas Warmes zu trinken anbieten? Das Wetter ist einfach schauderhaft.«

»Später vielleicht, danke.«

»Sie möchten sich sicher zuerst einmal einen Überblick über Angelikas Spiel verschaffen. Dann unterhalten wir uns danach bei einer Tasse Kaffee?«

»Gern.«

»Sie werden überrascht sein. Angie spielt wirklich gut.« Augenscheinlich war sie sehr stolz auf ihre Tochter.

»Übrigens«, mischte diese sich jetzt wieder in die Unterhaltung ein, »Romy sagt, wir müssen die Sachen im Wohnzimmer umstellen.«

»Welche Romy?«

»Na, Frau Rautenberger.«

»Heißen Sie wirklich Romy? Wie Romy Schneider?«

»Eigentlich heiße ich Romana«, stellte Romana richtig. »Und ich möchte auch gern so –«

»Sie sagt, dass die Möbel falsch stehen«, wurde sie von Angelika unterbrochen.

»Das stimmt nicht.« Romana wurde feuerrot und biss sich auf die Lippen. »Äh, ich … äh, ich sagte nur –«

Kichernd fiel Angelika ihr erneut ins Wort. »Schon gut! Ich habe ein bisschen übertrieben. Sie hat nur festgestellt, dass das Klavier an einer Außenwand steht.«

»Angie, du kannst sie doch nicht so in Verlegenheit bringen!«, schimpfte Frau Schuster, doch sie lächelte dabei nachsichtig. »Leider haben wir hier unten keine andere Möglichkeit, das Instrument zu stellen.«

»Das macht nichts«, versicherte Romana hastig.

Frau Schuster blickte auf ihre Armbanduhr. »Ich lasse Sie jetzt allein. Sie wissen schon, die Bügelwäsche ruft.«

»So, jetzt haben wir unsere Ruhe.« Angelika grinste erleichtert, nachdem ihre Mutter das Zimmer verlassen hatte. »Was soll ich spielen?«

»Was kannst du denn spielen?«

»Vieles. Immerhin spiele ich schon seit drei Jahren und übe jeden Tag.«

Romana runzelte die Stirn. Sie mochte es nicht, wenn ihre Schülerinnen sich selbst überschätzten. Absichtlich wählte sie deshalb ein schwieriges Stück. »Wie wäre es mit der Butterfly Etüde *von Chopin?«*

»Okay, die kenne ich.« Angelika rückte ihren Stuhl zurecht und begann zu musizieren. Einfühlsam, kraftvoll und energisch spielte sie sich durch die schwierige Komposition.

Romana hielt vor Überraschung den Atem an. Sie hatte nicht erwartet, dass Angelika das Stück ohne Noten beherrschte. Und noch dazu so gut! Verstohlen betrachtete sie ihre Schülerin von der Seite. Das Mädchen hatte die Augen geschlossen und schien völlig in die Musik versunken zu sein. Der vorwitzige, fast trotzige Gesichtsausdruck war verschwunden.

Vorsichtig atmete Romana aus und ließ ihre Gedanken wandern. Die Klavierstunden mit Angelika würden anspruchsvoll werden, so viel stand fest. Eine derart begabte Schülerin bekam man nicht jeden Tag, erst recht nicht dann, wenn man bei der Aufnahme von Schülern nicht wählerisch sein durfte. Schließlich bedeutete jede Klavierstunde bares Geld, und jeder verdiente Pfennig bedeutete einen kleinen Schritt näher in Richtung ihres großen Traums.

Doch in diesem Moment, als sie dem Klavierspiel lauschte, war ihr das Geld gleichgültig. Sie wollte – nein, sie musste dieses Mädchen unterrichten! Die Stunden hier am Klavier würden ein Lichtblick in ihrer tristen Arbeitswoche sein. Angelika hatte nicht nur Talent, sie hatte Energie und Leidenschaft. Darin war sie ihr offensichtlich sehr ähnlich. Vielleicht gab es am Ende ja doch noch weitere Gemeinsamkeiten?

»Was war denn eigentlich Ihr großer Traum?«, platzte Sandra in die Stille, die nach Romanas Geschichte eingetreten war.

»Was wohl?« Die Politikerin griff zu ihrer Zigarette, die im Aschenbecher bis auf einen kleinen Stummel abgebrannt war, und drückte sie sorgfältig aus. »Ich wollte nach

Berlin ziehen, Konzertpianistin werden und vor großem Publikum in ganz Europa spielen.«

»Tja«, bemerkte Vanessa und sah sich um, »das mit Berlin haben Sie geschafft, und erfolgreich sind Sie auch.«

»Aber statt Klavierkonzerte zu geben, spielen Sie jetzt in der großen Politik mit. Wie sind Sie dazu gekommen?«, wollte Sandra wissen.

Romana lächelte. »Daran war mein dritter Mann, Richard, nicht ganz unschuldig. Er war wesentlich älter als ich und –«

»Sie waren dreimal verheiratet?«, unterbrach Sandra sie überrascht.

»Viermal«, korrigierte Romana. »Aber vergessen Sie die anderen drei Exmänner, das waren Idioten. Richard hingegen war anders: gebildet, hochintelligent und ein Kavalier der alten Schule. So hat er sich selbst immer bezeichnet.«

»War er auch Politiker?«

»Nein, aber er hat mich dazu ermutigt, mich zu engagieren. Durch ihn hatte ich sehr viel Kontakt zu anderen alten Menschen, und ich habe schnell erkannt, dass in unserem Land einiges falsch läuft.«

»Ist er … ich meine, lebt er noch?«, fragte Sophie.

»Nein, er ist schon seit fünfzehn Jahren tot.«

»Aber Sie sind den Senioren treu geblieben«, nahm Vanessa den Gesprächsfaden wieder auf.

»Ja.«

»Und das Klavierspiel? Wann haben Sie das denn aufgegeben?«

»Das war weit vor Richards Zeit.«

»Warum haben Sie denn aufgehört zu spielen?«

»Ich habe nicht aufgehört zu spielen, aber ich tue es nur noch zu meinem Vergnügen und wenn ich allein bin.«

»Wieso?«

»Dazu komme ich später noch.« Romana holte eine neue Zigarette aus einem silbernen Etui. »Es sei denn, Sie wollen diesen Teil der Geschichte nicht hören.«

»Wie kommen Sie darauf?«, fragte Sophie erstaunt.

Romana lachte bitter. »Wie ich schon sagte, manche Dinge, die zwischen uns vorgefallen sind, sind nicht besonders schön und werfen auch kein gutes Licht auf Ihre Mutter.«

»Zu einem Streit gehören immer zwei«, warf Sandra ein.

»Mag sein. Aber einer macht den Anfang.«

»Dann kommt es darauf an, wie der andere reagiert.«

»Auch das ist Ansichtssache.«

»Moment bitte!«, mischte sich Vanessa in den Wortwechsel der beiden Frauen ein. »Wir sollten uns an die Reihenfolge halten. Bislang wissen wir nur, wie Sie und Angelika sich kennengelernt haben. Das klang noch nicht sehr freundschaftlich.«

»Wie ich schon sagte: Es war keine Sympathie auf den ersten Blick. Es hat länger gedauert, bis wir tatsächlich Freundinnen wurden.«

»Immerhin waren Sie Angelika schon nach kurzer Zeit so wichtig, dass Sie sich in ihr Poesiealbum eintragen durften. Sophie, zeig doch mal her!«

Sophie nickte, erleichtert darüber, dass Vanessa die Gesprächsleitung übernommen hatte. Romanas ständige Andeutungen verwirrten sie. Gehorsam schlug sie das Album auf.

»Hier! Das ist der Spruch, den Sie geschrieben haben.«

Man sollte die Dinge so nehmen,
wie sie kommen.
Aber man sollte auch dafür sorgen,

dass die Dinge so kommen,
wie man sie haben möchte.

»Da ist viel Wahres dran«, murmelte Frau Rautenberger. »Ich wusste gar nicht, dass ich früher solche tiefsinnigen Sprüche kannte.«

»Wie lange waren Sie Angelikas Klavierlehrerin?«, erkundigte sich Vanessa.

»Fast fünf Jahre lang.«

»Hatten Sie in dieser Zeit noch andere Schüler?«

»Ja natürlich. Ich musste irgendwie über die Runden kommen und mein Studium in Münster finanzieren.«

»Was haben Sie denn studiert?«

»Musik. Was wohl sonst?« Amüsiert zog Romana ihre Augenbrauen nach oben. Sie schien Gefallen an Vanessas kleinem Verhör zu finden.

Diese ließ sich durch Romanas belustigtes Lächeln in keiner Weise stören, sondern stellte bereits die nächste Frage. »Und wann sind Sie nach Berlin gegangen?«

»Das muss im Frühling 1981 gewesen sein, kurz vor Angies Abitur.«

»Haben Sie Angelika überredet, nach ihrem Schulabschluss ebenfalls nach Berlin zu kommen?«

»Nein.« Sie nahm einen weiteren tiefen Zug aus ihrer Zigarette. »Angie brauchte niemanden, der ihr vorschrieb, was sie tun sollte. Das hat sie immer ganz gut allein gewusst. Ich habe ihr lediglich nahegelegt, Musik zu studieren.«

Sophie, deren Blicke während des Gespräches zwischen Vanessa und Romana hin- und hergeflogen waren, räusperte sich, um sich Gehör zu verschaffen.

»Sie sagen also, meine Mutter hat sich damals ganz allein entschieden, nach Berlin zu gehen.«

»Ja. Ich war völlig überrascht, als sie auf einmal vor meiner Tür stand.«

»Und jetzt bitte noch einmal von vorn!«

Romana bemühte sich um einen gelassenen, höflichen Tonfall, auch wenn es ihr schwerfiel, freundlich zu bleiben. Ihre Klavierschülerin, eine ältere, viel zu stark geschminkte Berlinerin, hatte keinerlei musikalisches Talent. Aber immerhin zahlte sie gut.

Erneut schlug die Frau viel zu hastig und ohne jegliches Gefühl in die Tasten. Romana schloss die Augen und rieb sich die Stirn. Sie hatte schon den ganzen Tag schreckliche Kopfschmerzen. Die vielen falschen Töne, die sie jetzt ertragen musste, machten alles nur noch schlimmer. Am liebsten hätte sie die Frau nach Hause geschickt.

In diesem Moment klingelte es an der Tür. Dankbar für die Unterbrechung sprang Romana auf.

»Üben Sie bitte weiter. Ich bin gleich zurück.«

Wieder klingelte es. Ihr unerwarteter Gast schien es sehr eilig zu haben. Neugierig öffnete sie die Tür – und sah sich Angelika gegenüber, die gerade ihren Koffer auf den Boden stellte.

»Angie! Was machst du denn hier?«, rief Romana überrascht.

»Ich wollte dich besuchen.«

»Mich? Hier? Aber wieso?«

»Es war gar nicht so einfach, deine Adresse herauszubekommen.« Wie üblich ignorierte Angelika ihre Fragen und plapperte munter drauflos. »Warum hast du mir nie geschrieben?«

»Ich schreibe grundsätzlich keine Briefe an meine ehemaligen Klavierschüler.«

»Ach, komm schon! Ich dachte, wir sind Freundinnen.«

»Ich schreibe auch grundsätzlich keine Briefe an meine Freundinnen.«

»Das habe ich gemerkt, und deshalb bin ich jetzt hier. Ich will sehen, wie es dir geht.«

Romana runzelte die Stirn. »Wie lange willst du denn bleiben?«, fragte sie mit einem Blick auf den großen Koffer.

»Keine Ahnung.«

»Bist du abgehauen?«

»Nein! Ich bin volljährig und kann tun und lassen, was ich will.«

»Hm.«

»Willst du wissen, was ich vorhabe?«

»Ich bin mir nicht sicher. Aber du sagst es mir bestimmt sowieso gleich.«

»Am liebsten würde ich ganz hier in Berlin bleiben.«

»Moment mal!« Romana war zur Seite getreten, um die junge Frau in die Wohnung zu lassen. Bei Angelikas letzten Worten jedoch wurde sie misstrauisch und stellte sich wieder in die Tür. »Was hast du vor?«

»Ich werde mir eine Wohnung suchen und Musik studieren. Das hast du mir doch immer geraten, nicht wahr?«

»Ja. Aber ich kann mich nicht daran erinnern, dass ich in diesen Plänen eine Rolle gespielt habe.«

»Du bist die einzige Person, die ich in Berlin kenne.«

»Warum muss es ausgerechnet diese Stadt sein? In Münster kann man auch Musik studieren.«

Angelika verdrehte die Augen. »Jetzt klingst du genauso wie meine Freundin Marita!«

»Du solltest auf diese Freundin hören.«

»Nein. Davon versteht sie nichts. Ich höre lieber auf eine andere Freundin, und deshalb bin ich jetzt hier.« Sie lächelte vorsichtig. »Wir sind doch immer noch Freundinnen, oder?«

Romana presste die Lippen zusammen und nickte zögernd. Diese Dinge ließen sich nicht so einfach im Treppenhaus besprechen. Außerdem wartete ihre Klavierschülerin auf sie. Inzwischen waren die falschen Töne verstummt, vermutlich lauschte die Frau ihrem Gespräch. Kurz entschlossen winkte sie Angelika in ihre Wohnung.

»Ich habe noch Klavierstunde. Du wartest hier in der Küche auf mich!« Mit diesen Worten schob sie Angelika in einen großen Raum, der ihr als Wohnküche diente.

»Nett hast du es hier.« Angelika stellte ihren Koffer an der Tür ab und schaute sich um. »Küchenzeile, Waschmaschine, Esstisch, Sofa und sogar ein kleiner Fernseher. Das sieht gemütlich aus.«

»Mach es dir nur ja nicht zu bequem«, drohte Romana. »Das hier ist meine Wohnung.«

Angelika grinste. »Hast du Angst, dass ich meinen Koffer auspacke?«

»Unter anderem.«

»Bevor ich das tue, müsste ich zuerst den Rest der Wohnung sehen.«

»Untersteh dich!«

»Das war ein Scherz, Romy.«

»Mir ist aber gerade nicht zum Lachen.«

»Hast du ein Telefon?«

»Nein.«

»Hast du zwanzig Pfennig für mich? Ich habe kein Kleingeld.«

»Wofür?«

»Ich muss die Sekretärin meines Vaters anrufen und Bescheid sagen, dass ich gut angekommen bin. Ist eine Telefonzelle in der Nähe?«

»Ja. Ich zeige sie dir später.« Romana blickte auf ihre Armbanduhr. »Jetzt habe ich erst einmal noch zehn Minuten Unterricht.«

Im Wohnzimmer hatte die Schülerin ihr unmelodisches Klavierspiel wieder aufgenommen. Angelika grinste.

»Ach, du lieber Himmel! Jetzt verstehe ich deine miese Laune. Da hast du noch viel Arbeit vor dir.«

»Was du nicht sagst.«

»Wie alt ist dein Schüler? Acht oder neun Jahre?«

»Mindestens fünfzig«, murmelte Romana.

Angelika kicherte. »Viel Spaß!«

Romana streckte ihr die Zunge raus und machte sich auf den Weg zurück ins Wohnzimmer. Überrascht stellte sie fest, dass die Kopfschmerzen verschwunden waren. Und noch verwunderter war sie, als sie einen flüchtigen Blick in den Garderobenspiegel warf und dabei ein Lächeln auf ihrem Gesicht entdeckte.

Vielleicht hatte Angelikas plötzliches Auftauchen doch etwas Gutes? Das Mädchen war zwar manchmal etwas nervig und definitiv zu selbstbewusst. Aber andererseits konnte man wunderbar mit ihr reden, fachsimpeln oder einfach nur herumalbern. Romana hatte nicht viele Bekannte in Berlin, von einer Freundin ganz zu schweigen. Vielleicht war es an der Zeit, Angelika in ihr Leben zu lassen ...

»Sie ist noch am gleichen Abend bei mir eingezogen, in eine kleine Abstellkammer neben dem Wohnzimmer. Ich habe nie verstanden, wie sie sich in dieser Enge wohl fühlen konnte. Aber so war Angie – sie gab sich mit wenig zufrieden, wenn sie glücklich war.«

»Sie war also glücklich«, wiederholte Sophie.

»Ja. Sie bekam auf Anhieb einen Studienplatz an der Berliner Universität der Künste. Kein Wunder, bei ihrer Begabung!«

»Waren Sie auch an der Musikhochschule?«

»Nein, zu diesem Zeitpunkt hatte ich bereits eine Dozentenstelle am Konservatorium und arbeitete verbissen an meiner Karriere.« Romana lächelte wehmütig. »Ich war schrecklich ehrgeizig. Aber Angie sorgte dafür, dass ich trotzdem ein halbwegs normales Leben führte. Sie bestand auf regelmäßige Mahlzeiten, ausreichend Schlaf und gemeinsame Unternehmungen am Wochenende.«

»Das klingt, als hätten Sie beide viel Spaß miteinander gehabt.«

»O ja, den hatten wir! Es war eine schöne Zeit«, murmelte Romana und drückte gedankenverloren ihre Zigarette aus. Dann hob sie den Kopf und rief ihre Haushaltshilfe herbei. »Bettina? Der Aschenbecher ist voll. Können Sie mir bitte einen sauberen bringen?«

Die Frau nickte, lief in die Küche und kehrte nach kurzer Zeit mit einem neuen Aschenbecher zurück. Romana dankte ihr und zündete sich sofort die nächste Zigarette an. »Wo waren wir stehengeblieben?«

»Angelika und Sie hatten angeblich viel Spaß miteinander«, sagte Vanessa.

»Nicht nur ›angeblich‹. Wir hatten eine schöne Zeit.«

»Vorhin haben Sie etwas anderes behauptet.«

»Ich habe ja auch noch nicht zu Ende erzählt.«

»Nur zu!«

»Das Ende unserer Freundschaft kam plötzlich und völlig unerwartet. Wie üblich war ein Mann im Spiel.« Romana seufzte. »Freddie Rodriguez, ein spanischer Pianist, den ich am Konservatorium kennengelernt hatte. Gut aussehend, feurig und leidenschaftlich …«

Als Romana die Wohnungstür aufschloss, klang ihr lebhaftes Klavierspiel entgegen.

»Brahms«, stellte sie fest. Die ungarischen Tänze, vierhändig gespielt. Also war Angelika nicht allein. Ob Freddie schon da war? Dem Klang der Musik nach zu urteilen, hatte Angelikas Mitspieler mindestens ebenso viel Talent wie sie. Gut möglich, dass es Freddie war.

Schnell stellte sie die Einkaufstüten im Flur ab und warf einen prüfenden Blick in den Spiegel. Sie rückte ihre Bluse zurecht und kämmte die Haare flüchtig mit den Fingern durch. Dann trat sie ins Wohnzimmer. Angelika und Freddie saßen nebeneinander am Klavier und bewegten ihre Köpfe temperamentvoll zum Takt. An-

gelikas wilde rote Mähne bildete dabei einen reizvollen Kontrast zu Freddies schwarzen Locken. Erschreckt fuhren die beiden auseinander, als Romana spontan applaudierte.

»Bravo!«

»Romy!« Angie räusperte sich. »Ich habe dich gar nicht kommen hören.«

»Ich auch nicht.« Freddie erhob sich und küsste Romana zur Begrüßung auf die Wange. Für einen kurzen Moment schloss Romana die Augen und genoss die zärtliche Berührung. Dann war Freddie auch schon wieder einen Schritt zurückgetreten.

»Ich bin etwas früher gekommen. Deine Freundin war so nett, sich um mich zu kümmern«, erklärte er mit seinem südländischen Akzent, den Romana so sehr an ihm liebte.

»Das habe ich gern getan«, versicherte Angelika. Sie starrte angestrengt auf die Tasten und knetete ihre Finger.

»Also habt ihr euch schon kennengelernt. Schön, dann kann ich mir das Vorstellen sparen.« Romana lächelte zufrieden.

»Ja, wir haben uns schon bekannt gemacht«, bestätigte Freddie und legte den Arm um Romana. »Wie war dein Tag?«

»Anstrengend.«

»Du Arme! Aber jetzt kannst du dich erholen.«

»Zum Glück. Ich habe mich sehr auf heute Abend gefreut.«

»Äh, ich … ich gehe dann mal in mein Zimmer«, sagte Angelika und erhob sich vom Klavierhocker.

»Wieso?«, wollte Romana wissen. »Ich dachte, wir essen zusammen.«

»Aber vielleicht möchtet ihr lieber allein sein.«

Verwundert betrachtete Romana ihre Freundin. »Nein, das wollen wir nicht. Wir hatten das doch alles schon besprochen. Dieser Abend ist dafür da, dass ihr beide euch kennenlernt.«

»Tja … das hätten wir ja jetzt erledigt.«

»Ich habe nichts dagegen, dich noch besser kennenzulernen«, sagte Freddie und lächelte Angelika freundlich an.

Diese wurde rot. »Wie ihr meint. Soll ich dir beim Kochen helfen, Romy?«

»Nein, danke. Spiel lieber noch ein bisschen! Und du« – Romana deutete auf Freddie –, »du kommst mit und machst den Wein auf.«

Gehorsam setzte sich Angelika wieder ans Klavier. Freddie warf noch einen kurzen Blick auf die junge Frau und folgte seiner Verlobten in die Küche. Während Romana geschäftig hin und her lief und die Einkäufe forträumte, drehte er den Korken aus der Weinflasche und goss drei Gläser Wein ein.

»Deine Mitbewohnerin scheint sehr zurückhaltend zu sein«, stellte er fest.

»Eigentlich ist sie alles andere als schüchtern.«

Aus dem Wohnzimmer erklang die traurige Melodie einer Klaviersonate von Schubert. »Aber irgendetwas beschäftigt sie. Denn dieses Stück spielt sie nur, wenn sie sich nicht besonders wohl fühlt.«

»Hm.« Er schwenkte nachdenklich sein Weinglas.

»Sie ist schon seit zwei Tagen so komisch. Irgendwie abwesend und verwirrt.«

»Tatsächlich?«

»Ja. Aber ihre Laune wird sich garantiert bald wieder bessern. Angie ist von Natur aus ein fröhlicher Mensch. Notfalls musst du deinen südländischen Charme spielen lassen.«

Freddie lächelte und stellte ein Weinglas vor Romana auf den Tisch. »Lass uns anstoßen. Auf einen schönen Abend!«

»Prost!«

Noch immer waren die traurigen Töne aus dem Nebenzimmer nicht verklungen. Romana warf Freddie einen bittenden Blick zu. »Du musst zu ihr gehen und sie aufheitern.«

»Und dich allein in der Küche zurücklassen? Nein, das mache ich nicht.«

»Ich komme hier schon zurecht.«

Freddie nickte wenig überzeugt.

»Nun geh schon! Und nimm ein Glas Wein für sie mit, vielleicht wird sie dann lockerer.«

»Na gut.« Mit zwei Weingläsern in der Hand verschwand er aus der Küche.

Gleich darauf hörte Romana ihn fragen: »Warum spielst du so ein trauriges Lied, Angelika?« Mit seinem spanischen Akzent klang das wie »Anchelicka«.

Das Klavierstück endete jäh mit zwei Tönen, die garantiert in dieser Form nicht in den Notenblättern standen.

»Ich … ich weiß nicht.«

Romana runzelte die Stirn. Was war nur mit ihrer Freundin los? Zum Glück ließ sich Freddie nicht abschrecken. Munter plauderte er weiter. »Ich habe dir ein Glas Wein mitgebracht.«

»Danke.« Immer noch klang Angelika seltsam reserviert.

»Prost!« Gläser klirrten, und für eine Weile war es still.

»Schmeckt dir der Wein?«

»Ja.«

»Das ist ein spanischer Rioja.«

»Aus deiner Heimat?«

»Genau. Warst du schon mal in Spanien?«

»Nur einmal auf Mallorca. Da war ich acht oder neun.«

»Dann hast du vermutlich noch keinen Wein trinken dürfen.«

»Nein.«

»Trinkst du lieber Weiß- oder Rotwein?«

»Normalerweise trinke ich gar nicht.«

»Wie langweilig!«

»Ich esse lieber.«

»Und was ist deine Lieblingsspeise?«

»Bienenstich.« Angelikas Antwort war kaum zu verstehen.

Freddie räusperte sich. »Den esse ich auch sehr gern.«

Romana lächelte erstaunt und nahm sich vor, für das bevorstehende Wochenende ein großes Tablett Bienenstich zu kaufen.

»Tja, und was interessiert dich sonst noch so?«, wollte Freddie

nach einer kleinen Pause wissen. Er ließ nicht locker, stellte Romana amüsiert fest.

»Ich gehe gern ins Kino«, antwortete Angelika zögernd.

»Dann kennst du vielleicht den neuen Starwars-Film?«

»Natürlich.«

»Magst du die Titelmusik?«

»Na ja, sie bleibt auf jeden Fall im Ohr.«

»Rutsch mal zur Seite! Wir probieren das vierhändig.«

»Die Starwars-Musik? Ich kenne nicht einmal die Noten«, protestierte Angelika.

»Dann spiel nach Gehör«, wies Freddie sie an. »Das ist sowieso viel lustiger.«

»Ich bin nicht in Stimmung für Luke Skywalker.«

»Ich aber. Und jetzt los! Möge die Macht mit dir sein!«

Angelika kicherte.

Erfreut registrierte Romana, dass Freddie das Eis gebrochen hatte, denn gleich darauf begann ein munteres Klavierspiel, das gelegentlich von falschen Tönen und lautem Lachen unterbrochen wurde. Sie atmete auf. Es wäre schrecklich gewesen, wenn Angelika und Freddie sich nicht verstanden hätten.

Aber darüber brauchte sie sich wohl keine Sorgen mehr zu machen. Anscheinend kamen die beiden blendend miteinander aus …

»Das ist doch sehr schön!« Wieder war es Sandra, die nach Romanas Erzählung als Erste das Wort ergriff. »Es ist wichtig, dass sich der Mann mit den besten Freundinnen versteht. Ich bin jedenfalls sehr froh darüber, dass es bei mir der Fall ist.«

»Sie Glückliche!« Aus Romanas Worten sprach der pure Sarkasmus.

»Sandra!«, warnte Vanessa ihre Freundin.

»Ist sie tatsächlich so naiv, dass sie nicht begriffen hat,

was sich da zwischen Angie und Freddie anbahnte?«, fragte Romana spöttisch.

»Ich befürchte, so ist es.«

Sandra runzelte die Stirn. »Wieso bahnte sich etwas an? Habe ich irgendetwas nicht mitbekommen? Das klang doch ganz harmlos.«

»Das dachte ich zunächst auch.« Hektisch zog Frau Rautenberger an ihrer Zigarette. »Aber ein paar Wochen später war ich schlauer …«

Endlich Feierabend! Aufseufzend ließ sich Romana aufs Sofa fallen, streifte ihre Schuhe ab und legte die Füße auf den Tisch. Der heutige Tag war anstrengend gewesen. Den ganzen Nachmittag über hatte sie die Aufnahmeprüfungen für neue Schüler am Konservatorium beaufsichtigt. Zwanzigmal hatte sie sich das gleiche Musikstück anhören müssen, zwanzigmal hatte sie dabei die hoffnungsvollen Blicke der Eltern ignoriert, die erwartungsvoll neben ihren Sprösslingen standen und bewundernd dem Klavierspiel lauschten.

Nur zwei der Kinder hatten tatsächlich Talent gezeigt. Den übrigen hatte Romana eine Absage erteilen müssen, was jedes Mal eine endlose Diskussion mit den Eltern nach sich gezogen hatte.

Sie hasste diese Prüfungen! Aber einmal im Jahr musste jedes der Konservatoriumsmitglieder eine solche Aufnahmeprüfung leiten. Dieses Mal, bei der Auswahl der Schulkinder, hatte es sie erwischt.

Sie griff zu ihrem Weinglas, nahm einen Schluck und ließ ihre Gedanken schweifen. Wie gut, dass sie bei Freddies Aufnahmeprüfung nicht dabei gewesen war! Sonst hätte sie sich jetzt den Vorwurf der Bevorzugung gefallen lassen müssen. So aber konnten sie ihre Liebesbeziehung offen ausleben. Wobei – liebevoll und offenherzig war Freddie in letzter Zeit nicht gerade gewesen.

Romana runzelte die Stirn. Seit ein paar Tagen wirkte Freddie geistesabwesend und zerstreut. Woran das wohl lag? Nun, sie würde ihn bei passender Gelegenheit zur Rede stellen.

»Romy?«, fragte Angelika schüchtern. Sie war in der Küchentür erschienen und nestelte nervös an ihrem Kragen herum. »Hast du einen Moment Zeit für mich?«

»Na klar.« Erstaunt musterte Romana ihre Freundin. So unsicher kannte sie Angelika gar nicht.

»Ich muss dir etwas sagen.« Angelika setzte sich neben sie aufs Sofa. Sie schien nicht recht zu wissen, wie sie anfangen sollte.

»Möchtest du auch ein Glas Wein?«, bot Romana an, um das Gespräch irgendwie in Gang zu bringen.

»Nein, danke.«

»Also, was ist los?«

»Ich muss dir etwas sagen«, wiederholte Angelika und biss sich auf die Lippen.

»Muss ja etwas ganz Schreckliches sein«, scherzte Romana und nahm einen weiteren Schluck Wein.

»Das ist es auch.«

»Du machst mir Angst. Los jetzt!«

Angelika atmete noch einmal tief durch. »Ich habe mich verliebt«, sagte sie dann.

Erleichtert lachte Romana auf. »Mein Gott, wie schrecklich!«

»Du verstehst es nicht … es ist nicht irgendjemand, sondern …«

»… jemand ganz Besonderes«, vervollständigte Romana den Satz schmunzelnd. »Na klar, sonst hättest du dich ja nicht in ihn verliebt. Also, wer ist es?«

»Ich wollte das nicht und er auch nicht. Es ist einfach so passiert.« Angelikas Stimme wurde immer leiser. »Es ist … ich meine, er ist … Freddie«, brachte sie schließlich kaum hörbar heraus.

Romana glaubte, sich verhört zu haben. »Freddie?«, fragte sie vorsichtshalber nach. »Mein Freddie?«

Angelika nickte. »Ich hätte es dir längst sagen sollen. Wir … wir lieben uns.«

Romana sprang auf, ließ sich aber gleich darauf wieder aufs Sofa fallen, weil der Boden unter ihr schwankte. Sie kämpfte mit mehreren Gefühlen gleichzeitig: Verwirrung, Bestürzung, unbändiger Schmerz, grenzenlose Wut und sogar etwas Ekel. Schließlich siegte die Wut, und sie schrie Angelika ins Gesicht: »Das glaube ich dir nicht! Er liebt nicht dich, sondern mich!«

Angelika schwieg und senkte ihren Kopf.

»Du denkst dir das aus, weil du neidisch bist«, fauchte Romana. »Ja genau! Du bist neidisch und egoistisch.«

»Ich denke mir das nicht aus«, flüsterte Angelika. »Frag Freddie.«

»Das werde ich tun, darauf kannst du dich verlassen!«

Doch plötzlich wusste Romana, dass Angelika die Wahrheit sagte. Diese Erkenntnis traf sie so heftig, dass es körperlich weh tat. Um ihre Gefühle nicht zeigen zu müssen, stand sie auf und starrte aus dem Fenster.

»Bitte, Romy! Lass es mich erklären!«, flehte Angelika mit tränenerstickter Stimme. »Ich habe ihn kennengelernt, als ich noch gar nicht wusste, wer er ist. Und auch er war vollkommen ahnungslos.«

»Erspare mir diese Lügengeschichten«, murmelte Romana. Sie trat zurück ans Sofa und musterte Angelika kalt. »Ich habe gedacht, dass du meine Freundin bist. Meine erste richtige Freundin. Und in Wahrheit die einzige, die ich je hatte. Ich habe dir vollständig vertraut, weißt du das eigentlich?«

»Ich bin auch jetzt noch deine Freundin«, begann Angelika, doch Romana winkte ab. »Darauf kann ich verzichten!«

»Romy, bitte.«

»Was für eine Art Freundin bist du, wenn du dir rücksichtslos meinen Verlobten angelst, nur weil du es nicht ertragen kannst, dass ich etwas habe, was dir fehlt?«

»Bitte, lass mich doch erklären!«

»Nein!«, schrie Romana. »Ich will nichts mehr von dir hören.

Ich will auch nichts mehr von dir sehen. Mach, dass du hier rauskommst!«

Jetzt erhob sich auch Angelika. Für einen schrecklich langen Moment fürchtete Romana, dass Angie sie umarmen wollte. Schnell trat sie einen Schritt zurück. »Hast du nicht gehört? Raus hier!«

»Das meinst du nicht im Ernst, oder?«, flüsterte Angelika erschüttert.

»Doch, das meine ich im Ernst«, bestätigte Romana. »Mir war noch nie etwas so ernst wie das hier. Geh! Ich will dich nie wiedersehen.«

»Du machst einen furchtbaren Fehler. Ich …«

»Irrtum, meine Liebe.« Grimmig schüttelte Romana den Kopf. »Mein einziger Fehler war meine Freundschaft zu dir. Aber zum Glück kann ich diesen Fehler jetzt korrigieren.«

Mit großen, tränengefüllten Augen starrte Angelika sie an.

»Ich habe es immer ehrlich mit dir gemeint«, sagte sie leise. »Sonst wäre das hier gerade nie passiert.« Dann verschwand sie in ihr Zimmer.

Im Zeitlupentempo ging Romana wieder zum Fenster und starrte in die Dunkelheit. Lange stand sie da, ohne einen klaren Gedanken fassen zu können.

Eine Viertelstunde später fiel die Haustür ins Schloss. Angie war gegangen. Erst jetzt kamen Romana die Tränen. Sie ahnte, dass sie gerade nicht nur ihre beste Freundin verloren hatte, sondern auch den Glauben an die Freundschaft und das Vertrauen in andere Menschen.

Aber hatte sie nicht schon immer gewusst, dass sie sich nur auf sich selbst verlassen konnte? Wie hatte sie nur so dumm sein können, diese wichtige Lebensregel zu vergessen? Das würde ihr nicht noch einmal passieren!

Hastig trocknete sie ihre Tränen und atmete ein paarmal tief durch. Schon besser! Und überhaupt: Was gab es großartig zu be-

dauern? Eine treulose, hinterhältige Freundin und einen zweitklassigen Geliebten. Nein, sie war ohne die beiden besser dran.

Endlich war sie wieder frei, unabhängig und ungebunden. Sie konnte tun und lassen, was sie wollte.

Sie war allein.

»Das glaube ich nicht«, flüsterte Sophie erschüttert. »Das kann nicht sein.«

»Das habe ich auch gedacht«, entgegnete Romana Rautenberger seltsam ungerührt. »Doch man muss den Tatsachen ins Auge sehen: Meine beste Freundin hat sich meinen Verlobten geschnappt.«

»Moment!«, warf Vanessa ein. »Das wissen wir nicht genau. Schließlich kann es auch so sein, wie Angelika behauptet hat.«

»Dass sie gar nicht wusste, wer er war, als sie sich verliebte? Jetzt sind Sie genauso naiv wie Ihre Freundin.« Romana lachte bitter. »Nein, sie wusste sehr genau, was sie tat, als sie mir den Liebhaber ausspannte.«

Sophie schüttelte den Kopf. Romanas Erzählung passte nicht zu dem Bild, das sie sich von ihrer Mutter gemacht hatte. Bislang war sie immer davon ausgegangen, dass ihr Vater der einzige Mann im Leben ihrer Mutter gewesen war.

Wenn es tatsächlich noch einen zweiten Mann gegeben hatte, konnte er nicht wichtig gewesen sein. Sonst hätte ihre Mutter doch irgendeine Erinnerung an ihn aufbewahrt. Schlagartig fielen ihr die leeren Seiten im Fotoalbum ein. Vielleicht hatte es diese Erinnerungen gegeben. Vielleicht war ihrer Mutter der Anblick der Bilder irgendwann zu schmerzhaft geworden und sie hatte sie entfernt. Vielleicht stimmte es, was Romana erzählt hatte …

Nein, das konnte nicht sein! Ihre Mutter hatte keine Beziehung zerstört, schon gar nicht die große Liebe ihrer besten Freundin. Sophie schluckte ihre Zweifel hinunter, biss die Zähne zusammen und zwang sich, der Unterhaltung zwischen Romana und ihren Freundinnen zu folgen.

»Warum hätte Angelika so etwas tun sollen?«, fragte Sandra gerade.

»Aus Neid. Angie wollte immer schon das, was ich hatte: mein Studium, meinen Beruf, meine Wohnung und schließlich sogar meinen Verlobten.«

»Das ist reine Vermutung«, wandte Vanessa ein. »Und noch dazu eine völlig subjektive.«

»Was hat denn Freddie gesagt, als Sie ihn gefragt haben?«, wollte Sandra wissen.

»Ungefähr das Gleiche wie Angie. Elender Betrüger!« Aufgebracht blies Romana ein paar graue Rauchkringel in die Luft. »Aber zum Glück musste ich mir das nicht lange anhören. Ich habe dafür gesorgt, dass er seine Sachen packen musste. Ein paar Tage später ist er nach Spanien zurückgegangen.«

»Sie haben ihn doch hoffentlich nicht aus dem Konservatorium geworfen?«, fragte Sandra entsetzt.

»Nicht direkt, aber letztendlich blieb ihm keine andere Möglichkeit, als zu gehen.«

»Haben Sie je wieder etwas von ihm gehört?«

»Nein.«

»Und was war mit meiner Mutter?«, mischte Sophie sich ein. »Haben Sie nie den Wunsch gehabt, noch einmal mit ihr zu sprechen?«

»Natürlich nicht, warum auch? Sie hätte mir doch nur immer wieder die gleiche Lüge aufgetischt.«

»Ich kann nicht glauben, dass meine Mutter diesen Bruch einfach akzeptiert hat.«

»Das hat sie auch nicht. Sie hat lange versucht, mit mir

in Kontakt zu treten. Aber ich habe alle ihre Briefe ungeöffnet verbrannt.«

»Tja«, bemerkte Vanessa trocken. »Auch so kann man eine Freundschaft beenden.«

»Und dann?«, fragte Sandra. »Haben Sie einfach Ihr Leben weitergelebt?«

»Nein. Ich habe Konsequenzen gezogen. Kurz nach diesem Vorfall habe ich die Musik aufgegeben und ein Wirtschaftsstudium begonnen. Vom Klavierspielen hatte ich erst einmal die Nase voll.«

»Was für eine traurige Geschichte!« Sandra rutschte mit ihrem Sessel ein Stück näher zu Sophie und streichelte ihrer Freundin sanft über den Rücken.

»Ich habe Sie gewarnt!« Romana hob abwehrend die Hände. »Die Wahrheit ist nicht immer schön und lustig.«

»Wenn es tatsächlich die ganze Wahrheit ist«, murmelte Vanessa. Zweifel lagen in ihrem Blick.

Romana ignorierte die Bemerkung. »Das ist alles, was ich Ihnen erzählen kann. Mehr gibt es nicht zu sagen.«

»Danke«, antwortete Sophie mechanisch und zog es dann vor, zu schweigen. Was sollte sie auch erwidern? Romanas Erzählungen hatten sie verwirrt und erschüttert. Sie hätte sich jetzt gern verabschiedet, um in Ruhe über das eben Gehörte nachdenken zu können. Doch anscheinend hielt Romana das Gespräch noch nicht für beendet.

»Jetzt habe ich die ganze Zeit geredet und geredet«, sagte sie. »Nun sind Sie an der Reihe! Erzählen Sie mir, wie es mit Angie weiterging.«

»Ich dachte, das interessiert Sie nicht«, erwiderte Vanessa kühl.

Romana lachte ein kurzes, freudloses Lachen. »Jetzt, wo Sie schon mal da sind, können Sie mir auch das Ende der Geschichte verraten.«

Mit wenigen Worten berichtete Sophie von der kurzen Affäre zwischen ihrem Vater und ihrer Mutter, Angelikas Rückkehr nach Havixbeck und ihrem Umzug nach Frankfurt.

»Ein ziemlich bewegtes Leben«, stellte Romana fest. »Das passt zu ihr, auch diese unkonventionelle Regelung mit dem Vater des Kindes. Mich wundert allerdings, dass er sich damit einverstanden erklärt hat.«

»So war es aber. Und letztendlich war es für alle die beste Lösung.«

»Sie sehen Ihrer Mutter sehr ähnlich«, bemerkte Romana zusammenhangslos und ganz so, als ob ihr das jetzt erst auffallen würde.

»Das haben Sie gestern Abend schon festgestellt.«

»Ach ja?« Romana verschränkte ihre Hände. »Mich würde interessieren, ob Sie auch Ähnlichkeit mit Ihrem Vater haben.«

»Natürlich«, antwortete Sophie, erstaunt über die Frage.

»Wo denn zum Beispiel?«

»Mal nachdenken ... ich habe seine Nase, seine Figur und viele seiner Charaktereigenschaften.«

»Tatsächlich?« Romana kniff die Augen zusammen und musterte Sophie eindringlich. »Wie alt sind Sie, Sophie?«

»In ein paar Tagen werde ich dreißig.«

»Soso«, murmelte Romana. »Sie sind also im Mai 1983 geboren.«

»Was soll das?«, mischte sich Vanessa ein. Ihre Stimme klang alarmiert.

»Angie ist Anfang September bei mir ausgezogen, und vermutlich ist gleich darauf auch ihre sogenannte ›Liebe‹ zu Freddie gescheitert. Sie scheint sich ja ziemlich schnell getröstet zu haben. Zu schnell? Ich frage mich ...« Romana ließ den letzten Satz unvollendet im Raum stehen.

Sophie brauchte nur einen kurzen Moment, um zu begreifen, welche Frage Romana stellen wollte. Entgeistert sprang sie auf. »Das kann nicht Ihr Ernst sein!«

»Denken Sie mal nach.«

Blitzschnell berechnete Sophie die Zeitspanne zwischen September 1982 und Mai 1983. Es waren genau neun Monate! War es möglich, dass ihre Mutter ihr nicht die Wahrheit über ihren Vater gesagt hatte? Dass sie am Ende vielleicht einen ganz anderen biologischen Vater hatte?

»Das ist doch Blödsinn!«, unterbrach Vanessa ihre Überlegungen. Sie erhob sich und trat neben Sophie. »Lass dir jetzt bloß nichts einreden«, empfahl sie der Freundin mit ruhiger Stimme, bevor sie sich an Romana Rautenberger wandte. Nun wurde ihr Tonfall deutlich schärfer. »Hören Sie auf damit! Ich lasse es nicht zu, dass Sie Sophie dermaßen verunsichern. Ihre Behauptungen sind völlig abstrus und widerwärtig.«

Romana lächelte kalt. »Waren Sie damals dabei?«, fragte sie nur.

»Nein. Aber im Gegensatz zu Ihnen benutze ich meinen gesunden Menschenverstand und lasse mich nicht durch verbitterte Gefühle leiten.«

»Genau!«, bestätigte Sandra. »Außerdem ist Sophie drei Wochen zu früh geboren, das erzählt uns ihr Vater jedes Jahr aufs Neue.«

»Rein rechnerisch ist die Vaterschaft damit wohl geklärt«, stellte Vanessa fest und ergriff Sophies Arm. »Komm! Lass uns gehen.«

Romana Rautenberger schüttelte den Kopf. »Auf Frühgeburten sind schon viele Männer hereingefallen. Mich haben Sie damit nicht überzeugt.«

»Das liegt daran, dass Sie gar nicht überzeugt werden wollen«, erklärte Vanessa. »Mit Bitterkeit und Zorn lässt sich diese Geschichte nämlich viel leichter verkraften, als wenn Sie zugeben müssten, etwas falsch gemacht zu haben.«

»Ich habe mir nichts vorzuwerfen.«

»Sie haben Angelika nie eine Chance gelassen, sich zu rechtfertigen.«

»Das ist doch jetzt sowieso egal. Sie ist tot.«

»Sie machen es sich verdammt einfach!«

Romana Rautenberger winkte der Haushälterin. »Bettina! Meine Gäste wollen gehen.«

»Wir finden allein hinaus, danke.« Vanessa dirigierte Sophie vor sich her und deutete Sandra mit einem leichten Kopfnicken an, ihnen zu folgen.

Wie benommen ließ sich Sophie zur Tür schieben. Doch dort befreite sie sich aus Vanessas Händen und drehte sich noch einmal zu Frau Rautenberger um.

»Dieses Gespräch ist ganz und gar nicht so gelaufen, wie ich es mir vorgestellt habe«, begann sie. »Ihre Geschichte war problematisch … und … kompliziert.«

»Sie wollten sie unbedingt hören. Jetzt müssen Sie auch mit den Folgen leben.«

»Können *Sie* das?«

»Wie bitte?«

»Können Sie gut mit den Folgen leben? Haben Sie es nie bereut, sich nicht mit meiner Mutter ausgesprochen zu haben?«

Romana presste die Lippen zusammen und schwieg.

»Ich an Ihrer Stelle hätte seit vielen Jahren ein schlechtes Gewissen«, fuhr Sophie leise fort.

»Warum? Ich war nicht diejenige, die betrogen hat.«

»Sie auch nicht, da bin ich mir ganz sicher.«

»Und wenn schon! Jetzt ist es doch sowieso zu spät für eine Aussprache.«

»Nicht unbedingt. Ich glaube fest daran, dass meine Mutter uns hören kann. Und das, obwohl ich Physikerin bin und es eigentlich besser wissen müsste.«

»Was Sie glauben oder nicht, ist ganz allein Ihre Angelegenheit.«

»Trotzdem«, beharrte Sophie. »Falls Sie jemals das Bedürfnis haben sollten, an ihrem Grab zu stehen und mit ihr zu sprechen, rufen Sie mich an.«

»Ich halte nicht viel von Friedhöfen.«

»Ich auch nicht. Aber sie sind ein guter Ort, wenn man sich in Ruhe mit Vergangenem auseinandersetzen möchte.«

Romana senkte den Blick und entfernte sorgfältig ein paar Aschereste von ihrer Hose. Dann sah sie auf. Ihre Augen wirkten nicht mehr ganz so hell und kalt, und auch ihr Gesichtsausdruck hatte etwas von der Härte verloren, die sie sonst immer ausstrahlte.

»Danke für das Angebot. Ich werde es mir überlegen.«

9

»Du glaubst diesen Quatsch hoffentlich nicht, oder?«

»Nein.« Sophie schüttelte den Kopf.

Das war inzwischen eine automatische Reaktion, denn Vanessa hatte diese Frage seit dem Vormittag achtmal wiederholt, und ebenso oft hatte Sophie mit heftigem Kopfschütteln geantwortet.

Das erste Mal fiel der Satz, als die Freundinnen nach dem Gespräch mit Romana Rautenberger im Wohnmobil saßen. Weitere drei Male erkundigte sich Vanessa in den Schlossgärten von Sanssouci danach, ob Sophie Romanas Behauptungen Glauben schenkte. Dann fragte sie noch je einmal im Schlosscafé, in der S-Bahn, im Supermarkt und am Abend auf dem Weg zu den Waschräumen des Campingplatzes.

Jetzt allerdings, als die Freundinnen nach dem Essen bei einem Glas Wein am Tisch saßen, gab sich Vanessa nicht mehr mit einem einfachen Kopfschütteln zufrieden.

»Und warum glaubst du ihr nicht?«, wollte sie wissen.

»Äh …« Auf diese Frage fiel Sophie so schnell keine Antwort ein.

Kein Wunder! Denn tief in ihrem Herzen nagten tatsächlich Zweifel, ob Romana Rautenberger nicht doch recht hatte und Freddie ihr leiblicher Vater war.

»Ich warte!« Vanessa kniff misstrauisch die Augen zusammen, und Sophie fühlte sich ertappt. Ihrer Freundin konnte man wirklich nichts vormachen.

Doch zu Sophies großer Erleichterung mischte sich Sandra ein.

»Ganz einfach!«, erklärte sie. »Erstens kann das rein rechnerisch gar nicht sein, wie ich es euch schon heute Vormittag erklärt habe. Und zweitens sieht Sophie kein bisschen spanisch aus.«

»Das stimmt!«, bestätigte Sophie überrascht. Daran hatte sie noch gar nicht gedacht. Sie warf einen prüfenden Blick in den kleinen Spiegel über dem Spülbecken. Ihre roten Locken waren noch feucht vom Duschen, die Sommersprossen traten durch die Frühlingssonne noch zahlreicher zutage, und ihre Augen schimmerten blassblau wie immer. Nein, stellte sie beruhigt fest, das sah nicht besonders südländisch aus.

»Ich weiß noch ein paar andere gute Gründe«, unterbrach Vanessa Sophies Betrachtungen.

»Lass hören!« Sandra schenkte für alle Wein nach.

Vanessa nahm einen großen Schluck, bevor sie weitersprach. »Deine Mutter hätte dich in dieser wichtigen Frage niemals belogen«, begann sie.

Sophie nickte, dankbar dafür, dass ihre Freundin das Argument aussprach, an das sie selbst so gern glauben wollte. Soweit sie sich erinnern konnte, war ihre Mutter tatsächlich immer aufrichtig zu ihr gewesen. Gleichgültig, ob es um ihre familiäre Situation, finanzielle Probleme oder nur um Aufklärung oder Ähnliches gegangen war: Sie hatte stets offen und ehrlich mit ihr gesprochen und ihr nie etwas verschwiegen.

»Außerdem hätte sie sich nicht an deinen Vater gewendet, wenn sie sich nicht absolut sicher gewesen wäre«, fuhr

Vanessa fort. »Denk mal nach! Sie hatte doch bereits Unterstützung durch ihre Eltern. Notfalls wäre sie auch ohne den Kindsvater zurechtgekommen.«

»Klingt logisch.«

Vanessa registrierte zufrieden, wie sich Sophies Miene langsam aufhellte. »Und zu guter Letzt halte ich Romana Rautenberger für absolut unglaubwürdig«, schloss sie ihre Ausführungen. »Diese Frau steckt voller Zweifel und Misstrauen.«

»Eigentlich kann sie einem leidtun«, sagte Sandra und starrte nachdenklich in ihr Weinglas. »Ich frage mich, warum sie so geworden ist.«

»Das ist mir völlig egal! Solange sie damit niemandem schadet, kann sie glauben, was sie will. Aber das, was sie heute mit Sophie gemacht hat, ging eindeutig zu weit.«

»Sie hat nichts mit mir ›gemacht‹«, verteidigte Sophie die ehemalige Freundin ihrer Mutter. »Sie hat lediglich einen Verdacht geäußert, der aus ihrer Sicht nicht ganz unberechtigt ist.«

Vanessa lachte. »Das hast du wieder mal schön formuliert, aber wie üblich viel zu positiv. Kein Wunder, dass du manchmal ein bisschen weltfremd wirkst.«

»Nur weil ich nicht so kritisch bin wie du, bin ich noch lange nicht weltfremd.«

»Du bist genau richtig so, wie du bist«, versuchte Sandra zu vermitteln und drückte Sophies Hand. »Aber du musst auch Vanessa und mich verstehen. Wir wollen nicht, dass dir jemand weh tut.«

»Sie hat mir nicht weh getan. Warum habt ihr beide eigentlich dauernd das Gefühl, mich beschützen zu müssen? Ich kann sehr gut allein auf mich aufpassen.«

»Du hast uns mitgenommen, also musst du jetzt auch

damit leben, dass wir uns um dich kümmern.« Vanessa prostete ihren Freundinnen zu.

»Genau! Schon Cicero sagte: ›Anteilnehmende Freundschaft macht das Glück strahlender und erleichtert das Unglück‹«, zitierte Sandra.

»O Gott! Verschone uns bitte mit deinen Sprüchen.«

Sandra lachte. »Ich habe schon seit ein paar Tagen kein Zitat mehr bei Facebook eingestellt. Ist euch das nicht aufgefallen?«

»Natürlich habe ich das bemerkt«, entgegnete Sophie. »Gehen dir die Ideen aus?«

»Nein. Aber ich bin abends zu müde, um mich noch in den sozialen Netzwerken herumzutreiben. Ich bin ja schon froh, wenn ich vor dem Schlafen noch ein wenig mit Steffen telefonieren kann!«

»Wann kommt er eigentlich aus London zurück?«

»Erst spät am Samstagabend. Bis dahin sollten wir wieder zu Hause sein.«

In diesem Moment erklang draußen Gitarrenmusik.

»Nicht schon wieder!«, stöhnte Sophie. »Das muss die Jugendgruppe sein. Schade, ich hatte gehofft, sie wären abgereist.«

»Das hält ja kein Mensch aus«, ächzte Vanessa, als eine holländische Version von »La Paloma Blanca« erklang. »Entweder wir betrinken uns und gehen früh schlafen«, schlug Sandra vor und verteilte den Rest aus der Weinflasche. »Oder wir nehmen unsere Gläser mit nach draußen und setzen uns zu unseren Nachbarn ans Lagerfeuer.«

»Ich glaube kaum, dass wir willkommen sind.« Sophie spähte durch eine Lücke im Vorhang. »Die sind grob geschätzt zehn bis fünfzehn Jahre zu jung für uns.«

»Bis auf wenige Ausnahmen – zum Beispiel der große Blonde mit der Gitarre.« Vanessa schob den Vorhang ein

Stück zur Seite und schnalzte anerkennend mit der Zunge. »Das muss einer der Betreuer sein. Mit dem würde ich auch gern mein Zelt teilen.«

»Vanessa!« Sanft boxte Sophie ihrer Freundin in die Seite. »Halt dich mal ein bisschen zurück. Ich dachte, du hast was mit meinem Nachbarn laufen.«

»Ich *hätte* gern was mit ihm laufen«, korrigierte Vanessa grinsend. »Aber er ist jetzt nicht hier, oder?«

»Ich habe schon ewig nicht mehr an einem Lagerfeuer gesessen und gesungen.« Sandra nahm ihr Glas und erhob sich. »Das erinnert mich an meine Jugendzeit. Kommt, lasst uns rausgehen!«

»Ich habe ehrlich gesagt *noch nie* an einem Feuer gesessen und gesungen«, musste Sophie zugeben. »Und ich weiß auch nicht, ob ich heute damit anfangen will.«

»Einmal ist immer das erste Mal«, versuchte Sandra sie zu motivieren. »Du wirst sehen, das macht richtig Spaß!«

Zwei Stunden später war Sophie der gleichen Ansicht: Es machte Spaß – sogar richtig Spaß!

Sie konnte den Text des Liedes »Die kleine Kneipe« perfekt auf Holländisch mitsingen. Sie hatte gelernt, dass man sich in den Niederlanden mit »Proost! Op jouw gezondheid!« zuprostete, und hatte von ihrem neuen Wortschatz reichlich Gebrauch gemacht.

Jetzt saß sie zwischen zwei pickeligen Jugendlichen mit den lustigen Namen Thijs und Stijn am flackernden Feuer und konzentrierte sich darauf, eine Bierflasche mit einem Kieselstein zu öffnen. Gar nicht so einfach, stellte sie belustigt fest. Offensichtlich hatte sie die Technik noch nicht verstanden. Oder es lag ganz einfach daran, dass sie mittlerweile ziemlich betrunken war.

Immer wieder schlug sie den Stein unter den Kronkorken, doch leider ohne Erfolg. Thijs und Stijn hatten schließlich Mitleid mit ihr und öffneten die Flasche für sie. »Alstublieft.«

»Danke!«, nuschelte Sophie. Sie nahm einen tiefen Zug aus der Flasche. »Abba beim nächsen Bier versuche ich's wieder«, versicherte sie ihren neuen Freunden.

Thijs und Stijn nickten.

»Wär doch gelacht, wennich das nich schaffe! Vanessa und Sandra werden sich wunnern, wassich alles kann.« Suchend drehte sie sich zu ihren Freundinnen um.

Sandra saß nur wenige Meter von ihr entfernt auf einem Klappstuhl und unterhielt sich angeregt mit einem älteren Herrn, offensichtlich einem weiteren Betreuer. Ohne Schwierigkeiten konnte Sophie von ihrem Platz aus erkennen, dass sich das Gespräch um Sandras Flitterwochen auf den Kanarischen Inseln drehte, denn die Hände ihrer Freundin malten ausdrucksvoll Sonne, Palmen und Wellen in den Nachthimmel.

Vanessa hingegen schien völlig in das Gitarrenspiel des blonden Mannes versunken zu sein. Bewegungslos lauschte sie der Musik und warf ihm nur ab und zu einen bewundernden Blick zu.

»Mann, das wird Luca abba ganich passen«, murmelte Sophie belustigt. »Vielleich kanner besser Pizza backen als jeder Holländer, abba dieser Typ da issein Künstler an der Gitarre. Ich wusste ganich, dass Vanessa auf Musiker steht!«

Thijs und Stijn, die kaum ein Wort ihres Monologs verstanden hatten, hoben ihre Flaschen. »Proost!«

»Op jouw gezondheid!«, antwortete Sophie kichernd und trank einen weiteren Schluck Bier. »Huch!«, rief sie plötzlich. »Meine Hosentasche vibriert!«

»Het mobieltje?«, versuchte Thijs zu helfen und formte mit der Hand einen Telefonhörer.

»Ja sicher, nur mein Telefon«, entgegnete Sophie verschämt und zog das Handy aus ihrer Hosentasche.

Gleich zwei Posteingänge.

Die erste Nachricht stammte von ihren Eltern.

»Guten Morgen, liebe Sophie,
gestern haben wir unsere Stadtbesichtigung in Sydney abgeschlossen, und heute geht es weiter mit dem Camper ins rote Zentrum zum Ayers Rock.
Das Wetter ist recht frisch, aber hier auf der Südhalbkugel ist ja jetzt auch Herbst. Im Landesinneren soll es wärmer sein.
Wie verläuft deine Reise? Hast du ein paar schöne Dinge über Angelika erfahren? Schreibe es uns bitte, wir sind neugierig.
Viele Grüße und tausend Küsse,
Rosi und Papa«

»Morgen?«, wunderte sich Sophie.

Wie lange saß sie schon hier? War sie bereits so betrunken, dass sie jegliches Zeitgefühl verloren hatte? Hastig schaute sie auf ihre Armbanduhr. Zehn Uhr abends, stellte sie einigermaßen beruhigt fest. Und gleich darauf musste sie über ihre eigene Dummheit lachen. »In Australien is ja schon Morgen!«

Dann überflog sie noch einmal die Nachricht ihrer Eltern. Bei der Frage *»Hast du ein paar schöne Dinge über Angelika erfahren?«* blieb ihr Blick hängen. Oje! Was sollte sie darauf nur antworten? *»Vielen Dank für die Nachfrage. Leider habe ich nicht so viel Gutes erfahren. Papa ist zwar vermutlich mein leiblicher Vater, aber ganz sicher bin ich mir nicht.«*

»Nee, das geht nich!«, beschloss Sophie laut. Lieber nicht weiter darüber nachdenken. Mit Hilfe des Alkohols hatte sie das Thema heute Abend schließlich erfolgreich verdrängen können.

»Nee«, wiederholte Stijn lachend und prostete ihr zu. »Op jouw gezondheid!«

Nach drei weiteren Schlucken rang sich Sophie zu einer nichtssagenden kurzen Antwort durch.

»Hallo zurück!
Mir geht es auch prima.
Viele Grüße,
eure Sophie«

So, das würde erst einmal reichen müssen. Über gehaltvollere Texte konnte sie sich morgen noch Gedanken machen. Außerdem würde ihr das Tippen wesentlich leichterfallen, wenn sie wieder nüchtern war.

Sie sprang zur zweiten Nachricht. Vielleicht war die von Martin?

Nein, stellte sie gleich darauf enttäuscht fest. Nur von Luca Vianello.

»Hallo Sophie,
ich wollte dir nur schnell einen Bericht zum Zustand meines stacheligen Patienten geben: Er spricht sehr gut auf die Behandlung an. Anbei ein Foto.
Viel Spaß noch auf eurer Reise und viele Grüße, Luca«

Sophie betrachtete das Foto und lächelte gerührt. Der Kugelkaktus stand auf dem Küchentisch, gleich neben der Packung Zahnstocher und der Flasche mit der Tinktur. Luca hatte sogar noch ein braunes Pflaster quer über den Übertopf geklebt. Bis auf ein paar weiße Kügelchen an den Stacheln wirkte die Pflanze gesund und kräftig.

»Puh, Gott sei Dank!«

Fragend sahen Thijs und Stijn sie an.

»Der Kugelkaktus is krank«, erklärte Sophie ihnen und verknotete dabei fast ihre Zunge.

»Kaktus«, echote Stijn.

»Abba Luca kümmert sich darum.«

»Deine vriend?«, wollte Thijs wissen.

»Nee!« Sophie schüttelte energisch den Kopf, hielt aber sofort wieder inne, als ihr schwindelig wurde. Sie deutete auf Vanessa, die immer noch neben dem blonden Mann saß und sich augenscheinlich sehr gut amüsierte. »Eher ihr vriend. Abba sicher bin ich nich.«

»Maak een fototje von mich und Stijn«, schlug Thijs vor und zeigte auf Sophies Smartphone.

»Gute Idee!« Sophie streckte ihren Arm aus, rutschte näher zu den beiden Jungen und drückte auf den Auslöser.

»Wir sin gut getroffen«, stellte sie danach zufrieden fest. »Genau inner Mitte, und keiner hat die Augn zu. Das schicken wir meinen Eltern!«

Sie drückte auf *»Senden«*.

»Ups!« Gleich darauf kicherte sie. »Jetzt hab ich das aus Versehen an Luca geschickt. Abba macht nix!«

Umständlich begann sie, eine Nachricht zu tippen. *»Hi Luca«*, las sie Thijs und Stijn vor. *»Danke. Mir und Vanessa geht es gut.«* Sie ließ das Handy sinken und starrte zerstreut in Richtung des Gitarrenspielers. Dieser hatte mittlerweile den Arm um ihre Freundin gelegt.

»Sollich Luca warnen, damit er nichso enttäuscht is?«, fragte sie ihre beiden neuen Freunde.

Die jungen Männer blickten sie ratlos an.

»Ihr wisses also auchnich«, stellte Sophie unzufrieden fest und runzelte angestrengt die Stirn.

Doch nicht nur das Tippen gestaltete sich im betrunkenen Zustand schwieriger als gedacht, sondern leider auch das Nachdenken. Laut seufzend ließ sie den Blick von ihrem

Handy zu ihrer Freundin und dann wieder zurück zum Handy wandern. Sie wollte Vanessa auf keinen Fall verraten – andererseits jedoch hatte Luca ein wenig Mitgefühl verdient. Immerhin war er ihr Nachbar und passte auf die Kakteen auf. Vielleicht sollte sie ihm wenigstens einen klitzekleinen Hinweis geben?

Erneut nahm sie das Mobiltelefon zur Hand.

»*Stehst du noch auf sie? Nimm dir lieber eine andere*«, zitierte sie laut. »Ja, dassis gut. Un ziemlich diskret, finnet ihr nich?«

Thijs und Stijn nickten.

»Un wenner reden will, kanner gern zu mir kommen, deshalb schreibich noch: ›*Ich bin immer für dich da.*‹ Jawoll! Das is gut, um nichssu sagen, genial! Noch schnell ›*liebe Grüße*‹ ... oder nee, lieber ›*besonders liebe Grüße*‹ ... obwohl, das sinssu viele Worte, lieber gleich weg damit!«

Zufrieden steckte sie ihr Handy ein. »Unjetz bitte einen Kieselstein un eine neue Flasche Bier!«

Am nächsten Morgen erwachte Sophie mit nur einem Wunsch: möglichst rasch zu sterben. Leider wusste sie selbst nur zu gut, wie unwahrscheinlich das war, und deshalb zwang sie sich unter Aufbietung all ihrer Kräfte zu einer kurzen Bestandsaufnahme ihres Zustands.

Sie hatte rasende Kopfschmerzen, ihr war übel, und in ihrem Mund verbreitete sich ein schrecklicher Geschmack. Zudem tat ihr jede Bewegung weh, und das Nachdenken über ihre Situation verursachte noch schlimmere Kopfschmerzen. Nur bruchstückhaft erinnerte sie sich daran, wie sie am Abend zuvor ins Bett gekommen war. Hatte nicht irgendwann Sandra neben ihr gestanden und sie mitgenommen?

»Sandra?«, stöhnte sie.

Keine Antwort.

»Vanessa?«

Auch darauf reagierte niemand.

Langsam richtete sich Sophie auf und öffnete die Augen. Sie registrierte erleichtert, dass die Vorhänge noch geschlossen waren und somit kein helles Sonnenlicht in den Wagen dringen konnte.

»Sandra?«, wiederholte sie mit schwacher Stimme. »Vanessa?«

»Guten Morgen!« Die Tür wurde aufgerissen, und Sandra stürmte ins Wohnmobil. Sie hatte ein Kleid mit bunten, geometrischen Mustern angezogen, ein knallgrünes Handtuch um ihren Kopf gewickelt und sah unverschämt wach aus.

»Mach sofort die Tür zu!« Vorsichtig ließ sich Sophie in ihr Kissen zurücksinken.

»Nichts da!«, erwiderte ihre Freundin munter. »Jetzt wird aufgestanden. Es ist herrliches Wetter.« Sie begann, die Vorhänge aufzuziehen.

Sophie verkroch sich in ihrem Schlafsack. »Wo ist Vanessa?«

»Sie joggt am Wannsee.« Sandra stellte ein Wasserglas und eine Schachtel Kopfschmerztabletten auf den Boden vor Sophies Bett. »Nimm gleich zwei Tabletten, das hilft schneller.«

»Mir ist nicht zu helfen«, jammerte Sophie. »Ich werde nie wieder hier rauskommen!«

»Das solltest du aber. Heute besuchen wir Jenny Haage, und sie würde es ziemlich merkwürdig finden, wenn du im Schlafsack erscheinst.«

Sophie schob den Schlafsack zurück. »Wieso geht es dir eigentlich so gut?«, giftete sie wütend.

»Ich habe nicht viel getrunken.«

»Und Vanessa?«

»Die auch nicht. Sie war viel zu beschäftigt, um zu trinken. Hast du das nicht bemerkt?«

»Doch, kann schon sein.« Nur dunkel erinnerte sich Sophie an die Ereignisse des letzten Abends. War da nicht irgendetwas mit einem blonden Typen gewesen? Oder verwechselte sie das, weil ja auch Vanessas Haare blond waren?

»Autsch!« Stöhnend griff sie an ihre schmerzende Stirn. Darüber konnte sie ein anderes Mal nachdenken, wenn es ihr wieder besserging. Falls das überhaupt jemals wieder der Fall sein sollte …

»Was magst du zum Frühstück?«, wollte Sandra wissen. Fröhlich pfeifend begann sie, den Tisch zu decken.

»Kopfschmerztabletten«, antwortete Sophie düster. »Sonst nichts.«

Missbilligend schüttelte Sandra den Kopf. »Schon Tolstoi sagte: ›Überall ist das Unheil der Alkohol.‹«

»Sandra, bitte! Nicht noch so einen Spruch!«

»Dann nimm jetzt brav deine Medizin.«

»Von mir aus.« Sophie schluckte die Tabletten, spülte mit Wasser nach und erhob sich langsam aus ihrem Bett.

»Die Holländer sind übrigens schon abgereist«, erzählte Sandra.

»Welche Holländer?«

»Also wirklich, Sophie! Die Reisegruppe, mit der wir den gestrigen Abend verbracht haben.«

»Schade, ich hatte gehofft, das wäre nur ein Traum gewesen, aber dann gab es sie wohl wirklich.« Langsam kam die Erinnerung zurück. »Thijs und Stijn …«

»Hießen deine beiden kleinen Freunde so? Ihr habt anscheinend sehr viel Spaß miteinander gehabt.«

»O Gott!« Sophie schlug ihre Hände vors Gesicht. »Ich habe doch hoffentlich nichts Unanständiges getan?«

»Nein, keine Angst. Das war ganz harmlos. Sie haben dir beigebracht, wie man eine Bierflasche mit einem Kieselstein öffnet. Nachdem du den Trick gelernt hattest, warst du nicht mehr zu bremsen und hast einen ganzen Kasten Bier allein geöffnet.«

»Habe ich alle Flaschen auch allein getrunken?«, erkundigte sich Sophie entsetzt. »Das würde zumindest meinen jetzigen Zustand erklären.«

Sandra lachte. »Keine Sorge! Das meiste hast du abgegeben. Und als mir dann auffiel, dass du betrunken bist, habe ich dich ins Bett gesteckt.«

»Danke!«

»Gern geschehen. Wofür sind Freundinnen da?« Sandra setzte sich an den halbgedeckten Tisch und klopfte auffordernd auf den Platz neben sich. »Wir müssen etwas besprechen.«

»Jetzt?«, ächzte Sophie. Widerwillig rutschte sie mit auf die Bank.

»Ja, jetzt, weil wir gerade so schön ungestört sind.«

»Und worüber möchtest du reden?«

»Über deine Probleme.«

»Meine Probleme? Gerade beschäftigt mich eigentlich nur ein einziges Problem.« Sophie stöhnte und griff sich an ihren schmerzenden Kopf. »Wann wirken diese Tabletten endlich?«

»Nicht vom Thema ablenken.«

»Schon gut. Ich habe also Probleme.« Sophie runzelte die Stirn und dachte angestrengt nach. »Welche eigentlich?«

»Zunächst einmal diese blöde Geschichte bei Romana Rautenberger. Da ist unsere Aktion ›Poesiealbum‹ leider etwas aus dem Ruder gelaufen. Ich habe ein schlechtes Gewissen, weil wir dich überredet haben, zu ihr zu gehen.«

»Brauchst du nicht, das ist schon okay.«

»Ist es nicht! Du tust zwar vor Vanessa so, als würdest du kein Wort von dem glauben, was sie uns erzählt hat. Aber ich kenne dich. Insgeheim grübelst du ständig darüber nach.«

»Jetzt gerade eigentlich nicht«, bemerkte Sophie. »Aber danke, dass du mich daran erinnert hast.«

»Und dann die Sache mit Martin. Du siehst ganz und gar nicht so aus, wie eine glücklich verliebte Frau aussehen sollte.«

»Du bist morgens auch keine Schönheit!«

»Sophie, ich meine es doch nur gut.« Liebevoll tätschelte Sandra die Hand ihrer Freundin.

»Indem du mir vorhältst, was alles schiefläuft in meinem Leben? Na, vielen Dank.«

»Eigentlich will ich dich nur wachrütteln«, rechtfertigte sich Sandra. »Du neigst nämlich dazu, deinen Kummer in dich hineinzufressen und auf ein Wunder zu hoffen, statt selbst aktiv zu werden.«

»Und – hast du eine Lösung parat?«

»Nein. Ich bin nicht wie Vanessa, die auf alles gleich eine Antwort weiß. Ich finde, du musst selbst herausfinden, was du willst.«

»Eigentlich hatte ich gehofft, dass ich während dieser Reise Gelegenheit dazu haben würde, die Sache mit Martin zu überdenken.«

»Und?«

»Tja, leider falsch gedacht. Ich komme überhaupt nicht dazu, in Ruhe zu überlegen.«

»Stattdessen musst du die Vergangenheit deiner Mutter aufarbeiten.« Sandra musterte Sophie teilnahmsvoll.

»Das ist ganz schön heftig, nicht wahr?«

»Ja. Dagegen kommt mir das Problem mit Martin ziemlich klein und unbedeutend vor.«

»Trotzdem werden bestimmte Dinge nicht besser, wenn man sie einfach aussitzt.«

»Wahrscheinlich hast du recht«, räumte Sophie ein. »Aber kann ich mich damit später beschäftigen, wenn mein Kopf nicht mehr so laut brummt?«

Sandra lachte. »In Ordnung. Und jetzt sieh zu, dass du unter die Dusche kommst!«

10

Die Kopfschmerztabletten wirkten exakt nach einunddreißig Minuten. Die Dusche, ein starker, heißer Kaffee und viel frische Luft bewirkten ein Übriges – am Nachmittag fühlte sich Sophie wieder einigermaßen munter.

Interessiert schaute sie aus dem Fenster, während Vanessa das Wohnmobil durch die Straßen von Lichterfelde lenkte. Die Maurergasse, in der Jenny Haage mit ihrer Familie wohnte, lag in einer typischen Reihenhaussiedlung am Rande der Ortschaft. Ein blaues Verkehrsschild markierte den Bereich als Spielstraße, und tatsächlich waren jetzt, gegen drei Uhr, viele Kinder draußen und bevölkerten die Wege mit ihren Fahrrädern, Rollern und Puppenwagen. Dazwischen schoben junge Mütter ihre Babys spazieren, und ein paar ältere Leute hatten sich vor einem Briefkasten versammelt und hielten ein Schwätzchen.

»Hier muss es sein!« Sophie deutete auf ein Gartentor, das die Nummer vierzehn trug. »Ein Reihenhaus mit großem Vorgarten. Ganz so, wie Frau Haage es beschrieben hat.«

»Meinst du, ich kann direkt vor ihrer Garage parken?«

»Warum nicht? Sie weiß ja, dass wir kommen.«

Wenig später liefen die drei Freundinnen den langen,

schmalen Gang durch den Vorgarten zum Haus. Am Zaun blühte der erste Flieder und verbreitete seinen verführerischen Duft. Rechts des Weges sprudelte ein kleiner Springbrunnen, ein Stück weiter standen eine alte Holzbank mit karierten Sitzkissen und ein Gartentisch mit passender Decke. Die vier Steinstufen, die zur Haustür hinaufführten, waren mit Topfblumen und bunten Glaskugeln geschmückt.

»Sieht aus wie in *Schöner Wohnen.*« Vanessa grinste. »Es fehlen eigentlich nur noch die Gartenzwerge.«

Sophie drückte die Klingel, und gleich darauf war das aufgeregte Bellen eines Hundes zu hören.

»Joko! Aus!«, schimpfte eine Frauenstimme. Dann wurde die Tür geöffnet. Ein braunes Fellknäuel schoss an den Freundinnen vorbei die Treppe hinunter und weiter zum Gartenzaun, wo es aufgeregt hin und her lief und dabei hysterisch kläffte.

»Joko!«, rief die Frau wieder. Sie war klein und zart, mit dunkelblonder Dauerwelle und einer golden umrandeten Nickelbrille. »Aus! Joko! Du weckst den kleinen Max!«

Dann erst schien sie sich der Besucherinnen gewahr zu werden.

»Entschuldigen Sie bitte«, sagte sie. »Dieser Dackel macht mich noch wahnsinnig!« Hastig streifte sie ihre geblümte Küchenschürze ab. Darunter kamen Jeans, eine rote Bluse und eine graue Strickjacke zum Vorschein.

»Sie müssen Sophie sein.« Mit diesen Worten ergriff sie Sophies Hand. »Sie sind das Abbild Ihrer Mutter. Es freut mich, Sie kennenzulernen.«

Sophie lächelte unsicher. Vor der Begegnung mit Jenny Haage hatte sie zwar am wenigsten Angst gehabt, denn diese war ja nur eine Brieffreundin gewesen und hatte ihre Mutter nicht persönlich gekannt. Aber nach dem Treffen mit Romana war sie misstrauisch geworden. Wer weiß, was sie noch alles zu hören bekam.

»Kommen Sie doch herein! Ich habe Kuchen gebacken.« Frau Haage winkte die Freundinnen ins Haus.

»Und der Hund?«, fragte Vanessa.

»Der kann im Garten bleiben, das ist er gewohnt.« Sie schloss die Tür. »Draußen beruhigt er sich schneller und weckt meinen Enkel nicht auf.«

»Wo ist denn der Kleine?«, wollte Sophie wissen, als sie alle im Wohnzimmer saßen. Suchend sah sie sich um, konnte aber keinen Kinderwagen entdecken.

Dafür erkannte sie sofort, dass die Familie Haage eine Vorliebe für Eiche Rustikal hatte. Eine schwere, dunkle Schrankkombination nahm zwei Wände des Raumes ein. Auf den Regalbrettern sammelten sich bunte Weingläser, Porzellanpuppen, Zinnkrüge und kleine Glaskristallfiguren. Bücher gab es nicht, dafür aber eine große Anzahl an DVDs und Videokassetten.

Sophie fühlte sich sofort an das Wohnzimmer ihrer Eltern erinnert und lehnte sich deshalb einigermaßen entspannt im Ecksofa zurück.

»Max liegt oben, bei uns im Schlafzimmer«, beantwortete Frau Haage Sophies Frage. »Er ist vor einer Viertelstunde eingeschlafen. Wenn wir Glück haben, sind wir jetzt erst einmal ungestört.«

Sie öffnete eine verglaste Schranktür und holte ein blaugeblümtes Kaffeegeschirr heraus. Während sie den Tisch deckte, erkundigte sie sich freundlich nach dem bisherigen Reiseverlauf der Freundinnen. Ihre Fragen waren interessiert, aber nicht aufdringlich, und ihre Augen blickten sanft und anteilnehmend durch die dicken Brillengläser – sie schien ein zurückhaltender, angenehmer Mensch zu sein.

Schließlich war der Tisch gedeckt, und auch die Kaffeekanne, eine Schüssel mit frischer Schlagsahne und ein köstlich duftender Pfirsichkuchen standen auf dem Tisch. Frau Haage setzte sich zu den Freundinnen aufs Sofa.

»Bevor wir anfangen, uns etwas zu erzählen, möchte ich Ihnen das Du anbieten. Dann redet es sich viel leichter. Einverstanden?«

»Gern«, entgegnete Sophie erfreut, und auch Sandra und Vanessa nickten zustimmend.

Jenny deutete mit dem Tortenheber auf eine große Blechkiste, die neben dem Sofa stand.

»Das ist meine Angelika-Kiste«, erklärte sie. »In dieser Box bewahre ich alles auf, was Angelika mir geschickt hat: Briefe, Fotos, Kassetten und so weiter. Und das ist viel!« Sie lächelte. »Ich sage das nur, damit ihr wisst, wie viel Arbeit auf euch zukommt. Ihr solltet euch erst einmal stärken.« Großzügig verteilte sie Kaffee und Kuchen.

In der nächsten Stunde drehte sich das Gespräch hauptsächlich um Jennys Kinder und den ersten Enkel. Man konnte ihr ansehen, wie stolz sie auf den Nachwuchs war, denn ihre Augen strahlten, sobald sie von der Familie erzählte.

Schließlich aber schüttelte sie den Kopf. »Genug von mir! Jetzt soll Sophie erst einmal Gelegenheit bekommen, die Briefe ihrer Mutter zu lesen. Ich wette, du kannst es nicht erwarten, oder?«

»Ich weiß nicht recht«, meinte Sophie. Nach dem Gespräch mit Romana Rautenberger war sie sich nicht sicher, wie viel sie überhaupt noch erfahren wollte.

»Natürlich kann sie es kaum erwarten«, bestätigte Vanessa energisch. »Sie hat gestern vor Aufregung fast nicht schlafen können und die halbe Nacht durchgemacht.« Gut gelaunt zwinkerte sie ihrer Freundin zu.

Sophie stöhnte und warf ihr einen bösen Blick zu.

»Dann wird es höchste Zeit, dass wir anfangen!« Jenny holte die Kiste und stellte sie zwischen Sophie und sich selbst. Dann klappte sie den Deckel auf und zog den ersten Umschlag heraus. »Das ist der allererste Brief, den Angelika an mich geschickt hat.«

Das Briefpapier war an den Seiten mit bunten Schmetterlingen und Käfern bemalt. Fein säuberlich hatte Sophies Mutter eine ganze Seite vollgeschrieben.

Samstag, 9. Dezember 1972

Liebe Jenny,
von deinem Onkel, Herrn Dietrich, habe ich gestern deine Adresse erhalten. Ich freue mich, dass du meine Brieffreundin werden willst.

Ich habe viele Freundinnen hier in Havixbeck (das ist das Dorf, in dem ich wohne), aber eine Brieffreundin habe ich bislang noch nicht gehabt. Ich hoffe, dass wir uns ganz viel schreiben werden! Ich finde es toll, Post zu bekommen, schon allein wegen der Briefmarken.

Aber jetzt will ich mich erst einmal vorstellen: Mein Name ist Angelika Maria Schuster. Ich bin neun Jahre alt und gehe in die vierte Klasse. Am liebsten esse ich Nudeln mit Tomatensauce und Bienenstich. In den Sommerferien fliege ich mit meinen Eltern nach Mallorca, das ist in Spanien.

Meine beste Freundin heißt Marita. Sie wohnt auch hier im Dorf, auf einem riesigen Bauernhof. Sie hat ziemlich viele Geschwister, Oma und Opa und zwei Tanten, die alle auch auf dem Hof wohnen. Deshalb ist bei Marita immer etwas los. Bei uns zu Hause ist es eher still, denn ich habe keine Geschwister, und manchmal beneide ich Marita. Sie kann tun und lassen, was sie will, aber meine Eltern wollen immer gleich alles wissen, was ich mache.

Aber dafür ist meine Oma aus Frankfurt viel reicher als

Maritas Oma. Sie hat immer ganz tolle Geschenke für mich. Neulich, zu Nikolaus, hat sie mir ein goldenes Poesiealbum geschenkt. Gibt es so etwas bei euch auch? Da lässt man seine Freundinnen Gedichte reinschreiben. Schade, dass du es nicht sehen kannst! Du musst mir unbedingt ein Freundschaftsgedicht schicken. Das klebe ich dann in mein Album.

So, jetzt muss ich noch abspülen helfen und dann Klavier üben. Was wünschst du dir zu Weihnachten?

Bis bald,
deine Angelika Schuster

»Wie süß!«, sagte Sandra.

»Hat deine Mutter meinen Spruch tatsächlich in ihr Album geklebt?«, wollte Jenny von Sophie wissen. »Ich war ganz gerührt, als du mir das in deiner ersten Mail geschrieben hast.«

»Ja, das hat sie«, bestätigte Sophie und holte das Album aus ihrer Tasche. »Schau selbst!«

Nicht der, der mit dir lacht,
nicht der, der mit dir weint,
nur der, der mit dir fühlt,
das ist der wahre Freund!

Gewidmet in lieber Erinnerung
von deiner Jenny Schwarck
aus Lichterfelde

Andächtig strich Jenny über das Papier, bevor sie das Album beiseitelegte. »Darf ich mir das gleich noch genauer anschauen?«

»Natürlich.«

»Dann lasst uns weiterlesen!« Sie kramte bereits wieder in der Kiste.

»Habt ihr euch wirklich jede Woche geschrieben?«, erkundigte sich Sandra.

»Zu Anfang schon. Aber je älter wir wurden, desto weniger Zeit hatten wir. Trotzdem sind wir immer in Kontakt geblieben.« Jenny zog einen größeren Umschlag aus der Kiste und lächelte wehmütig. »Hier, das hat sie mir zu meinem elften Geburtstag geschickt.«

Neugierig öffnete Sophie das Kuvert und holte eine Geburtstagskarte heraus. Darauf waren viele bunte Luftballons zu sehen, die in den Himmel flogen. Darüber stand mit glänzenden Buchstaben: *Happy Birthday!*

Sie klappte die Karte auf.

13. April 1974

Meine liebe Jenny,
ich wünsche dir alles Gute zum Geburtstag! Hoffentlich bekommst du viele Geschenke, auch von deinen Freunden. Feierst du?

Ich habe auch ein kleines Geschenk für dich. Es ist ein Freundschaftsanhänger: ein kleines Herz aus Glaskristall, das du an deinen Schlüssel hängen kannst. Somit wirst du immer an mich denken.

Viele Grüße
deine Angelika

»Hast du den Schlüsselanhänger noch?«, wollte Sophie wissen.

Jenny nickte und deutete auf den Umschlag, den Sophie noch immer in den Händen hielt. »Nach dem Tod deiner Mutter habe ich das Herz wieder zu der Karte gelegt, damit es nicht verlorengeht.«

Sophie steckte ihre Hand in das Kuvert und fischte den Anhänger heraus. Die Kette mit dem Schlüsselring war bereits rostig angelaufen, doch das Glasherz schimmerte noch sauber und klar im Tageslicht.

»Hübsch!«, stellte sie fest.

»Das ist einer meiner größten Schätze.«

Vorsichtig legte Sophie das Herz zurück in den Umschlag und schaute auffordernd in Jennys Richtung. »Wollen wir weitermachen?«

»Gern.« Jenny kramte erneut in der Kiste herum. »Ich denke, uns fehlt die Zeit, um jeden Brief zu lesen«, murmelte sie dabei. »Ich treffe einfach eine kleine Auswahl, einverstanden?« Sie nahm einen rosafarbenen Umschlag heraus. »Zum Beispiel dieser Brief von 1976. Da waren wir schon dreizehn.«

Donnerstag, 09. September 1976

Liebe Jenny,
danke für deinen letzten Brief und den Ratschlag mit dem Glätteisen. Leider hat das bei mir nichts genutzt: Meine Locken sind immer noch da, auch wenn ich sie fast eine Stunde lang mit dem Glätteisen behandelt habe.

Wie geht es dir? Ist die Schule bei euch auch schon wieder losgegangen?

Ich habe seit zwei Wochen wieder Schule und ganz viele neue Lehrer. Es ist einfach grässlich! Gott sei Dank sitzt Marita in den meisten Stunden neben mir. Sie hat angefangen zu stricken und hat schon drei Schals fertig. Als Nächstes darf ich mir Wolle für einen Schal aussuchen, den sie mir zu Weihnachten schenken will. Eigentlich mag ich keine Strickschals, denn die Wolle kratzt so schrecklich auf der Haut. Aber sie meint es gut, also spiele ich einfach mit und freue mich, weil sie sich freut. Später kann ich den Schal ja einfach irgendwo verlieren.

Ich habe übrigens auch eine neue Klavierlehrerin. Sie ist

noch ganz jung, erst neunzehn. Sie heißt Romana Rautenberger und war letzte Woche zum ersten Mal bei uns. Ich finde sie total klasse. Sie hat eine super Figur, trägt enge Kleidung und schminkt sich richtig knallig. Außerdem raucht sie, das habe ich gleich gerochen, als ich ihren Mantel aufgehängt habe. Irgendwie passt das zu ihr.

Ich habe mich bei unserer ersten Klavierstunde extra ein wenig wichtig gemacht, um sie zu beeindrucken. Ich hoffe, sie nimmt mir das nicht übel, denn ich glaube, dass wir mal sehr gute Freundinnen werden können.

Wie geht es deiner Oma nach dem Schlaganfall? Bitte grüße sie ganz herzlich von mir!

Und was machen deine Wellensittiche? Habt ihr schon Nachwuchs?

Bis zum nächsten Brief,
deine Angelika

»Sie schreibt von Romana«, stellte Vanessa grimmig fest. »Das vergessen wir am besten gleich wieder.«

»Warum?«, wollte Jenny wissen.

»Wir haben gestern mit ihr gesprochen. Das war nicht sehr erfreulich.«

»Nun, das kann ich mir denken.«

»Warum?«

»Angelikas Freundschaft mit Romana stand unter keinem guten Stern.«

Verblüfft blickte Sophie auf. Das war eine überraschend deutliche Aussage für die bislang so zurückhaltende Jenny. »Wieso?«

»Ach, diese dumme Sache in Berlin …«

»Du weißt, was dort passiert ist?«, rief Sandra und ließ vor Schreck beinahe ihre Kaffeetasse fallen.

»Natürlich, sie hat mir doch immer alles geschrieben. Arme Angelika!«

»Darf ich … kann ich …«, stammelte Sophie.

»Sie möchte es gern genau wissen«, übersetzte Vanessa für ihre Freundin. »Wir kennen nämlich nur die Version von Frau Rautenberger, und die ist garantiert falsch.«

»Oh, ich kann mir denken, was sie erzählt hat.« Jenny seufzte. »Aber lasst uns alles schön der Reihe nach durchgehen.«

»Können wir vielleicht ein paar Jahre überspringen und gleich zur Berliner Zeit kommen?«

»Natürlich.« Jenny nahm einen zusammengebundenen Stapel mit Briefen aus dem Kasten und öffnete den ersten. »Das ist die Nachricht, mit der Angelika mir ihren Umzug nach Berlin verkündet hat.«

Sonntag, 19. Juli 1981

Liebe Jenny,
wie du schon am Poststempel und an der neuen Adresse sehen kannst, habe ich es tatsächlich geschafft: Ich bin jetzt in Berlin!

Das Brandenburger Tor! Der Ku'damm! Das Kaufhaus des Westens! Die Leute! Die Stimmung! Es ist einfach unglaublich toll!

Eigentlich bin ich jetzt viel näher bei dir als vorher. Schade nur, dass wir uns trotzdem nicht treffen können. Aber vielleicht kannst du mal nach Ostberlin kommen und wir treffen uns dort.

Der Abschied von zu Hause am letzten Freitag ist mir sehr schwergefallen. Es war schlimm, meine Mutter weinen zu sehen und zu wissen, dass ich es bin, die ihr solchen Kummer bereitet. Mein Vater hatte sich besser im Griff, aber auch er sah traurig aus.

Meine Freundin Marita hat mich in ihrem alten Golf zum Bahnhof nach Münster gebracht. Doch das war nicht der fröhliche Abschied, den ich mir gewünscht hatte. Denn irgendwie scheint Marita es mir übelzunehmen, dass ich weggehe. Ich glaube, sie fühlt sich von mir im Stich gelassen.

Vermutlich wäre es ihr lieber gewesen, wenn ich genau das getan hätte, was sie macht: nämlich in Havixbeck bleiben, eine Lehre beginnen und irgendwann eine Familie gründen. Ich wollte, ich könnte so sein wie sie, denn dann fiele mir manches leichter. Ich beneide sie wirklich um ihre Zufriedenheit und ihre Gelassenheit. Aber ich bin nicht wie sie. Ich kann nicht in Havixbeck bleiben. Irgendwann muss man den nächsten Schritt wagen und erwachsen werden. Jeder auf seine eigene Weise, wenn du verstehst, was ich meine.

Mein Weg hat mich direkt nach Berlin geführt. Und geradewegs zu Romana. Man kann nicht sagen, dass sie begeistert war, mich zu sehen. Aber bei ihr weiß man ja nie, woran man ist. Sie hatte ihren üblichen neutralen Gesichtsausdruck aufgesetzt, aber ich glaube, sie hat sich trotzdem gefreut, mich zu sehen. Ich war ganz schön erleichtert, als sie mir angeboten hat, dass ich vorerst bei ihr wohnen kann. Ehrlich gesagt fühle ich mich noch ein bisschen zu jung für eine eigene Wohnung, und mit ihr zusammen macht es bestimmt auch mehr Spaß.

Romana ist zwar sechs Jahre älter als ich, aber trotzdem ist sie der Mensch, dessen Freundschaft mir am meisten bedeutet (neben unserer Brieffreundschaft natürlich!). Sie lebt genau so, wie ich auch leben möchte.

Gleich morgen werde ich losziehen und mir ein paar Möbel für das kleine Zimmer kaufen, das sie mir überlassen hat. Und dann werde ich auch noch etwas Leckeres zum Essen kaufen. Wenn Romana aus dem Konservatorium kommt, soll sie es gemütlich haben. Ich werde mir solche Mühe geben, dass sie irgendwann gar nicht mehr will, dass ich ausziehe!

Ich melde mich wieder, wenn ich mich in Berlin eingerichtet habe.

Bis dahin viele liebe Grüße
Angelika

Gedankenverloren blickte Sophie von Angelikas Brief auf. »Marita und Romana haben diese Episode ganz ähnlich geschildert. Aber aus der Perspektive meiner Mutter hört sich das viel persönlicher und schlüssiger an.«

»Was für ein Unterschied!«, stellte auch Sandra fest. »Und was für eine Chance. Das ist fast so gut, als wenn du sie selbst fragen könntest.«

»Angelikas Briefe aus Berlin sind sehr interessant und lesenswert. Sie liegen alle dort auf dem Stapel. Macht ruhig weiter!«, forderte Jenny ihre Gäste auf, während sie die Kuchenteller abräumte. »Ich bin gleich wieder da.«

»Jenny?«

»Ja?«

Verlegen biss sich Sophie auf die Lippen. »Wenn ich ... weiterlese, erfahre ich dann auch etwas ... etwas Schlimmes? Ein Geheimnis?«

»Sophie!« Vanessa runzelte die Stirn. »Ich dachte, das hatten wir längst geklärt.«

Verwundert kehrte Jenny mit dem schmutzigen Geschirr an den Tisch zurück und setzte sich neben Sophie. »Etwas Schlimmes?«, wiederholte sie kopfschüttelnd.

»Romana hat ihr gestern eine Lüge aufgetischt«, erklärte Vanessa.

»Verstehe«, sagte Jenny, obwohl sie nicht so aussah, als ob sie es tatsächlich verstünde. Doch sie war wohl zu taktvoll, um weitere Fragen zu stellen.

»Soll ich?«, erkundigte sich Vanessa bei Sophie.

Diese nickte.

Mit knappen Worten erzählte Vanessa, was in Berlin vorgefallen war.

Als sie geendet hatte, ergriff Jenny Sophies Hand und sah ihr eindringlich in die Augen. »In Angelikas Briefen stehen nicht immer nur schöne Dinge. Aber es ist nichts dabei, was dir Angst machen müsste.«

Sophie atmete auf.

»Romanas Behauptungen sind falsch.«

»Ich wusste es!«, flüsterte Vanessa.

»Aber am besten lest ihr das jetzt in aller Ruhe selbst.« Jenny erhob sich und griff erneut zum Geschirrtablett. »Ich räume mal schnell die Teller in die Spülmaschine und schaue nach Max. Ich bin gleich wieder da.«

Als sie nach zwanzig Minuten ins Wohnzimmer zurückkam, legten Sophie, Sandra und Vanessa gerade einen Umschlag zur Seite.

»Und, wie weit seid ihr?«, wollte Jenny wissen.

»Immer noch in Berlin, Sommer 1982. Angelika studiert Musik, lebt nach wie vor bei Romana und feiert erste Erfolge als Solistin«, fasste Vanessa zusammen.

»Sommer 1982? Oh, dann bin ich ja gerade zur rechten Zeit zurückgekommen.« Schnell setzte sich Jenny wieder neben die anderen. Gemeinsam beugten sich die vier Frauen über den nächsten Brief.

Dienstag, 17. August 1982

Liebe Jenny,

halte dich fest! Das, was ich dir zu berichten habe, ist nämlich extrem dramatisch, und es reicht schon, dass es mich total umgehauen hat. Nein, keine Angst, ich bin nicht krank, jedenfalls nicht körperlich. Ich bin »nur« verliebt. Rettungslos und bis über beide Ohren verliebt.

Kennst du das Gefühl der Liebe auf den ersten Blick? Noch vor ein paar Tagen hätte ich über dieses Phänomen gelacht. Aber dann ist es mir selbst passiert: Ich sah ihn, und es war mir, als hätte ich mein Leben lang auf diesen Mann gewartet. Nur er allein ist noch wichtig. Um ihn kreisen alle meine Gedanken, selbst wenn er nicht da ist:

Rico.

Ja, er heißt Rico.

Rico.

Ich könnte diesen Namen noch tausendmal hier aufschreiben!

Rico.

Groß, schlank, schwarze Haare und dunkle Augen, aus denen sein südländisches Temperament nur so herausleuchtet. Und ausgerechnet er, der vermutlich an jeder Hand zehn Frauen haben könnte, interessiert sich für mich.

Angefangen hat alles mit einem Stück Bienenstich – das einzige Stück, das noch da war, als ich gestern Morgen in die Konditorei kam und mir etwas fürs Frühstück kaufen wollte. Rico stand vor mir an der Theke und kaufte mir genau dieses letzte Stück Bienenstich vor der Nase weg. Ich hatte ihn vorher noch nie gesehen, und auch der Verkäuferin war er wohl fremd, denn sie sprach ihn nicht mit Namen an (wie sie es sonst bei ihren Stammkunden tut). Rico bestellte noch einen Kaffee und machte es sich dann mit dem Getränk und dem Kuchen am Stehtisch bequem.

Ich fragte unterdessen die Verkäuferin, ob sie noch weiteren Bienenstich hätte. Leider (oder soll ich sagen: zum Glück?) schüttelte sie den Kopf, und ich wollte gerade etwas anderes wählen, als sich Rico einmischte. »Wenn ich gewusst hätte, dass Sie den Bienenstich haben wollen, hätte ich nicht das letzte Stück genommen«, sagte er mit samtweicher, melodischer Stimme und einem leichten spanischen Akzent. Dabei warf er mir einen Blick zu, der meine Knie zum Zittern brachte. »Wir können uns das Stück gern teilen!«

Ich weiß nicht, welcher Teufel mich geritten hat, dass ich seine Einladung tatsächlich annahm! Ich meine: Normalerweise lasse ich mich nicht einfach ansprechen, geschweige denn, dass ich einen Teller mit einem fremden Mann teile. Aber ich tat es, weil mich eine unbekannte Macht direkt zu ihm zog.

Und ich habe es nicht bereut! Wir haben uns ganz wunderbar unterhalten, und viel zu schnell ging die Zeit vorbei. Ich war totunglücklich, als ich ihn in der Konditorei zurücklassen musste.

Doch du ahnst es sicher schon: Heute Morgen stand er wieder da am Stehtisch, dieses Mal mit zwei Tassen Kaffee und zwei Stücken Bienenstich. Ist das zu glauben???

»Hallo Angelika«, sagte er.

Eigentlich klang es eher wie »Anchelicka«. Es war wie eine zarte Streicheleinheit für meine Ohren. Dabei lächelte er dieses umwerfende, verführerische Lächeln und hielt meinen Blick mit den Augen fest.

Ich kann es kaum erwarten, dass es wieder Morgen wird. Dann werde ich ihn wiedersehen. Noch weiß ich kaum etwas über ihn, außer dass er aus Spanien kommt und noch nicht so lange in Berlin wohnt. Ich glaube, für ernste Gespräche ist unser Verhältnis noch nicht tief genug. Wie sollte es auch, nach gerade mal zwei kurzen Viertelstunden bei Kaffee und Bienenstich? Aber diese Zeit wird kommen, da bin ich mir sicher.

Ich bin so unsagbar glücklich!

Dazu passt hervorragend, dass auch Romy seit ein paar Wochen auf Wolke sieben schwebt. Ja, meine kühle, sachliche Freundin Romy ist ebenfalls verliebt! Heute Abend werde ich ihren Freddie endlich kennenlernen.

Bislang hat sie ein großes Geheimnis um seine Person gemacht. Ich weiß weder, wie er aussieht, noch, woher er kommt.

Ich habe dir ja schon mal erzählt, dass Romy nicht gern über persönliche Dinge redet. Das Einzige, was ich ihr entlocken konnte, war, dass Freddie einer der begabtesten Schüler bei ihr im Konservatorium ist.

Schade, dass ich Rico erst morgen früh wiedersehen werde. Sonst hätte ich ihn vielleicht sogar zum heutigen gemeinsamen Abendessen mit Romy und Freddie eingeladen. Oder glaubst du, es ist noch zu früh für einen solchen Schritt?

Ach, ich bin so ungeduldig! Bitte antworte schnell, damit ich dir weiter von meinem Glück vorschwärmen kann!

Viele liebe Grüße
deine Angelika

»Rico?« Verständnislos schüttelte Sophie den Kopf. »Dieser Name passt gar nicht.«

Jenny lächelte traurig. »Lest weiter!«, sagte sie nur. »Der nächste Brief ist nur zwei Tage später bei mir eingetroffen.«

Donnerstag, 19. August 1982

Liebe Jenny!
Du wunderst dich bestimmt, dass du schon wieder einen Brief von mir bekommst. Aber ich muss einfach irgendjemandem mein Herz ausschütten. Und bei dir weiß ich mein Geheimnis gut aufgehoben.

Ich bin immer noch verliebt.

Aber das ist überhaupt nicht gut!

Denn der Mann, um den es geht – mein Rico –, ist nicht frei. Schlimmer noch, er gehört zu meiner Freundin Romy. Ich habe mich in den Verlobten meiner Freundin verliebt!!!

Rico ist Freddie.

Freddie ist Rico.

Frederico.

Wenn es nicht so schrecklich wäre, könnte man tatsächlich darüber lachen. Doch zum Lachen ist mir weiß Gott nicht. Aber ich sollte der Reihe nach erzählen, sonst wirst du aus meinem Gefasel nicht schlau. Und vielleicht hilft mir das sogar, meine Gedanken zu ordnen.

Mein Unglück begann vorgestern Abend, als ich endlich Romys Verlobten Freddie kennenlernen sollte. Romy war noch beim Einkaufen, und ich deckte gerade den Tisch, als es an der Tür klingelte. Du kannst dir sicherlich meine grenzenlose (und freudige) Überraschung vorstellen, als plötzlich Rico vor mir stand. Seine schwarzen Haare hatte er ordentlich zurückgekämmt, er trug einen grauen Anzug und hatte einen Strauß Blumen in der Hand.

Ich stammelte irgendetwas zur Begrüßung, während ich überlegte, wie er wohl meine Adresse herausgefunden haben könnte. Er schien ebenfalls verwirrt zu sein, denn er trat einen Schritt zurück und prüfte das Namensschild an der Klingel. »Das darf nicht wahr sein!«, stöhnte er dann.

Ich verstand kein Wort – bis er wieder zu sprechen begann. »Du bist Romanas Freundin Angie!«

Achtlos drückte er mir die Blumen in die Hand, und genauso mechanisch stopfte ich sie in die große Bodenvase neben dem Schuhschrank. Ich ließ ihn in die Wohnung, schloss die Tür und nahm ihm das Jackett ab – automatische Gesten, die mich daran hindern sollten, weiter nachzudenken.

Doch die Wahrheit ließ sich nicht verleugnen. »Du bist Freddie!«, brach es aus mir heraus.

»Frederico«, korrigierte er unnötigerweise.

»Romys Verlobter.« Die Erkenntnis tat furchtbar weh. Dieser wunderbare Mann gehörte nicht mir, sondern meiner besten Freundin! Ich glaube, so verzweifelt wie in diesem Moment war ich noch nie.

»Hey!« Er griff mir unters Kinn und zwang mich, ihn anzusehen. »Ganz ruhig. Lass mich nachdenken.«

»Aber wie … warum …?« Ich mag es eigentlich nicht, wenn man mich weinen sieht, und versuche immer, das zu verhindern. Doch in diesem Moment schossen mir tatsächlich dicke Tränen in die Augen.

Zärtlich streichelte Frederico meine Wange. Und auf einmal war es mir egal, dass Romy jeden Moment kommen konnte. Ich warf mich in seine Arme und weinte bitterlich.

»Schschsch!«, versuchte er mich zu trösten.

»Was sollen wir denn jetzt machen?«, fragte ich.

»Zunächst einmal gar nichts.«

»Aber wir müssen Romy sagen, dass wir uns schon kennen.«

»Nein, das müssen wir nicht. Das macht alles nur noch komplizierter.«

Ich fand die Situation sowieso schon kompliziert genug. Was hätte es da ausgemacht, ehrlich zu sein? Ich hasse es, zu lügen!

Doch er sah das offensichtlich anders. »Lass uns einfach diesen Abend durchstehen«, bat er und löste sich aus meiner Umarmung. »Und dann sehen wir weiter. Ganz in Ruhe und ganz vernünftig. Vertrau mir.«

Dabei blickte er mir eindringlich in die Augen. Ich nickte (schon etwas getröstet) und trocknete meine Tränen. Ruhig und vernünftig klang gut – allerdings hatte ich keine Ahnung, wie ich diesen Abend einigermaßen heil überstehen sollte.

Er hingegen hatte sich viel besser im Griff und begann ein Gespräch über das Klavierspiel. Er ahnte wohl, dass dieses Thema für uns beide unter den gegebenen Umständen noch das angenehmste und unverfänglichste war. Er brachte mich sogar dazu, mich zusammen mit ihm ans Klavier zu setzen. Wir spielten eine Zeitlang miteinander alle möglichen Stücke, was mich tatsächlich ein wenig von der verzwickten Situation ablenkte.

Plötzlich stand Romy in der Tür, hocherfreut darüber, dass wir uns schon kennengelernt hatten. Die anständige, nichtsahnende Romy! Sofort kehrte meine Verzweiflung zurück. Ich hätte mich am liebsten in mein Zimmer verkrochen.

Aber das ließ Romy leider nicht zu, und so verbrachte ich den schlimmsten Abend meines Lebens, eingeklemmt zwischen einer verliebten Romy und einem erstaunlich beherrscht wirkenden Frederico. Dass er nicht so gelassen war, wie es den Anschein hatte, hat er mir am nächsten Morgen in der Konditorei gestanden.

Er ist genauso geschockt wie ich, doch er ist der Meinung, dass wir die nächsten Schritte genau überlegen müssen. Ich verstehe nicht so ganz, was er damit meint, aber ich vertraue ihm. Solange ich ihn jeden Morgen wiedersehen kann, ist mir alles egal!

Nur mit meinem schlechten Gewissen muss ich allein fertig werden. Romy hat mir Frederico vorgestellt, weil sie der Ansicht war, dass es zwischen ihr und ihm etwas Ernstes werden könnte. Sie wollte meine Meinung hören und vermutlich auch meinen Segen erhalten. Kannst du verstehen, dass ich mich deshalb jetzt total schlecht fühle? Ihr ist es wichtig, dass ich ihn mag. Dabei mochte ich ihn schon vorher so sehr, dass ich ihn jetzt erst recht ganz für mich allein haben will.

Ich bin eine schlechte Freundin!

Falls du einen Ausweg für mich weißt, dann schreibe mir schnell. Aber sage bitte nicht, dass man mit Ehrlichkeit am weitesten kommt. Das weiß ich selbst.

Ich schreibe dir, sobald es etwas Neues gibt.

Verzweifelte Grüße
von deiner Angelika

»Oje, was für ein dummer Zufall!«, sagte Sandra erschüttert.

»Sie konnte überhaupt nichts dafür«, flüsterte Sophie mit brüchiger Stimme. »Sie ist völlig schuldlos in diese Lage geraten.«

»Hast du etwa ernsthaft daran gezweifelt?«, wollte Vanessa wissen und runzelte dabei verärgert die Stirn.

»Und selbst in dieser verfahrenen Situation dachte Angelika zuerst an die Gefühle ihrer Freundin …«, murmelte Sandra.

»… die diesem Freddie anscheinend völlig egal waren.« Aufgebracht tippte Vanessa auf die betreffende Zeile im Brief. »›*Die nächsten Schritte genau überlegen*‹. Ha! Das ist eine elegante Umschreibung für ›*erst mal alles so lassen, wie es ist*‹.«

»Für ihn war das sicherlich sehr bequem.«

»Und Angelika hat mitgespielt.« Vanessa schüttelte verständnislos den Kopf. »Sie muss total in diesen Typen verknallt gewesen sein. Macht Liebe wirklich so blind?«

»Sie war erst … wie alt? Achtzehn, neunzehn?«, gab Sandra zu bedenken. »Da sieht man die Liebe noch verklärt. In dem Alter glaubst du alles, was dein Liebster dir erzählt.«

»Und ich wette, das war jede Menge Blödsinn«, sagte Vanessa. »Er war garantiert zu feige, um diese komplizierte Situation aufzulösen.«

»Ja, das war er«, bestätigte Jenny. »Angelika hat sich schließlich selbst ein Herz gefasst. Irgendwann hat sie erkannt, wie Frederico wirklich war.«

Sophie nickte. »Romana hat uns von diesem Gespräch erzählt. Es hat nicht sehr erfreulich geendet.«

»Nein, deine Mutter war am Boden zerstört. Hier, lies selbst!«

Montag, 06. September 1982

Liebe Jenny,
es ist vorbei.

Und ich bin unsagbar traurig.

Ich kann dir nicht einmal ansatzweise beschreiben, wie es mir wirklich geht. Ich schlafe nicht, habe keinen Hunger und muss mich dazu zwingen, wenigstens ab und zu mal etwas zu trinken.

Ich schleiche stundenlang durch die Stadt und bleibe vor den Schaufenstern stehen, ohne wirklich etwas wahrzunehmen.

Ich kann nicht einmal jemanden anrufen. Wen denn auch? Romy? Sicher nicht. Sie will nichts mehr von mir wissen.

Meine Eltern? Die ahnen nichts von meiner Affäre, und es würde meine Kräfte übersteigen, wenn ich ihnen von Frederico erzählen müsste.

Marita? Sie hat sich gerade verlobt und versteht mich sicherlich nicht. Für sie gibt es nur Sonnenschein und blauen Himmel – für mich bleiben graue Wolken und Regen.

Aber das ist gut so. Ich will den Regen, denn dann sieht man wenigstens die Tränen auf meinem Gesicht nicht.

Die einzige Person, der ich alles sagen kann und die ich momentan ertrage, bist du. Ich muss dazu nicht einmal meine Stimme anstrengen (sie würde sowieso brechen …). Ich schreibe einfach so lange, wie ich die Kraft dazu habe. Und ich weiß, du wirst jede Zeile lesen. Und du wirst mich verstehen und mir zurückschreiben. Ich verlasse mich auf dich!

Vor zwei Tagen habe ich mir ein Herz gefasst und Romy die Wahrheit gesagt. Frederico war ja von Anfang an dagegen, aber dieses Mal bin ich hart geblieben. Wir haben uns sogar deswegen gestritten (so gut das in einer Konditorei vor versammelter Kundschaft geht).

Ich habe den Moment abgepasst, als Romy nach der Arbeit ganz entspannt auf dem Küchensofa saß und ein Glas Wein vor sich stehen hatte. Offen und ehrlich habe ich ihr gestanden, dass Frederico und ich uns lieben. Ich dachte mir, dass ich mit der Wahrheit am weitesten komme.

Aber sie hat es nicht besonders gut aufgenommen. Im Gegenteil – zuerst wurde sie bleich und zitterte. Dann ist sie förmlich explodiert und hat herumgebrüllt, ich sei egoistisch und neidisch. Ich hätte mir Frederico nur »geangelt«, weil ich es nicht ertragen könne, dass sie etwas hat, was ich nicht habe. Ich sei ihre erste und einzige Freundin gewesen, der sie vollständig vertraut habe. Aber das sei nun vorbei.

Zum Schluss sah sie nur noch unfassbar enttäuscht und furchtbar traurig aus. Ich hätte sie so gern in den Arm genommen!

In diesem Moment wurde mir klar, dass ich sie für immer verloren hatte. Was blieb mir anderes übrig, als das zu tun, was sie forderte – nämlich meine Sachen zu packen und zu gehen?

Zum Glück habe ich vorerst bei einer Studienkollegin Unterschlupf gefunden, die weder Fragen stellt noch sonst irgendwie an einer Freundschaft mit mir interessiert ist.

Leider geht meine traurige Geschichte noch weiter. Ein paar Tage später stand Frederico plötzlich vor mir und stellte mich zur Rede. Er warf mir vor, sein Leben zerstört zu haben. Seine Karriere in Deutschland sei beendet, weil Romy dafür gesorgt habe, dass er aus dem Konservatorium fliegt. Irgendwie schien ihn das mehr zu beschäftigen als die Tatsache, dass ich endlich reinen Tisch gemacht hatte …

Wir hätten in diesem Moment noch einmal von vorn anfangen können. Stattdessen wurde es ein schrecklicher Streit über Themen, die überhaupt nichts mit unserer Liebe zu tun hatten.

Inzwischen sehe ich alles klarer. Ich war dumm, einfältig und naiv. Statt von Anfang an ehrlich zu meiner Freundin zu sein, habe ich auf einen Mann gehört, der anscheinend nur seine Karriere im Kopf hatte. Für den ich nur ein kleiner Zeit-

vertreib war, während er gleichzeitig Romy bei Laune halten musste.

Am Ende bleibt die Erkenntnis, dass ich alles verloren habe und jetzt vor einem Scherbenhaufen stehe. Romy hat mich rausgeworfen. Frederico ist nach Spanien zurückgekehrt. Mein Traum von einem tollen Leben in Berlin ist geplatzt. Was ich jetzt noch tun kann, ist, die Scherben aufzusammeln und zu überlegen, wie ich neu beginnen kann. Denn einen Neubeginn wird es geben, da bin ich mir sicher! Vielleicht ist mir das Schicksal zur Abwechslung mal gnädig gesinnt und weist mir bald einen Weg.

Aber jetzt würde ich am liebsten erst einmal ein paar Tage untertauchen. Meinst du, ich könnte dich besuchen kommen? Ich weiß, dass es nicht leicht ist, in die DDR einzureisen. Aber ich würde dich wirklich gern sehen und mich von dir trösten lassen. Ich bin sicher, dann komme ich auf andere Gedanken. Hast du etwas dagegen, dass ich mich nach den Einreiseformalitäten erkundige?

Schreib schnell zurück, du weißt, wie ungeduldig ich auf Antwort warte!

Deine Angelika

»Deine Mutter war eine bemerkenswerte Frau«, flüsterte Sandra und wischte sich die Tränen aus den Augen. »Selbst in dieser schlimmen Situation hat sie nicht aufgegeben und an ihr Schicksal geglaubt.«

»So war sie.« Jenny lächelte wehmütig. »Optimistisch und zielstrebig, aber dabei nie egoistisch. Andere Menschen lagen ihr immer am Herzen.«

Sophie musste sich erst ein paarmal räuspern, bevor sie sprechen konnte. »Es war sicherlich nicht leicht für dich, auf diesen Brief zu antworten.«

»Doch, das war es. Mir fällt das Schreiben nämlich viel leichter als das Reden.«

»Und was hast du ihr geantwortet?«

»Dass sie sofort kommen könnte. Doch leider ging das damals mit den Einreiseformalitäten nicht so schnell, wie wir uns das gewünscht hätten.«

»Schade!«

»Außerdem habe ich sie natürlich getröstet und ihr Mut zugesprochen.«

»Sie konnte froh sein, dass sie dich hatte.«

»Freundschaft beweist sich in schlechten Zeiten, nicht in guten.«

»Du warst ihr bestimmt eine sehr gute Freundin!« Sophie ergriff Jennys Hand. »Du warst noch für sie da, als alle anderen fort waren.«

»Das war allerdings keine große Kunst.« Jenny lachte verlegen. »Ich konnte damals ja nicht raus aus der DDR!«

»Du weißt schon, wie ich das meine.«

»Ja, das weiß ich. Aber wie gesagt – ich rede nicht gern über so etwas, ich schreibe lieber.«

»Schade, dass deine Briefe an meine Mutter nicht mehr existieren. Ich hätte sie gern gelesen.«

»Nun, das ist nicht zu ändern.« Jenny beugte sich wieder über die Kiste. »Ich glaube, du brauchst jetzt eine kleine Aufheiterung.« Nach kurzer Zeit hatte sie gefunden, wonach sie suchte. »Da ist er ja! Jetzt kommen wir zum schönsten Brief, den mir Angelika je geschrieben hat.«

Freitag, 19. November 1982

Liebe Jenny,

etwas ganz, ganz Wunderbares ist passiert. Ich habe Angst wie noch nie in meinem Leben, aber gleichzeitig bin ich glücklich wie schon lange nicht mehr.

Ich bekomme ein Baby!

Du fragst dich bestimmt, wie das passieren konnte.

Ja, ich weiß, ich hatte dir geschrieben, dass ich nie Sex mit Frederico hatte. Das stimmt auch. Er ist nicht der Vater des Kindes.

Aber Ende September, als es mir so schlechtging, bin ich eines Abends aus einer Laune heraus in einer der bekanntesten Diskotheken Berlins gelandet. Und dort habe ich Mark getroffen. Humorvoll, intelligent, ledig und ungefähr fünfzehn Jahre älter als ich.

Er ist ein Bankkaufmann aus Frankfurt am Main und war für ein paar Tage zu einer Schulung in Berlin. Anscheinend hat er mehr in mir gesehen als das blasse, traurige Mädchen mit den verweinten Augen, denn er spendierte mir ein Bier nach dem anderen. So wurde es immer später, und irgendwann lagen wir uns dann in seinem Hotelzimmer in den Armen. Zum ersten Mal seit der Sache mit Romy und Rico habe ich wieder etwas anderes gefühlt als Trauer und Schmerz.

Mark ist bestimmt nicht mein Traumtyp, aber er war zärtlich, lieb und rücksichtsvoll – und ich habe seine Berührungen genossen.

Viermal an zwei Abenden, um genau zu sein …

Danach musste er zurück nach Frankfurt, und wir trennten uns in gegenseitigem Einvernehmen. Hier hätte die Geschichte zu Ende sein können.

Tja, falsch gedacht!

Denn ungefähr drei Wochen später stellte ich fest, dass ich schwanger bin. Zuerst war ich schockiert. Danach bekam ich schreckliche Angst. Doch dann schlich sich allmählich ein Glücksgefühl ein, das bis heute anhält.

Dieses kleine Wesen, das ich in mir trage, ist plötzlich der Dreh- und Angelpunkt meiner Welt. Ihm soll es immer gutgehen, dafür werde ich sorgen!

Deshalb werde ich jetzt meine Zelte hier in Berlin abbrechen.

In der kommenden Zeit werde ich viel Unterstützung brauchen, sowohl von meinen Eltern als auch von Mark. Ich habe nicht vor, ihn zu heiraten, auch wenn es das Erste war, was er mir vorgeschlagen hat, als ich ihm die freudige Nachricht am Telefon mitteilte.

Guter, verlässlicher Mark! Genau so einen Vater braucht mein Kind. Aber ich brauche nicht so einen Mann. Streng genommen will ich erst einmal gar keine Beziehung. Mein Glück kann warten, bis das Kind groß genug ist.

Ich werde im Dezember nach Havixbeck zurückkehren. Du solltest deine Briefe also zunächst einmal an meine alte Adresse schicken. Im Januar werde ich nach Frankfurt ziehen, um näher bei Mark zu sein. Auch wenn wir nicht zusammenleben werden, möchte ich dennoch, dass mein Kind einen Vater hat.

Außerdem will er mir eine Ausbildungsstelle bei seiner Bank vermitteln. Im September nächsten Jahres könnte ich dort anfangen. Spätestens dann werden auch meine Eltern wieder in Frankfurt wohnen. Es war immer geplant, dass sie nach Frankfurt zurückkehren, sobald mein Vater in Rente ist. Meine Oma wohnt ja noch dort, ganz allein in einem viel zu großen Haus. Dort werden sie einziehen und sich um die Betreuung der alten Dame und um ihr kleines Enkelkind kümmern.

Ist es nicht schön, dass sich alles so ineinanderfügt? Ich kann dankbar sein, dass es so ist!

Mein einziger Wermutstropfen: Mit einem Besuch bei dir wird es vorläufig leider nicht klappen. Ich hoffe, du verstehst das. Aber aufgeschoben ist nicht aufgehoben. Irgendwann werden wir uns treffen, ich glaube ganz fest daran.

Danke dafür, dass du in letzter Zeit eine so gute Freundin warst!

Bis bald und viele liebe Grüße
von deiner
Angelika

»Jetzt hast du es schwarz auf weiß«, stellte Vanessa zufrieden fest. »Du bist die Tochter deines Vaters.«

Sophie nickte abwesend.

Dann las sie den Brief ein zweites Mal.

Und noch ein drittes Mal.

Die anderen Frauen saßen schweigend daneben. Jede von ihnen ahnte, wie wichtig diese Zeilen für Sophie waren. Angelika hatte auf einen Schlag alle Fragen beantwortet, die ihre Tochter sich in den letzten Tagen mehr oder weniger heimlich gestellt hatte. Sophie wusste jetzt, warum ihre Mutter Berlin verlassen hatte und nach Frankfurt gegangen war. Sie kannte die Gründe für Angelikas Entscheidung, Mark nicht zu heiraten. Sie konnte nachvollziehen, was ihre Mutter bewegt hatte. Aber das Allerwichtigste: Mark war tatsächlich ihr Vater! Jetzt endlich flossen die Tränen, die sie bislang so mühsam zurückgehalten hatte.

»Nicht doch!« Umständlich kramte Jenny ein Papiertaschentuch aus ihrer Hosentasche.

»Kann ich den Brief behalten?«, schluchzte Sophie.

»Ich habe dir von allen Briefen Kopien gemacht, weil ich mir schon dachte, dass du sie gern als Erinnerung behalten würdest.«

»Das ist lieb, danke.« Lautstark schnäuzte Sophie ins Taschentuch.

»Wir hätten gleich herkommen und uns den Umweg über Berlin sparen sollen«, sagte Vanessa.

»Nein«, widersprach Sophie mit erstickter Stimme. »Es war richtig, Romana zu treffen. Immerhin war sie ein wichtiger Mensch im Leben meiner Mutter.«

»Sie hat dich angelogen.«

»Aber nur, weil sie es nicht besser wusste.«

»Ich hatte eher den Eindruck, dass sie gar nicht an der Wahrheit interessiert ist.«

»Wer weiß?« Nachdenklich ließ Sophie ihr Taschentuch sinken. »Vielleicht sollte ich noch einmal mit ihr sprechen?«

»Warum?«

»Ich könnte das Missverständnis aufklären. Dann würde sie sich besser fühlen. Und ich mich auch!«

»Typisch Sophie, immer auf der Suche nach Harmonie.«

»Was ist so falsch daran?«

»Sie wird dich nicht anhören.«

»Dann schicke ich ihr einfach die Kopien einiger Briefe. Dadurch wird sie die Wahrheit erfahren.«

»Oder sie verbrennt die Briefe. Darin hat sie Übung, wie du weißt.«

»Trotzdem«, beharrte Sophie. »Ein Versuch schadet nicht. Was meint ihr?« Fragend blickte sie Jenny und Sandra an.

Sandra zuckte ratlos mit den Schultern. »Tja, ich bin auch nicht gerade gut auf sie zu sprechen. Aber wenn es dich glücklich macht, bin ich auf jeden Fall dafür.«

»Und du, Jenny?«

Die Angesprochene lächelte verhalten. »Du solltest das tun, was du für richtig hältst. Deine Mutter hat das auch immer so gemacht.«

»Ich befürchte, in dieser Hinsicht muss ich noch viel lernen.«

»Und ich befürchte, dass es nur neuen Ärger gibt, wenn du Romana nochmals kontaktierst«, gab Vanessa zu bedenken. »Aber lassen wir das jetzt. Das können wir in Ruhe auf der Rückfahrt diskutieren.«

»Hier sind die Kopien der Briefe.« Jenny erhob sich, zog eine Schublade des Wohnzimmerschranks auf und holte eine dicke blaue Mappe heraus. »Und außerdem noch eine kleine Überraschung.« Sie legte die Mappe zusammen mit einem schmalen Umschlag auf den Tisch.

Neugierig griff Sophie nach dem kleinen Päckchen. »Was ist das?«

»Das ist eine CD mit den Klavierstücken, die Angelika für mich gespielt und aufgenommen hat.«

»Auf CD?«, fragte Sandra überrascht.

»Natürlich nicht, das gab es ja damals noch gar nicht. Angelika hat mir Musikkassetten geschickt, und mein Sohn hat sie auf CD überspielt. Ich weiß zwar nicht, wie das funktioniert, aber er hat es geschafft.«

Gerührt betrachtete Sophie das Geschenk. Dann umarmte sie die Brieffreundin ihrer Mutter aus einem plötzlichen Impuls heraus. »Danke! Du ahnst gar nicht, was mir das bedeutet.«

Verlegen winkte diese ab. »Das ist das Wenigste, was ich für dich tun kann.«

»Ich bin so froh, dass wir uns kennengelernt haben.«

Jenny errötete. »Aber jetzt genug davon! Lasst uns noch ein wenig plaudern, bevor Max aufwacht. Möchtet ihr noch etwas zu trinken?«

11

Sophie musste sich eingestehen, dass Sandra am Vormittag mit ihrer Bemerkung recht gehabt hatte. Sie war ein Mensch, der seine ungelösten Probleme gern so lange vor sich herschob, bis sie sich irgendwann von selbst klärten. Bislang war sie mit dieser Strategie auch einigermaßen gut durchs Leben gekommen. Hatte es doch einmal größere Krisen gegeben, so waren entweder ihre Eltern oder ihre Freundinnen zur Stelle gewesen, um ihr beizustehen und gemeinsam mit ihr eine Lösung zu finden.

Doch an diesem Abend, nach dem Gespräch mit Jenny Haage, verspürte sie zum ersten Mal das Bedürfnis, ihre persönlichen Angelegenheiten nur mit sich selbst auszumachen. Sie wollte allein sein, um in Ruhe über die Erlebnisse der letzten Tage nachdenken zu können.

Das enge Wohnmobil bot keine geeignete Rückzugsmöglichkeit, und auch draußen, auf der Picknickbank, blieb sie nicht lange allein, denn schon bald gesellten sich ihre Freundinnen zu ihr.

»Ich möchte unbedingt morgen früh noch zum Schloss«, erklärte Sandra.

»Welches Schloss?«, fragte Vanessa.

»Schloss Wiepersdorf.«

»Den Namen habe ich noch nie gehört. Was ist so interessant an diesem Bauwerk?«

»Die berühmte Dichterin Bettina von Arnim und ihr Mann Ludwig haben hier gelebt und wurden auf dem Schlossfriedhof begraben.«

»Verstehe ich das richtig? Wir können nur deshalb nicht gleich losfahren, weil du noch zwei Gräber angucken möchtest?«

»Was ist so schlimm daran, wenn wir erst gegen elf Uhr hier aufbrechen? Wir haben doch den ganzen Tag Zeit.«

»Mit dieser alten Kiste brauchen wir mindestens sieben Stunden bis Frankfurt.«

»Dann bist du immer noch um sechs Uhr abends zu Hause.«

»Ich wäre aber gern früher wieder zurück.«

»Warum? Hast du noch etwas vor?«

»Nein.«

»Dann kann dir doch die Zeit egal sein. Außerdem: Wenn wir erst um sechs Uhr in Frankfurt sind, können wir noch kurz am Flughafen halten und Steffen mitnehmen.«

»Ach! Auf deine Pläne wird also Rücksicht genommen und auf meine nicht?«

»Wie du gerade selbst gesagt hast, hast du gar keine Pläne für den Abend.«

Sophie seufzte. Bei dieser Zankerei war es ihr unmöglich, einen klaren Gedanken zu fassen. Kurz entschlossen sprang sie auf.

»Entschuldigt mich!« Sie ignorierte den überraschten Gesichtsausdruck ihrer Freundinnen und knöpfte ihre Strickjacke zu. »Ich glaube, ich mache einen kleinen Abendspaziergang.«

»Allein?«

»Ja. Ich brauche ein wenig Ruhe zum Nachdenken. Und mit euch beiden ist das leider unmöglich.«

»Sollen wir mitkommen?«

»Hast du nicht gehört, was sie gesagt hat, Sandra? Sie will ihre Ruhe haben.«

»Wenn es sein muss, kann ich schweigen.«

»Das glaubst du doch wohl selbst nicht!«

»Warum nicht? Ich habe schon –«

»Also, ich gehe jetzt«, unterbrach Sophie den Wortwechsel. »In einer halben Stunde bin ich wieder zurück.«

Mit schnellen Schritten entfernte sie sich vom Wohnmobil und schlug einen Weg in den Wald ein. Sie konnte die erstaunten Blicke ihrer Freundinnen förmlich spüren, aber keine von beiden machte Anstalten, ihr nachzukommen.

Erleichtert atmete Sophie auf. Normalerweise störte es sie nicht, wenn Sandra und Vanessa sich stritten. Im Gegenteil, diese kleinen Reibereien gehörten zum Alltag ihrer Freundschaft und sorgten dafür, dass es mit den beiden nie langweilig wurde. Doch heute …

Langsam schlenderte sie den Waldweg entlang. Unter einer großen Kiefer blieb sie stehen und legte den Kopf in den Nacken. Die warme Abendsonne stand schon recht tief und funkelte schräg durch die Baumkronen. Unzählige Vogelstimmen zwitscherten aufgeregt von überall. Hier und da raschelte es auf dem Waldboden, vermutlich waren Mäuse oder Eichhörnchen unterwegs. Ansonsten war es still.

Ideale Voraussetzungen für ein kleines Experiment.

Vorhin war ihr eine Idee gekommen. Sie wollte versuchen, ihre Probleme mit Hilfe wissenschaftlicher Methoden zu analysieren. Gerade erst hatte sie einen entsprechenden Weiterbildungskurs besucht. Warum sollte sie die neu erworbenen Kenntnisse nicht auch für ihr Privatleben nutzen?

Voller Tatendrang machte sie es sich auf dem Waldboden bequem und lehnte ihren Rücken an den Kiefernstamm.

Also, wie war das noch?

Schritt eins: das Problem sichtbar machen und möglichst mit einem Wort benennen.

Das war einfach. Ihr derzeit wichtigstes Anliegen war die Aussöhnung mit Romana Rautenberger. Ihr Problem hieß also kurz und knapp »Romana«. Um ihre Überlegungen anschaulicher zu gestalten, griff sie zu einem der Kiefernzapfen, die im Moos herumlagen, und legte ihn vor ihre Füße.

»So, du heißt jetzt Romana und bist mein Problem.«

Zur Sicherheit schaute sie sich noch einmal sorgsam um. Es wäre ihr sehr peinlich gewesen, wenn ausgerechnet jetzt ein Spaziergänger vorbeigekommen wäre und sie bei einem Gespräch mit einem Kiefernzapfen erwischt hätte. Doch alles blieb still.

Erleichtert wandte sie sich wieder ihrer Problemanalyse zu. War es das schon mit Schritt eins?

Nein, musste sie sich eingestehen. Es gab derzeit noch ein zweites großes Problem in ihrem Leben. Doch auch das ließ sich schnell benennen. Sie griff nach einem weiteren Kiefernzapfen und taufte ihn auf den Namen Martin.

In dieser Angelegenheit musste sie endlich Klarheit gewinnen. Martin würde am liebsten alles so weiterlaufen lassen wie bislang, das ahnte sie inzwischen. Es lag an ihr, zu entscheiden, wie es weitergehen sollte.

Fehlte jetzt noch etwas?

Eigentlich nicht. Die anderen Bereiche ihres Lebens verliefen gerade ruhig und unspektakulär.

Damit war Schritt eins abgeschlossen. Sie hatte ihre zwei größten Probleme erkannt und benannt.

Nun folgte Schritt zwei: Sie musste den angestrebten Soll-Zustand ermitteln.

Das war schon etwas schwieriger.

Nachdenklich betrachtete sie die beiden Kiefernzapfen zu ihren Füßen. Den einen, Romana, hätte sie liebend gern in ihr Leben gelassen. Aber nicht nur Romana war ihr wichtig, sondern auch Marita und Jenny. Diese drei Frauen hatten Angelika viel bedeutet.

Wäre es nicht schön, wenn sie die alten Freundschaften ihrer Mutter neu aufleben lassen könnte? Wenn die älteren Frauen auch ihre Freundinnen würden?

Was für eine wundervolle Idee!

Kurz entschlossen nahm Sophie zwei weitere Kiefernzapfen, nannte sie Jenny und Marita und schob sie dicht zu Romana. Ein Sinnbild für die drei Frauen, die ihrer Meinung nach zusammengehörten.

Ja, das war ein guter Soll-Zustand!

Ihr Blick wanderte zu dem anderen Kiefernzapfen, der einsam im Moos lag: Martin.

»Eigentlich bist du gar nicht so allein«, murmelte Sophie und sammelte zwei weitere Zapfen ein: Katja und Sophie.

Die Ehefrau und die Geliebte.

Betrogene und Betrügerin.

Und eine von beiden war zu viel.

Ohne lange nachzudenken, schob sie den Zapfen, den sie Sophie getauft hatte, wieder fort. Nun lagen nur noch Katja und Martin nebeneinander im Moos. Nachdenklich starrte Sophie auf den Boden. Irgendwie sah das richtig aus, selbst für sie als Betroffene, die eigentlich etwas ganz anderes wünschen müsste. War das der angestrebte Soll-Zustand? Konnte sie wirklich auf Martin verzichten?

Gefühle und Gedanken jagten durch ihren Kopf und formten schließlich eine klare Antwort: Ja, sie konnte es. Und im Grunde war es besser so. Der Schmerz, den sie angesichts ihres spontanen Entschlusses verspürte, war nicht einmal besonders groß. In Wahrheit hatte sie immer gewusst, dass sie ihn am Ende verlieren würde. Nur hatte sie es nicht wahrhaben wollen. Sie war schließlich Meisterin darin, unbequeme Wahrheiten zu verdrängen.

Doch damit sollte jetzt Schluss sein!

Die unglückliche Liebesgeschichte ihrer Mutter hatte dazu beigetragen, dass sie ihre eigene Affäre mit anderen Augen sah. Ähnlich wie Frederico hatte auch Martin gelogen und sie immer wieder vertröstet. Und genau wie ihre Mutter hatte sie nur zu gern geglaubt, was ihr Liebhaber ihr erzählte. Allerdings gab es einen gravierenden Unterschied zwischen beiden Geschichten: Ihre Mutter war damals erst achtzehn Jahre alt gewesen, und sie selbst wurde in wenigen Tagen dreißig.

»Du solltest es eigentlich besser wissen!«, schimpfte sie mit dem Kiefernzapfen namens Sophie. Erschreckt durch ihre laute Stimme hüpfte ein Eichhörnchen davon, das ganz in der Nähe nach Futter gesucht hatte.

Sophie schmunzelte. Diese Art der Problembewältigung gefiel ihr, ab jetzt würde sie öfter in den Wald gehen. Oder sie nahm gleich ein paar Kiefernzapfen mit nach Hause!

Aber noch war sie nicht fertig mit ihrem Experiment. Was kam als nächster Schritt? Ja genau, die Mittel-Zweck-Analyse: Welcher Lösungsweg war der richtige, um den Soll-Zustand zu erreichen?

Bei Romana, Jenny und Marita lag die Lösung praktisch vor ihr auf dem Waldboden: Die drei Kiefernzapfen sahen aus, als ob sie gerade eine wichtige Besprechung abhielten. Mehr noch: Der Zapfen, den sie Sophie getauft und vorhin beiseitegeschoben hatte, lag so nahe bei den anderen dreien, als ob er dazugehören würde.

»Genau so soll es sein«, beschloss sie. »Wir müssen uns treffen und miteinander reden. Dann klären sich alle Missverständnisse, und wir können Freundinnen werden.«

Das waren wunderschöne Aussichten!

Irgendwie musste es ihr gelingen, die drei Frauen zusammenzubringen. Bei Jenny und Marita würde das einfach sein. Die beiden hatten zugesagt, in Kontakt mit ihr zu bleiben. Schwieriger allerdings würde die Sache bei Romana werden. Aber Sophie war sich sicher, dass die Politikerin einlenken würde, sobald sie die Briefe gelesen hatte. Dann konnte sie ihren Frieden mit der Vergangenheit machen, und alle würden in Zukunft Freundinnen sein.

Problem Nummer eins war damit so gut wie gelöst. Aber jetzt kam Problem Nummer zwei: die Trennung von Martin.

Beunruhigt runzelte sie die Stirn. Zu wissen, wie der angestrebte Soll-Zustand aussah, war eine Sache. Einen Weg zu finden, ihn zu erreichen, eine ganz andere. Denn keine der Methoden, die ihr durch den Kopf gingen, würde schmerzfrei ablaufen. Gleichgültig, wie sie mit ihm Schluss machte – ob telefonisch, per Mail oder persönlich –, es würde weh tun. Sehr sogar.

»Ich sage es ihm persönlich«, entschied sie sich schließlich. »Das hat er verdient.« Sie nahm den Martin-Zapfen vom Boden auf und hielt ihn auf Augenhöhe.

»Hallo Martin«, begann sie. »Ich muss unsere Beziehung leider beenden. Sei nicht traurig!«

Der Zapfen blieb stumm.

Sophie lächelte belustigt. Vermutlich würde der echte Martin ganz ähnlich reagieren. Gefühle zu zeigen war noch nie seine Stärke gewesen. Er würde eher versuchen, sie durch

Argumente umzustimmen. Doch dieses Mal musste sie hart bleiben.

»Ich bin besser dran ohne dich. Weg mit dir!« Sie warf den Zapfen in einen Busch, und in hohem Bogen flog kurz danach Katja hinterher.

So einfach löste man Probleme!

Erleichtert und durchaus zufrieden mit den Ergebnissen ihrer Problemanalyse erhob sie sich, steckte ein paar der Kiefernzapfen ein und machte sich beschwingt auf den Rückweg zum Campingplatz. Bestimmt warteten ihre Freundinnen schon auf sie.

Bereits von weitem war lautes Geschrei aus dem Wohnmobil zu hören. Andere Camper, die ihren Stellplatz in der Nähe hatten, starrten immer wieder verärgert in die Richtung, aus der die Stimmen kamen. Alarmiert beschleunigte Sophie ihre Schritte. Man konnte jedes Wort verstehen.

»Das hast du absichtlich gemacht!«, brüllte Vanessa gerade.

»Habe ich nicht«, fauchte Sandra zurück. »Ich kann doch nichts dazu, wenn du deine Sachen nicht ordentlich wegräumst.«

»*Ich* räume nichts weg?« Vanessas Stimme überschlug sich fast vor Empörung. »Das ist doch die Höhe! Wer von uns beiden lässt denn seinen Kram überall herumliegen?«

»Jedenfalls bin ich nicht so dumm, meine Parfumflasche neben der Toilettenspülung abzustellen. Jeder Idiot weiß, dass sie von dort aus leicht ins Klo fallen kann.«

»Jeder Idiot also, aha. Und wieso du dann nicht?«

Sandra schnappte hörbar nach Luft. »Das nimmst du zurück!«

»Den Teufel werde ich!«

Schweigen.

Dann begann Vanessa von neuem. »Weißt du eigentlich, wie teuer das Parfum war? Einhundertdreißig Euro.«

»Warum kaufst du auch so etwas Teures?«

»Weil ich es mag und weil ich es mir leisten kann. Aber lenk jetzt bloß nicht vom Thema ab: Entweder ersetzt du mir das Geld, oder du holst die Flasche aus dem Toilettentank zurück.«

»Igitt! Du spinnst ja!«

»Ich spinne?« Vanessa lachte hart. »O nein! Diese Rolle ist durch dich schon perfekt besetzt.«

In diesem Moment erreichte Sophie die Tür.

»Schluss damit!«, rief sie und fügte leiser hinzu: »Man kann draußen jedes Wort verstehen.«

»Na und? Es kann ruhig jeder wissen, dass Sandra gerade mein Lieblingsparfum ins Klo geworfen hat.«

»Das habe ich nicht absichtlich getan! Die Flasche stand direkt neben der Spülung und ist in die Toilette gefallen, als ich den Spülknopf gedrückt habe.«

»Schon gut«, beruhigte Sophie ihre Freundinnen und zog sie mit sich zum Tisch. Hier kramte sie die Kiefernzapfen aus ihren Hosentaschen und stellte sie aufrecht auf die geblümte Tischdecke.

»Was soll das?«, fragte Vanessa und starrte verständnislos auf die Zapfen.

»Das wirst du gleich sehen.« Sophie rutschte auf die Bank und forderte die beiden auf, ebenfalls Platz zu nehmen. Sandra setzte sich neben sie, während sich Vanessa nur zögernd auf die andere Seite hockte.

»Das sind Hilfsmittel, um ein Problem zu lösen«, begann Sophie zu erklären. »Es funktioniert prima, ich habe es gerade im Wald ausprobiert.«

Ihre beiden Freundinnen blieben stumm. Sandra betrachtete ihre Fingernägel, während Vanessa verärgert die

Stirn runzelte. Es war ihr anzusehen, dass sie sich nur mühsam beherrschen konnte, nicht einfach aufzustehen und zu gehen.

»Stellt euch vor, diese beiden Kiefernzapfen heißen Sandra und Vanessa.« Sophie schob zwei Zapfen in die Mitte des Tisches. »Und jetzt zeigt mir, was passiert ist.«

»Wieso kann ich dir das nicht einfach erzählen, ohne dieses alberne Rollenspiel?«, wollte Vanessa wissen.

»Weil es dadurch anschaulicher wird. Glaub mir! Das funktioniert.«

»Du willst es anschaulich? Warte, das kannst du haben!« Vanessa holte einen Joghurtbecher aus dem Kühlschrank und öffnete den Deckel. Dann nahm sie ein Stück Würfelzucker aus der Zuckerdose und setzte sich wieder an den Tisch.

»So! Jetzt stell dir bitte vor, der Sandra-Zapfen muss mal aufs Klo.« Sie hielt einen der Kiefernzapfen über den Becher. »Und beim Abspülen ist der Sandra-Zapfen so ungeschickt, dass ihm eine Parfumflasche in die Toilette fällt, die auf Nimmerwiedersehen im Toilettentank verschwindet.« Sie ließ das Stück Würfelzucker in den Joghurt fallen, wo es nach wenigen Sekunden von der Oberfläche verschwand und zum Becherboden sank.

»Tja, das war eine sehr plastische Beschreibung«, murmelte Sophie und betrachtete angewidert den Joghurtbecher.

»Sie hat aber vergessen zu erwähnen, dass sie es selbst war, die die Parfumflasche neben der Spülung stehen gelassen hat«, verteidigte sich Sandra.

»Ich verstehe. Du kannst also nichts dazu.«

»Das sage ich doch die ganze Zeit!«

»Trotzdem musst du mir das Parfum ersetzen oder die Flasche aus dem Tank holen.«

Sandra verdrehte entnervt die Augen zum Himmel. »Und wie, bitte schön?«

»So ungefähr!« Vanessa nahm den Zuckerlöffel und rührte eine Weile im Joghurt herum, bevor sie den Löffel samt zusammengeschmolzenem Zuckerstück aus dem Becher zog.

Sophie seufzte. »Ich fürchte, so ein kleiner Löffel reicht kaum aus.«

»Wir haben bestimmt auch eine Suppenkelle.«

»Vergiss es!« Sandra sprang auf. »Wenn du unbedingt willst, werde ich dir die Flasche ersetzen. Aber auf keinen Fall rühre ich mit einer Suppenkelle in der chemischen Toilette herum. Allein der Gedanke verursacht mir Gänsehaut.«

»Warum nicht gleich so?« Vanessa lächelte zufrieden. »Dann bekomme ich bitte einhundertdreißig Euro von dir.«

»Du willst das Geld also tatsächlich haben«, stellte Sophie verblüfft fest.

»Natürlich.«

»Aber Sandra ist deine Freundin, und es war ein dummes Missgeschick.«

»Nur weil wir befreundet sind, bedeutet das nicht, dass ich jeden ihrer Fehler tolerieren muss. Irgendwann habe auch ich mal die Nase voll.«

»Aber ...«

»Seit wir unterwegs sind, gibt es Ärger. Sie lässt ihre Klamotten herumliegen, verfährt sich, belegt alle Schränke, und jetzt hat sie auch noch mein Parfum auf dem Gewissen. Es reicht!«

»Das liegt bestimmt an der Enge hier. Ab morgen wird alles wieder –«

»Lass gut sein, Sophie!«, unterbrach Sandra sie. Ihre sonst

so fröhliche Miene wirkte blass und ernst. »Ich werde ihr das Geld geben.« Dann schnappte sie sich ihre Jacke. »Wenn ihr mich sucht, ich bin dann auch mal im Wald!« Die Tür knallte hinter ihr ins Schloss.

Sophie zuckte zusammen. Es kam nur selten vor, dass die Auseinandersetzungen zwischen Sandra und Vanessa so heftig verliefen. Meistens konnte Sophie vermitteln und dadurch Schlimmeres verhindern. Doch heute war die Situation eskaliert. Ob das an der ungewohnten Umgebung und der Anstrengung der letzten Tage lag?

Vanessa schien ähnliche Gedanken zu hegen.

»Ich bin froh, wenn wir morgen wieder zu Hause sind«, murmelte sie. »Ich habe schon vorher gewusst, dass es mit uns so lange auf so engem Raum nicht gutgehen würde.«

»Ihr werdet euch doch wieder vertragen, oder?«

»Tun wir das nicht immer?« Vanessa brachte ein schiefes Grinsen zustande und schob den Joghurtbecher in Sophies Richtung. »Hunger?«

Sophie schüttelte den Kopf. »Ich werde vermutlich nie wieder Joghurt essen können.«

»Wessen Idee war es noch gleich, unser Problem anschaulich zu demonstrieren?«

»Okay, ich bekenne mich schuldig. Aber zu meiner Verteidigung muss ich sagen, dass es bei mir vorhin im Wald gut funktioniert hat.«

»Du hast deine Probleme mit Hilfe von Tannenzapfen gelöst?«

»Kiefernzapfen«, korrigierte Sophie. Sie wollte gerade zu einer Erklärung ansetzen, als der Mitteilungston von ihrem Handy ertönte. Sie holte das Telefon aus ihrer Jackentasche und überflog die Nachricht.

»Das verstehe ich nicht«, murmelte sie, und eine feine Röte stieg ihr ins Gesicht.

»Was ist los?«, fragte Vanessa und griff nach dem Handy. Noch bevor Sophie es verhindern konnte, hatte auch ihre Freundin den Text gelesen.

»Hi Sophie!
Falls deine letzte Nachricht ein Annäherungsversuch war, bin ich überrascht. Lass uns reden, wenn du wieder zu Hause bist.

LG Luca«

»Was hat das zu bedeuten?«

»Tja, das weiß ich auch nicht so genau.« Hilflos zuckte Sophie mit den Schultern.

»Offensichtlich hast du ihm eine Mail geschickt.«

»Ich habe ihm keine …« Auf einmal, wie aus dem Nichts, kam die Erinnerung zurück. Der Abend am Feuer. Die Gitarrenmusik. Thijs und Stijn. Die vielen geöffneten Bierflaschen. Und dann war irgendwann die Nachricht von Luca gekommen.

»Bitte nicht!« Sie vergrub ihren Kopf in den Händen.

»Könntest du mich aufklären?« Vanessas Stimme klang gefährlich höflich.

»Es geht um gestern Abend. Ich war betrunken.«

»Das weiß ich.«

»Und aus Versehen habe ich Luca ein Foto von mir geschickt.«

»So etwas tut man nicht aus Versehen.«

»Doch«, beharrte Sophie und blickte auf. »Eigentlich wollte ich das Bild meinen Eltern schicken. Als ich dann meinen Irrtum bemerkte, habe ich ihm schnell eine Nachricht geschrieben.«

»Kann ich den Text mal sehen?«

»Muss das sein?« Sophie vermochte sich nicht an ihre

Worte zu erinnern. Aber nach Lucas Mail hatte sie eine ungefähre Vorstellung davon, was sie geschrieben hatte. Ihrer Freundin würde das garantiert nicht gefallen.

»Ja, das muss sein.« Schon nach wenigen Tastenkombinationen hatte Vanessa gefunden, wonach sie suchte.

»Lieber Luca,
danke. Mir und Vanessa geht es gut. Stehst du noch auf sie? Nimm dir lieber eine andere! Ich bin immer für dich da.

Liebe Grüße
Sophie«

Vanessas Augen wurden schmal, wie immer, wenn sie sehr verärgert war.

»Was hast du dir bloß dabei gedacht?«

»Gar nichts! Ich war betrunken.«

»Deine Nachricht klingt wie ein Annäherungsversuch per SMS.«

»Dabei wollte ich ihn nur warnen.«

»Wovor?«

»Na ja, du und dieser Gitarrenspieler, ihr habt ganz schön rumgemacht.«

Vanessa runzelte die Stirn. »Von wann ist das Foto, das du ihm geschickt hast?«

»Von irgendwann spätabends. Am Lagerfeuer.«

»Hast du es noch?« Hastig klickte sie sich durch die Bilder. Sie musste nicht lange suchen. Sophie konnte an ihrem entsetzten Gesichtsausdruck ablesen, dass sie fündig geworden war.

»O Gott!«

Das Foto war nicht besonders scharf, denn das Lagerfeuer hatte an diesem Abend nur unzureichend Licht gespendet. Trotzdem konnte man im Schein der Flammen einige Einzelheiten erkennen: Sophie, die sich zwischen Thijs und Stijn geklemmt hatte und selig in die Kamera grinste, den Kasten Bier zu ihren Füßen. Das weiße Wohnmobil im Hintergrund – und direkt davor ein blondes Paar, das die Köpfe zusammengesteckt hatte und sich leidenschaftlich küsste.

Sophies Kopf fuhr hoch.

»Das bist du!«, stellte sie entsetzt fest. »Du und dieser Gitarrenspieler.«

»Ach! Was du nicht sagst.« Purer Sarkasmus troff aus Vanessas Stimme.

»War das was Ernstes?«

»Natürlich nicht.«

»Dann ist es doch halb so wild.«

»Erzähl das mal Luca!«

»Vielleicht hat er dich gar nicht erkannt.«

»Ich hatte gestern dasselbe türkisfarbene Kleid an wie bei meinem Date mit ihm.«

»Oh, das tut mir leid.«

»Das sollte es auch.« Vanessa warf ihr einen langen, vorwurfsvollen Blick zu. »Denn das werde ich dir so schnell nicht verzeihen.«

»Aber ich habe doch nichts Schlimmes gemacht!«

»Du hast ihm ein eindeutiges Foto und eine ziemlich krasse, zweideutige Nachricht geschickt. Das kann man wohl kaum als ›nicht schlimm‹ bezeichnen!«

»Ich sagte doch schon, das mit dem Bild war ein Versehen.«

»Ein Versehen?« Erbost schlug Vanessa mit der Faust auf den Tisch, so dass die Kiefernzapfen durcheinanderkullerten. »Ist das heute eigentlich eine Entschuldigung für alles? Die eine versenkt mein Lieblingsparfum im Klo, und die andere macht sich an meinen Freund heran. Und beide können angeblich überhaupt nichts dazu.«

Sophie senkte den Kopf. Vanessas Vorwürfe trafen sie hart, und sie wusste nicht, was sie zu ihrer Entschuldigung vorbringen sollte.

»Er ist nicht dein Freund«, flüsterte sie schließlich und biss sich gleich darauf auf die Lippen. Das war mit Sicherheit die dümmste Bemerkung, die sie in dieser Situation machen konnte.

Entsprechend feindselig fiel Vanessas Entgegnung aus. »Deiner aber auch nicht.« Dann erhob sie sich und zog ihren Koffer aus dem Raum über der Fahrerkabine.

»Was tust du?« Fassungslos schaute Sophie zu, wie die Freundin ihre Sachen zusammenpackte und dann den Deckel des Koffers zuschlug.

»Ich gehe«, verkündete Vanessa grimmig. »Ich habe genug von euch beiden.«

»Du kannst doch nicht einfach abhauen!«

»Und warum nicht?«

Sophie fielen auf der Stelle viele gute Gründe ein, warum sie ihre Freundin zum Bleiben überreden musste. Diese dumme Sache war eskaliert wie selten ein Streit zuvor, und es war wichtig, dass sie jetzt nicht böse und verfeindet auseinandergingen.

Sie wusste aber auch, wie stur Vanessa sein konnte, wenn sie sich im Recht wähnte. Zudem kostete eine Diskussion mit ihr enorm viel Kraft und Nerven. Beides hatte Sophie an diesem Abend nicht mehr zu bieten. Sie fühlte sich müde und ausgelaugt. Deshalb antwortete sie nur wortkarg: »Es ist schon fast sieben Uhr.«

Vanessa winkte ab. »Wenn das deine größte Sorge ist, kannst du ganz beruhigt sein. Ich weiß mir zu helfen.«

»Was willst du denn jetzt machen?«

»Ich rufe mir ein Taxi und miete mich in einem schönen Hotel ein, wo ich das Bett, die Toilette und den Schrank ganz allein für mich habe.«

»Und dann? Morgen früh?«

»Morgen fahre ich mit dem Zug nach Hause.«

»Wir könnten vorbeikommen und dich mitnehmen.«

»Bloß nicht! Ich will allein sein.«

»Aber wie lange?«

»Was?«

»Wie lange willst du allein sein?«

»Das weiß ich noch nicht. Lasst mich einfach mal für eine Weile in Ruhe!« Mit diesen Worten ergriff sie ihren Koffer, öffnete die Tür und war gleich darauf in der Dämmerung verschwunden.

»Wo ist Vanessa?«, fragte Sandra, als sie aus dem Wald zurückkam.

»Weg.«

»Wie meinst du das?«

Sophie deutete auf den Platz, wo vor einer halben Stunde noch Vanessas Koffer gelegen hatte. »Sie hat ihre Sachen gepackt und ist abgehauen.«

»Jetzt übertreibt sie aber wirklich. So schlimm ist das mit dem Parfum nun auch wieder nicht.« Sandra setzte sich kopfschüttelnd zu Sophie an den Tisch.

»Es ging nicht nur um das Parfum. Ich glaube, ich habe sie danach noch viel mehr verärgert.«

»Du? Mit dir kann man sich doch gar nicht streiten.«

Wortlos hielt Sophie ihrer Freundin das Handy unter die Nase und zeigte ihr die Nachricht und das Foto.

»Ach, du lieber Himmel!«, stöhnte Sandra. »Und was hast du zu deiner Verteidigung vorgebracht?«

»Die Wahrheit. Ich war betrunken.«

»Das kann ich bezeugen.«

»Schade, dass du vorhin nicht dabei warst. Ich hätte eine Fürsprecherin gebrauchen können.«

»Auf mich hätte sie sowieso nicht gehört. Du kennst doch Vanessa.« Sandra runzelte die Stirn. »Wo ist sie denn hingegangen?«

»Sie wollte sich ein Taxi bestellen, in einem Hotel übernachten und morgen mit dem Zug nach Hause fahren.«

»Klingt nach einem typischen Vanessa-Plan. Einfach, klar und gut strukturiert.«

»Sollen wir sie suchen gehen?«

»Nein. Ich habe wenig Lust, im Dunkeln durch die Gegend zu fahren. Außerdem wette ich, dass sie längst in einem Hotelzimmer in der warmen Badewanne sitzt und es sich gutgehen lässt.«

»Deinen Optimismus möchte ich haben!« Sophie seufzte.

Sandra winkte ab. »Spätestens nächste Woche wird sie sich wieder bei uns melden, da bin ich mir ganz sicher.«

»Ich leider nicht. Sie klang ziemlich genervt.«

»Diesen Eindruck vermittelt sie schon mal. Ich habe die Erfahrung gemacht, dass es am besten ist, wenn man sie dann eine Weile in Ruhe lässt.«

»Ich weiß nicht ...«

»Vanessa braucht nicht so viel Nähe wie wir beide. Ich schätze, dass es ihr hier im Wohnwagen mit uns ein wenig zu eng geworden ist.«

»Tja, das kann sein«, murmelte Sophie unglücklich.

»Lass uns über etwas anderes reden! Trübe Gedanken bringen uns jetzt auch nicht weiter.« Sandra deutete auf die Kiefernzapfen. »Willst du die mit nach Hause nehmen?«

»Ja. Sie helfen mir beim Problemlösen.«

»Das hast du uns vorhin schon demonstriert. Nur sind

wir dann leider vom Thema abgekommen. Also, welche Probleme hast du denn mit Hilfe der Zapfen gelöst?«

In den nächsten zehn Minuten berichtete Sophie von den Entscheidungen, die sie am frühen Abend im Wald getroffen hatte. Sandra hörte interessiert zu, warf hier und da eine Frage ein und nickte schließlich zufrieden, als Sophie ihre Erzählung beendet hatte.

»Das klingt durchdacht.«

»Vorhin im Wald fand ich meine Pläne auch phänomenal. Aber je mehr ich jetzt darüber nachdenke, umso schwieriger erscheint mir die Umsetzung.«

»Marita und Jenny werden nichts gegen ein erneutes Treffen haben. Im Gegenteil! Ich wette, sie fänden es interessant, sich gegenseitig kennenzulernen.«

»Und Romana?«

»Das machst du so wie geplant. Du überrumpelst sie einfach bei einer Veranstaltung. Wenn ihr erst einmal alle miteinander ins Gespräch gekommen seid, ist der Rest ein Kinderspiel.«

»Meinst du, dass es bei Martin auch so leicht werden wird?«

»Das kommt drauf an, wie sehr du noch an ihm hängst. Je mehr Gefühle im Spiel sind, umso schwerer wird die Trennung.«

»Ich wollte, ich hätte die Aussprache mit ihm schon hinter mir!«

»Soll ich mitkommen?«

»Nein, das schaffe ich allein.« Sophie unterdrückte ein Schmunzeln. Die Vorstellung, dass ihre quirlige, warmherzige Freundin bei diesem ernsten Gespräch Händchen halten wollte, war einfach zu komisch. Sie würde Martin völlig aus dem Konzept bringen!

Nein, wenn sie tatsächlich Verstärkung gebraucht hätte,

dann hätte sie Vanessa mitgenommen. Sie war für solch ein unerfreuliches Thema viel besser geeignet, denn sie hätte für die nötige Vernunft und Sachlichkeit gesorgt. Aber Vanessa würde ihr wohl fürs Erste nicht mehr zur Verfügung stehen …

»O Mann!« Sophie seufzte und begann unlustig damit, die Kiefernzapfen in eine Plastiktüte zu räumen. Warum erschien ihr das Leben auf einmal wieder so kompliziert?

Sandra deutete den Seufzer falsch. »Du liebst ihn trotzdem immer noch, nicht wahr?«

»Wen?«

»Na, wen schon? Martin!«

»Nein.« Entschieden schüttelte Sophie den Kopf und hielt gleich darauf überrascht inne. Ihre Antwort war automatisch gekommen, sie hatte nicht einmal überlegen müssen.

»Nein«, wiederholte sie, dieses Mal leiser.

»Dann sollte das Gespräch mit ihm auch kein Problem sein«, sagte Sandra. »Du wirst schon sehen: Alles wird gut!«

12

Die Rückreise am nächsten Tag verlief ohne Zwischenfälle.

Nach einem kurzen Besuch auf Schloss Wiepersdorf fuhren sie gegen elf Uhr auf die Bundesstraße Richtung Leipzig. Die Sonne schien von einem wolkenlosen Himmel, doch weder Sophie noch Sandra hatten einen Blick für die schöne Landschaft mit ihren sanften, grünen Hügeln und den endlos erscheinenden Kiefernwäldern.

Sandra hatte das Radio eingeschaltet und sang lautstark mit. Die Freude auf das Wiedersehen mit ihrem Mann war ihr deutlich anzusehen. Fast verspürte Sophie so etwas wie Neid. Auf sie wartete heute Abend niemand. Zwar hatte sie mit ihren Eltern ausgemacht, dass sie telefonieren würden, sobald sie wieder zu Hause war. Aber was waren schon ein kalter Telefonhörer und zwei undeutliche Stimmen vom anderen Ende der Welt gegen die Nähe und Wärme eines vertrauten Menschen?

Wenn Vanessa mit zurückgefahren wäre, hätten sie sicherlich noch gemeinsam etwas unternommen. Sie wären essen gegangen oder hätten die Reise bei einem Glas Wein ausklingen lassen. Leider aber hatte sich die Freundin bislang nicht gemeldet.

Gegen sechs Uhr am Abend schloss Sophie, bepackt mit

Koffer, Tasche, Schirm und Regenjacke, ihre Wohnungstür auf und ließ das Gepäck im Schlafzimmer auf den Boden fallen. Erleichtert streifte sie ihre Turnschuhe ab. Dann sank sie aufs Bett, streckte die Beine aus und schloss die Augen. Es war ungewohnt ruhig. So still, dass sie sogar das Ticken ihrer Armbanduhr hören konnte. Schläfrig überlegte sie, was sie mit dem restlichen Abend anfangen sollte.

Da klingelte das Telefon.

»Hallo?«

»Sophie? Ich bin es, Martin.«

»Martin?« Wieso meldete er sich zu dieser ungewohnten Zeit? Er hatte noch nie am Wochenende angerufen. Schlagartig war sie hellwach. »Ist etwas passiert?«

»Ja, das könnte man so sagen.« Er lachte nervös. »Ich muss dich unbedingt sehen. Heute noch.«

Sophie zögerte. Sie hatte nicht damit gerechnet, ihn so bald zu sprechen.

»Was … was ist los?«, stotterte sie.

»Tja, also, das ist ziemlich schwer zu erklären, besonders am Telefon. Hast du Zeit?«

»Ich bin gerade erst von meiner Reise zurück. Eigentlich wollte ich ins Bett gehen.«

»Jetzt schon? Es ist noch nicht mal sieben.«

»Die vergangenen Tage waren sehr anstrengend.«

»Bitte, Sophie!«

Warum hatte er es so eilig? Sophie war hin- und hergerissen zwischen Lustlosigkeit und Neugier. Sie war nicht in der Stimmung für ein klärendes Gespräch und hätte gern noch etwas Zeit gehabt, um sich ein paar wohlmeinende Abschiedsworte zurechtlegen zu können. Andererseits schien es für ihn wirklich dringend zu sein.

Schließlich siegte die Neugier.

»Okay«, seufzte sie. »Wo treffen wir uns?«

»Kennst du die Rheinallee?«

»Die Straße vor der Uniklinik?«

»Genau die. Neben der Klinik steht ein Hochhaus, etwas zurückgesetzt von der Straße«, fuhr er fort. »Rheinallee dreizehn. Wenn du von der U-Bahn-Haltestelle kommst, musst du zuerst noch an einem Fußballplatz vorbei. Und dann klingelst du bei Krüger.«

»Du bist doch hoffentlich nicht von zu Hause ausgezogen?«, erkundigte sich Sophie besorgt.

»Natürlich nicht. Das ist die Wohnung meines Bruders. Er ist für drei Wochen verreist, und ich schaue gelegentlich nach dem Rechten.«

»Ach so.« Sie hatte bislang nicht einmal gewusst, dass er einen Bruder hatte. Kein Wunder, er hatte ja nie etwas von seinem Familienleben preisgegeben.

»Wie schnell kannst du hier sein? Ich habe ungefähr drei Stunden Zeit. Katja denkt, ich bin im Kino.«

»Ich brauche ungefähr eine Stunde.«

»Warum so lange? Mit der U-Bahn geht es doch bestimmt schneller.«

»Ich muss mich zuerst umziehen.« Kritisch blickte Sophie an sich hinunter. Weder ihre schmutzige Jeans noch die zerknitterte Hemdbluse waren für das bevorstehende Gespräch mit Martin geeignet, ganz zu schweigen davon, dass sie unbedingt duschen wollte. Sie fühlte sich selbstsicherer, wenn sie frisch gewaschen und gut gekleidet war. In Gedanken ging sie ihren Wäscheschrank durch und entschied sich für ein geblümtes Sommerkleid und dazu passende rote Sandalen.

»Ich verspreche, mich zu beeilen«, sagte sie dann. »Allerdings muss ich auch noch eine Kleinigkeit essen. Ich habe Hunger.«

»Wir können gemeinsam essen. Ich organisiere das.«

»Von mir aus«, stimmte sie ohne große Begeisterung zu. Ein Essen würde den Abend nur unnötig in die Länge ziehen.

»Beeile dich!«

»Bis gleich.«

»Sophie?«

»Ja?«

»Ich kann es kaum erwarten, dich wiederzusehen.«

Sophie fand die Adresse, die Martin ihr angegeben hatte, auf Anhieb. Es dauerte eine Weile, bis sie zwischen den dreißig Klingelknöpfen des renovierten, achtstöckigen Mietshauses den richtigen mit der Aufschrift »Krüger« gefunden hatte.

Etwas atemlos erreichte sie die dritte Etage, wo Martin bereits auf sie wartete. Ungeduldig zog er sie ins Innere der Wohnung und begrüßte sie mit einem leidenschaftlichen Kuss. »Da bist du ja!«, flüsterte er ihr überflüssigerweise ins Ohr.

Sophie fluchte innerlich. Das war kein guter Anfang! Verlegen lächelnd schob sie ihn von sich.

»Lass mich doch erst einmal ankommen«, bat sie und sah sich betont interessiert um.

Martins Bruder wohnte in einer typischen Junggesellenwohnung: spärliche, zweckgebundene Einrichtung, kaum Bilder an den Wänden, keine Pflanzen und eine winzige Einbauküche mit Glastisch und zwei Hockern.

»Ich hätte es keinen Tag länger ausgehalten.« Sanft drängte Martin sie Richtung Schlafzimmer, das nur aus einem großen Bett, einem Kleiderschrank und einem riesigen Flachbildfernseher zu bestehen schien.

Ach, du lieber Himmel, er hatte es wirklich eilig! Sie musste dringend Zeit gewinnen.

Zuerst essen, dann reden.

So hatte sie es auf der Hinfahrt in der U-Bahn beschlossen. Sex war in ihren Plänen nicht vorgesehen, nicht einmal zum Abschied und auch dann nicht, wenn er darum bitten würde. »Nicht so schnell! Als ich am Telefon sagte, dass ich Hunger habe, meinte ich das ernst.«

»Das Essen ist schon unterwegs, ich habe uns etwas bestellt. Aber sie haben gesagt, die Lieferung kann noch eine halbe Stunde dauern.«

Er begann, den Reißverschluss ihres Sommerkleides zu öffnen. »Diese Zeit können wir nutzen.«

Inzwischen hatten sie das Bett erreicht. Martin ließ sich auf die Matratze fallen und zog Sophie mit sich. Langsam schob er ihr die Träger von den Schultern. Für einen kurzen Moment ließ sich Sophie tatsächlich ablenken.

Nicht dass sie schwach geworden wäre – sie wunderte sich lediglich über die Reihenfolge der Ereignisse und die Geschwindigkeit, die Martin an den Tag legte. Ihre bisherigen Treffen waren nämlich immer ganz anders verlaufen. Zuerst sprachen sie über alles Mögliche, dann öffneten sie eine Flasche Wein, und erst danach, im Laufe der Unterhaltung, wurden ihre Berührungen intensiver und leidenschaftlicher.

Heute allerdings schien Martin einige Programmpunkte überspringen zu wollen. Ob das seine Art war, ihr zu zeigen, wie sehr er sie vermisst hatte? Oder ahnte er, dass sie Schluss machen wollte? Was immer es war, er vergeudete keine Zeit, denn jetzt streifte er schon seine Jeans ab. Das ging wirklich zu weit! Sophie wehrte seine Umarmung ab und richtete sich auf.

»Was ist?«, fragte er enttäuscht und verzog die Stirn zu seiner typischen Querfalte.

Zum Glück klingelte es in diesem Moment an der Tür.

»Das muss das Essen sein.« Hektisch griff Martin nach

seiner Hose. »Die Lieferung kommt viel früher, als sie gesagt haben.«

»Ich mache auf.« Sophie erhob sich und zog die Träger ihres Kleides hoch. Vergeblich versuchte sie, den Reißverschluss zu schließen. Er klemmte. Egal, entschied sie, als sie die Tür erreicht hatte. Es musste auch so gehen.

»Was hast du eigentlich bestellt?«, wollte sie wissen.
»Italienisches Essen!«, rief Martin genau in dem Moment, als Sophie die Tür öffnete und den Pizzaboten erblickte.

Luca Vianello.

Er hielt zwei Kartons und eine Flasche Rotwein in den Händen und schaute ebenso überrascht drein wie Sophie selbst.

»Luca! Was machst du denn hier?«

»Äh ... ich bringe Pizza und Lasagne.«

Verlegen zupfte Sophie ihr Kleid zurecht. »Tja ... also ...«, begann sie.

»Ich wusste gar nicht, dass du schon zurück bist.«

»Gibt es Probleme?«, wollte Martin wissen. Während er aus dem Schlafzimmer kam, zog er seine Hose hoch und stellte sich dann hinter Sophie an die Tür.

»Nö.« Sophie schüttelte den Kopf. »Es ist nur ... ich meine, er ist nur ...«

»... der Pizzabote«, bemerkte Luca knapp und reichte Martin die Kartons und die Weinflasche. »Das macht achtzehn Euro siebzig.«

»Aha«, sagte Martin und kramte einen 20-Euro-Schein aus seiner Hosentasche. »Stimmt so.«

»Danke.« Luca steckte das Geld ein und verschwand im Treppenhaus.

Entgeistert starrte Sophie ihm hinterher. Sie hätte ihm gern die Situation erklärt. Was sollte er denn jetzt von ihr denken? Erst schrieb sie ihm eine aufdringliche Mail, und dann erwischte er sie in den Armen eines anderen Mannes. Auch wenn eigentlich alles gar nicht so war, wie es für ihn aussehen musste, fühlte sie sich schuldig.

»Wo waren wir gerade stehengeblieben?«, fragte Martin und schob ihr Haar zur Seite, um sie auf den Nacken zu küssen.

Sophie wich ihm aus und schloss die Tür. »Wir essen jetzt erst einmal.«

»Von mir aus.« Das klang wenig begeistert, aber sie ignorierte seine Verärgerung. Sonst landete sie vor lauter Großzügigkeit womöglich doch noch mit ihm im Bett. Und das war so ziemlich das Letzte, was sie wollte.

»Machst du die Flasche auf? Ich glaube, ich könnte ein Glas Wein vertragen.«

Eine Stunde später war die Weinflasche leer, und auch vom Essen war nicht mehr viel übrig.

»Lecker!« Martin legte sein Besteck beiseite. »Lasagne ist immer noch meine Lieblingsspeise.«

Auch Sophie fühlte sich satt und gestärkt. Jetzt war sie bereit für ein klärendes Gespräch. Aber noch bevor sie beginnen konnte, nahm Martin über den Tisch hinweg ihre Hände in seine. »Ich muss dir etwas sagen.«

Verblüfft schaute sie ihn an. Eigentlich wäre das ihre Einleitung gewesen. Ehe sie etwas erwidern konnte, sprach er schon weiter. »Ich habe ja schon am Telefon angedeutet, dass etwas passiert ist. Katja und ich, wir haben miteinander geredet.«

Sophie rutschte das Herz in die Hose. Auch das noch! Er hatte seiner Frau die Wahrheit gesagt. Ausgerechnet jetzt, wo sie sich endlich dazu durchgerungen hatte, ihn zu verlassen. Beinahe hätte sie laut gelacht, doch dann wurde ihr klar, dass diese neue Situation es ihr fast unmöglich machen würde, ihm die Wahrheit zu sagen. Jedenfalls nicht heute Abend. Vor Anspannung hielt es sie kaum noch auf ihrem Stuhl. Deshalb sprang sie auf und begann hektisch, die Weingläser und das Besteck abzuräumen.

»Warum bleibst du nicht sitzen?«

»Ich … äh … bin irgendwie aufgeregt. Aber erzähle ruhig weiter!«

»Na gut. Aber du musst mir versprechen, dass du mir bis zum Schluss zuhörst.«

Was war denn das für eine seltsame Forderung?

»Natürlich höre ich dir zu!«

Er sah aus, als ob er seinen ganzen Mut zusammennehmen müsse. »Du weißt ja, dass es Katja letzte Woche nicht besonders gutging«, begann er.

Sophie nickte und ließ heißes Wasser ins Waschbecken laufen. Dann legte sie die Weingläser ins Spülwasser.

»Am letzten Mittwoch ist sie dann endlich zum Arzt gegangen.«

Vorsichtig schob Sophie ihre Hand mit dem Spülschwamm in das erste Glas.

»Das Ergebnis hat uns ziemlich überrascht, um nicht zu sagen: umgehauen.«

»Ist sie ernsthaft krank?« Mitfühlend drehte sie sich zu Martin um. Dieser hatte den Kopf in seine Hände gelegt und blickte auch bei seinen nächsten Worten nicht auf.

»Nein. Sie ist schwanger.«

Mit einem hässlichen Knirschen zersprang das Glas in Sophies Hand, und fast augenblicklich färbte sich das Spülwasser rot. Aber schlimmer noch als der stechende Schmerz in ihrer rechten Hand war das Gefühl in ihrem Bauch. Es war, als hätte ihr Martin gerade einen Fausthieb in den Magen versetzt.

Sie stöhnte auf. »Ich glaube, ich muss mich setzen.«

»Doktor Faber, bitte in den kleinen OP!«

»Ein Sanitäter in Behandlungsraum eins!«

»Vierzehn, bitte zum MRT!«

Die Stimmen aus dem Lautsprecher schwirrten durch den Wartesaal der Notaufnahme, wo Sophie mit Martin und drei weiteren Patienten saß und sich eine Kompresse in die rechte Handfläche drückte. Obwohl sie sofort nach dem Unfall ein Küchenhandtuch um die Wunde geschlungen hatte, war ihr Kleid blutbefleckt.

Auch Martin hatte einige Spritzer abbekommen, die er jetzt ängstlich untersuchte. »Geht das wieder raus?«

»Kaum. Es sei denn, du behandelst es möglichst schnell mit kaltem Wasser.«

»Meinst du, ich kann mir auf der Toilette mal kurz das Hemd ausziehen und es auswaschen?«

»Das ist ein Krankenhaus und keine Reinigung.«

»Ich weiß.« Er stöhnte. »Aber wie soll ich das nur Katja erklären?«

Das fragte er jetzt schon zum vierten Mal, und langsam verlor Sophie die Geduld.

»Sag einfach, du hast bei deinem Bruder eine Leiche gefunden! Das erklärt praktischerweise dann auch gleich die Blutflecken auf seinem Teppich, an der Wand und im Handtuch.«

»O Gott, daran habe ich ja noch gar nicht gedacht!«

»Natürlich wirst du Schwierigkeiten haben, eine Leiche zu organisieren.« Sophie lächelte ohne Mitleid. »Aber wenn du weiter so jammerst, helfe ich dir. Dann bringe ich dich nämlich eigenhändig um!«

»Entschuldige. Ich bin wirklich etwas rücksichtslos.« Für einen kurzen Moment schien er von seinen eigenen Problemen abgelenkt zu sein und musterte sie besorgt. »Tut es sehr weh?«

»Natürlich, was denkst du denn?« Sie schob die Kompresse ein Stück zur Seite. Der Schnitt musste tief sein, denn immer noch quoll Blut aus der Wunde.

Hastig wandte sich Martin ab. »Lass das!«

»Warum? Kannst du kein Blut sehen?« Sophie grinste hämisch. »Dann wirst du aber bei der Geburt eures Kindes Probleme bekommen, mein Liebster.«

»Pst!«, machte Martin und sah sich um. »Nenne mich bitte in der Öffentlichkeit nicht so. Was ist, wenn uns jemand erkennt?«

»Dann wissen sie wenigstens, was für ein Arschloch du bist.«

»Wie bitte?«

»Ich sagte, du bist ein Arschloch«, wiederholte Sophie wesentlich lauter.

»Sophie! Wie kannst du so etwas sagen!«

»Wie ich darauf gekommen bin? Mal überlegen.« Sie schob die Kompresse wieder auf die Wunde und tat so, als ob sie nachdenken müsste. »Ich glaube, geahnt habe ich es schon immer. Auf meiner Reise habe ich es mir dann auch endlich eingestanden. Aber richtig klar wurde es mir erst, als du mir eröffnet hast, dass du Vater wirst, obwohl du ja angeblich gar nicht mehr mit Katja schläfst.«

»Das war ein einziges Mal!«, flüsterte er. »Und sei bitte nicht so laut!«

»Ich nehme an, die Leute hier haben ganz andere Probleme, als sich deine jämmerlichen Lügen anzuhören.« Sie warf einen schnellen Blick auf die anderen Patienten.

Alle drei hatten Zeitschriften aufgeschlagen und starrten voller Interesse auf die Seiten. Vermutlich war das nur Tarnung, und sie warteten gespannt auf das, was noch kommen würde.

Aber das war ihr egal. Sollten sie doch mithören!

»Ich lüge nicht!«, empörte sich Martin.

»Wie würdest du es dann nennen? Du hältst mich monatelang hin, jammerst mir ständig etwas vor und hast nicht einmal heute den Mut, mir von Anfang an die Wahrheit zu sagen?« Sophie schüttelte aufgeregt den Kopf. »Wann hättest du es mir gebeichtet? Vor oder nach dem Abschieds-Sex?«

»Das sollte kein Abschied werden, ich …«

»Das ist ja noch schlimmer! Du hattest nicht vor, es zu beenden. Du wolltest es weiterlaufen lassen. Ich fasse es nicht!«

»Sei doch bitte leiser!«

»Ich kann so laut sein, wie ich will.« Sophie sprang auf. »Das hier ist ein Krankenhaus, es stört also keinen, wenn ich schreie.«

»Das glaube ich aber doch«, widersprach jemand hinter ihrem Rücken. Sophie erstarrte. Sie kannte diese Stimme. Es war dieselbe, die vorhin achtzehn Euro siebzig verlangt hatte. Überrascht drehte sie sich um.

»Was machst du denn hier? Pizza ausliefern?«

»Nein.«

»Dann verschwinde bitte! Unser Streit geht dich nichts an.«

Erst jetzt bemerkte sie, dass Luca einen weißen Kittel trug und eine aufgeschlagene Patientenakte in der Hand hielt. »Hier steht, dass du meine nächste Patientin bist. Ich würde also sagen, dass der Streit mich doch etwas angeht. Wenn du ihn nämlich nicht schnellstens beendest, verblutest du.« Er deutete auf ihre Hand.

Martin stöhnte und blickte angestrengt auf die gegenüberliegende Wand.

Sophie achtete nicht auf ihn, sondern musterte Luca von Kopf bis Fuß.

»Du bist Arzt«, stellte sie verblüfft fest.

Er grinste und nickte.

»Ich dachte, du bist Pizzabäcker.«

»Ach, diese Verwechselung passiert ständig.« Er griff unter ihren linken Arm und zog sie mit sich zur Tür. »Und jetzt solltest du mit mir kommen, denn das mit dem Verbluten habe ich ernst gemeint.«

Wieder wimmerte Martin.

»Moment bitte!« In der Tür blieb Sophie stehen und sah sich zu ihrem ehemaligen Geliebten um.

»Du kannst gehen!«, zischte sie.

»Ich … ich rufe dich an. Gleich morgen, versprochen!«

Sie schüttelte den Kopf. »Nein, das möchte ich nicht.«

»Ist es dir lieber, wenn du dich bei mir meldest? Das ist auch kein Problem, ich sage Katja einfach, es wäre etwas Geschäftliches.«

»Ich werde dich nicht anrufen, Martin. Nie wieder. Es ist aus.«

»Aber … wir arbeiten zusammen. Es kann nicht aus sein.«

»Dann werden wir Arbeit und Privatleben ab jetzt strikt trennen.«

»Wie denn?«

»Was weiß ich? Such dir eine Neue zum Mittagessen und für deine anderen speziellen –«

»Sophie!«, warnte Luca und deutete auf die anderen Patienten.

Diese gaben sich gar keine Mühe mehr, ihre Gesichter hinter der Zeitschrift zu verbergen.

»Du kommst jetzt auf der Stelle mit, sonst kippst du gleich um.«

»Schon gut. Ich bin zäher, als man glaubt.« Sophie straffte ihre Schultern und warf Martin einen letzten Blick zu. »Leb wohl!«

Luca arbeitete schweigend und konzentriert. Zunächst betäubte er die Handfläche und reinigte sie mit einer Spüllösung. Dann prüfte er vorsichtig, ob Nerven oder Sehnen verletzt waren. Aus seinem zufriedenen Blick schloss Sophie, dass sie Glück gehabt hatte. Er nähte den Schnitt mit mehreren Stichen und legte schließlich einen stabilisierenden Verband an. Dann sah er hoch und lächelte ihr aufmunternd zu.

»So, erledigt. Das wird wieder.«

»Da bin ich ja beruhigt.«

»Du hast die ganze Zeit zugeschaut. Das machen die wenigsten meiner Patienten.«

»Rein wissenschaftliches Interesse«, entgegnete Sophie. »Im Grunde funktioniert unser Körper doch ähnlich wie jeder Verbrennungsmotor.«

»Dann hättest du das hier vielleicht auch selbst erledigen können.«

»Sei nicht albern! Ich bin froh, dass ich so nahe an einem Krankenhaus war, als es passiert ist.« Sie sah sich um. »Das ist übrigens mein erstes Mal in einer Notaufnahme.«

Der Behandlungsraum war weiß gekachelt und durch mehrere Vorhänge in verschiedene Bereiche geteilt. Eine große, silberfarbene Schiebetür führte hinaus in den Gang, von wo immer noch pausenlos Lautsprecherdurchsagen zu hören waren. Sophies Blick wanderte weiter zu Luca, der sich gerade die blutverschmierten Gummihandschuhe abstreifte.

»Danke«, sagte sie leise.

»Gern geschehen.«

»Wieso hast du verschwiegen, dass du Arzt bist?«

»Ich habe das nicht verschwiegen. Du hast mich nur nicht gefragt.« Er trat zu einem kleinen Waschbecken und begann, sich die Hände zu säubern.

»Vanessa hat gesagt, dass du Pizzabäcker bist«, verteidigte sich Sophie.

»Ah, Vanessa«, wiederholte er leise und lächelte.

Vergnügt? Wissend? Sehnsuchtsvoll? Sophie wurde nicht schlau aus seinem Gesichtsausdruck. Trotzdem atmete sie auf. Allein die Nennung des Namens schien Eindruck auf ihn zu machen. Wenn sie jetzt noch die unselige Geschichte mit dem Foto richtigstellen konnte, war hoffentlich alles wieder gut.

»Ich muss mit dir reden«, begann sie.

»Du musst mir die Sache mit dem Typen da draußen nicht erklären.«

»Das hatte ich auch nicht vor.«

»Schade, denn interessieren würde es mich natürlich trotzdem. So etwas bekomme ich hier nicht oft geboten.«

Sophie ignorierte seine Bemerkung. »Eigentlich geht es eher um meine letzte Nachricht an dich.«

»Die mit dem Foto?«

»Genau die! Weißt du, eigentlich war das so –«

»Heute nicht mehr«, unterbrach er sie. »Du solltest sehen, dass du ins Bett kommst.«

»Es ist aber wichtig.«

»Irgendwann werden wir uns schon wieder über den Weg laufen, meinst du nicht?«

»Vielleicht morgen? Wie lange hast du Dienst?«

»Bis zum frühen Nachmittag.«

»Kannst du danach bei mir vorbeikommen, oder musst du Pizza ausliefern?«

»Nein. Das mache ich nur, wenn ich einen freien Tag habe.«

»Heute hast du aber nicht frei«, wunderte sich Sophie. »Und trotzdem hast du ausgeliefert.«

»Das war eine Ausnahme. Ich war gerade in der Pizzeria, als eure Bestellung kam. Die Adresse lag ja praktisch auf meinem Arbeitsweg.«

Er setzte sich an einen kleinen Tisch und begann, Papiere auszufüllen.

»Du solltest die Hand jetzt erst einmal schonen. Hier, das ist eine Krankmeldung für die nächste Woche. Dann noch eine Überweisung zum Hausarzt, der muss dir die Fäden ziehen. Und das hier ist ein Rezept für Schmerzmittel. Ich vermute, die wirst du spätestens heute Nacht brauchen, wenn die lokale Betäubung nachlässt.«

»Ich habe noch Schmerztabletten im Haus.«

»Wer weiß, von wann die sind! Nach der Sache mit dem Hustensaft traue ich deiner Vorratshaltung nicht so ganz.«

»Okay, dann hole ich mir neue.«

»Wir haben in der Eingangspassage eine Apotheke, die hat bis Mitternacht geöffnet.«

»Gut zu wissen.«

»Wie kommst du nach Hause?«

»So, wie ich hergekommen bin. Mit der S-Bahn.«

»Nimm lieber ein Taxi. Du hältst dich zwar erstaunlich gut dafür, dass du so viel Blut verloren hast. Aber es wäre mir lieber, wenn du heute nicht mehr herumläufst. Und viel trinken!«

»Okay, Herr Doktor, wird gemacht.«

»Und wenn du Hilfe brauchst, ruf mich einfach an.«

»Mir geht es gut.«

»Abwarten.« Er grinste.

»Sehen wir uns morgen Nachmittag?«, bohrte Sophie nach. »Du hast mir noch nicht geantwortet.«

»Okay, meinetwegen. Ich bringe die Post mit, die ich für dich gesammelt habe. Außerdem interessiert mich dein Urteil zum Kugelkaktus.«

»Ach ja, die Wollläuse!« An ihre Kakteen hatte Sophie

bislang noch gar nicht gedacht. Wie denn auch? Seit ihrer Rückkehr war es Schlag auf Schlag gegangen. Jetzt merkte sie langsam, wie erschöpft sie war.

»So, das wär's erst einmal.« Er schlug die Patientenakte zu und erhob sich. »Aufs Händeschütteln zum Abschied verzichten wir heute wohl lieber.«

»Ja, das wäre mir sehr recht.« Sophie lächelte. »Wir sehen uns morgen!«

In dieser Nacht schlief sie tief und traumlos, nicht einmal der Verband an ihrer Hand störte sie.

Dank der Tabletten hielten sich die Schmerzen auch am nächsten Morgen in Grenzen. Träge lag sie nach dem Aufwachen im Bett und lauschte den sonntäglichen Kirchenglocken. Der Himmel war grau und wolkenverhangen, aber wenigstens regnete es nicht.

Nach kurzer Zeit vermischten sich grummelnde Geräusche aus ihrer Magengegend mit dem Glockengeläut.

Zeit fürs Frühstück!

Langsam erhob sie sich, setzte sich auf die Bettkante und betrachtete kopfschüttelnd das Durcheinander in ihrem Schlafzimmer. Das war ihr gestern Abend gar nicht aufgefallen, denn sie war sofort ins Bett gegangen. Nicht einmal die Zähne hatte sie geputzt, sondern sich nur ausgezogen und ein altes Nachthemd übergestreift. Kleid, Jacke, Büstenhalter und Schuhe lagen im Zimmer verstreut, bunt vermischt mit den Sachen, die sie gestern nach ihrer Ankunft quer über die Wohnung verteilt hatte.

Mit schlechtem Gewissen ging Sophie ins Bad und putzte sich die Zähne. Dann schlüpfte sie in ein frisches T-Shirt und eine bequeme Jogginghose. Das Anziehen war mühsamer als gedacht, denn ihre rechte Hand konnte sie wegen des Verbandes kaum benutzen.

»Jetzt erst einmal etwas essen!«, beschloss sie, stellte die Kaffeemaschine an und prüfte ihre Vorräte.

Viel war nicht vorhanden, denn sie hatte vor der Reise alles Verderbliche aufgebraucht. Lediglich eine Flasche Ketchup, ein Topf Margarine, ein halbes Glas Silberzwiebeln und eine Tube Senf standen im Kühlschrank.

Sophie verzog das Gesicht. Aber dann fand sie im Schrank doch noch etwas Brauchbares: eine Packung Schokoladenkekse und eine Dose Orangenlimonade. Zusammen mit einer Tasse Kaffee war das eine gute Grundlage, um den Tag zu beginnen.

Sie musste mehrmals laufen, bis sie ihr Frühstück ins Schlafzimmer geschafft hatte. Das Aufreißen der Kekspackung mit der linken Hand stellte ein Problem dar, doch schließlich gelang ihr auch das.

Zufrieden betrachtete sie das Arrangement auf ihrem Nachttisch. Sie hatte einen Strohhalm in die Getränkedose gesteckt, ein paar Kekse auf einer Untertasse angerichtet und sich die erste Tasse Kaffee eingeschenkt. Es duftete köstlich.

Jetzt fehlte nur noch der Laptop. Über Koffer, Taschen und Kleidungsstücke hinweg stieg Sophie ins Wohnzimmer und holte ihren Computer. Dann kroch sie wieder ins Bett, stopfte sich ein Kissen in den Rücken und legte sich den Laptop auf die Beine.

Als Erstes ging sie auf ihre Facebook-Seite. Kaum interessante Neuigkeiten.

Nicht einmal Sandra hatte gestern Abend noch etwas gepostet, und auch von Vanessa war nichts Neues zu lesen. Ihr letzter Eintrag stammte vom vergangenen Mittwoch, als sie am Nachmittag während des Stadtbummels in einem Berliner Café gelandet waren. Vanessa hatte ein Foto angehängt, das Sophie, Sandra und sie selbst in trauter Eintracht an einem kleinen Marmortisch zeigte. »*Mit meinen Lieblings-Mädels und drei Tassen Cappuccino in Berlin*«, hatte sie es kommentiert.

Sophie seufzte enttäuscht.

Es war zwar nicht ungewöhnlich, dass Vanessa mehrere Tage lang keine Nachricht postete. Trotzdem hatte sie insgeheim gehofft, einen kleinen Hinweis darauf zu finden, dass ihre Freundin nicht mehr böse auf sie war.

»Dann eben nicht«, murmelte sie und schob sich einen Keks in den Mund. Wenigstens waren ihre Eltern mitteilsamer! Diese hatten auf ihrer Seite eine Art Urlaubstagebuch begonnen. Zu jedem Tag ihrer Reise hatten sie Fotos veröffentlicht und diese ausführlich kommentiert. Schmunzelnd klickte sich Sophie durch die Bilder. Offensichtlich ging es ihren Eltern blendend.

Die restlichen Einträge waren schnell geprüft, und danach wechselte sie zu ihren E-Mails. Erfreut stellte sie fest, dass sowohl Marita als auch Jenny ihr eine Nachricht geschickt hatten.

»*Meine liebe Sophie*«, hatte Marita geschrieben. »*Ich hoffe, ihr seid gut nach Hause gekommen. Ich fand unser Treffen sehr schön und hoffe, dass wir uns bald wiedersehen. Liebe Grüße, Marita.*«

Jennys Mail war ausführlicher.

Liebe Sophie,
ich bin noch immer beeindruckt von deinem Besuch. Besonders freut es mich, dass ich helfen konnte, ein paar Missverständnisse aufzuklären. Ich würde mir wünschen, dass wir beide weiterhin in Kontakt bleiben. Natürlich weiß ich, dass du wenig Zeit hast, und auch ich bin ja familiär sehr eingebunden. Aber ab und zu eine Nachricht – das wäre schön. Ich denke, das sind wir Angelika schuldig, meinst du nicht?

Hast du schon die CD mit der Klaviermusik angehört? Bei mir läuft sie jeden Samstag beim Hausputz. Die Melodien sind so schön, da kann man seinen Gedanken nachhängen und merkt gar nicht, wie die Zeit vergeht.

Viele Grüße,
Jenny

Zerstreut blickte Sophie von ihrem Computer auf.

Sie hatte nicht die geringste Ahnung, in welcher Tasche sich die CD befand. Das Packen im Wohnwagen war chaotisch verlaufen, vor allem deshalb, weil Vanessa gefehlt hatte, die das Aufräumen mit klaren Anweisungen organisiert hätte. Sandra hatte Sophie schließlich damit getröstet, dass nichts verlorengehen konnte, sondern im schlimmsten Fall im falschen Koffer landen würde.

Jetzt aber ließ sich das Aufräumen wohl nicht mehr länger hinauszögern. Sie warf einen lustlosen Blick auf das wilde Durcheinander, klappte dann aber ihren Laptop zu und stand auf. Noch bevor sie die ersten Kleidungsstücke vom Boden aufheben konnte, klingelte das Telefon.

»Sophie? Warum warst du gestern Abend nicht zu Hause? Wir hatten doch vereinbart, um acht Uhr deiner Zeit zu telefonieren!« Rosis Stimme klang trotz der schlechten Verbindung besorgt.

Sofort bekam Sophie Gewissensbisse. An ihre Eltern hatte sie gestern Abend überhaupt nicht mehr gedacht.

»Papa und ich haben uns schon gefragt, ob wohl etwas passiert ist«, fuhr Rosi fort.

»Tut mir leid.« Fieberhaft suchte Sophie nach einer harmlos klingenden Erklärung. Sie hatte nicht vor, ihre Eltern mit der Wahrheit zu beunruhigen. »Wir standen im Stau, ich war erst um halb zehn wieder hier.«

Streng genommen war das nicht einmal gelogen. Sie hatte nur ein paar Informationen weggelassen: dass der Stau schon auf der Hinfahrt passiert war und dass sie um halb zehn nicht von der Reise, sondern aus der Notaufnahme zurückgekehrt war. Aber geschickt kombiniert klangen beide Aussagen unverfänglich.

»Nun, da waren wir längst unterwegs und konnten nicht mehr telefonieren. Hier im Outback hat man nicht überall Empfang.«

»Und wo seid ihr jetzt?«

»Auf einem Campingplatz, ganz in der Nähe vom Ayers Rock.«

»Ist es schön?«

»Traumhaft. Hast du unsere Berichte bei Facebook gelesen?«

»Na klar.«

»Und bei dir? Ist alles in Ordnung?«

»Ja.« Mal abgesehen davon, dass sie gestern eine Beziehung beendet hatte, von der ihre Eltern nicht einmal etwas ahnten. Und dass sie sich mit ihrer Freundin zerstritten hatte, wegen eines Mannes, von dem sie überhaupt nichts wollte. Der aber – das musste sie zugeben – ihre schlimme Schnittverletzung in der Notaufnahme sehr gut behandelt hatte.

»Alles wie immer, mir geht es gut.«

»Wie war die Reise? Waren Angelikas Freundinnen nett zu dir?«

»Ja, und wie!« Alle, bis auf eine.

»Hast du etwas Neues erfahren können?«

»Ja, viele interessante, schöne Sachen.« Und auch einige nicht ganz so schöne, die sie lieber verschwieg.

»Warte, Papa möchte dich auch noch sprechen.« Knacken, Gemurmel und dann die ruhige Stimme ihres Vaters. »Hallo, mein Schatz!«

»Papi!« Wie aus heiterem Himmel schossen ihr die Tränen in die Augen. Was hatte ihre Mutter über ihn geschrieben? *Guter, verlässlicher Mark.* Ja, so war er. Immer da, wenn man ihn brauchte. Am liebsten hätte sie sich jetzt von ihm in die Arme nehmen und trösten lassen wollen.

»Alles gut bei dir?«

»Sicher.« Sie schluckte die Tränen hinunter und kaschierte ihre Rührung hinter einem Hustenanfall.

»Hast du dich erkältet?«

»Ein wenig. Es war recht frisch im Wohnmobil.«

»Bei uns auch. Die Tage sind zwar warm, aber die Nächte hier in der Wüste extrem kalt.« Gott sei Dank, der Themenwechsel war gelungen.

Sie hörte zu, wie ihr Vater von der kargen Landschaft, den roten Felsen und den Sonnenuntergängen schwärmte. Schließlich beendeten sie das Gespräch mit dem Versprechen, am nächsten Wochenende wieder zu telefonieren. »Natürlich rufen wir am kommenden Samstag an, da hast du doch Geburtstag«, versicherte ihr Vater zum Abschied.

»Na, vielen Dank auch«, flüsterte Sophie, nachdem sie den Hörer aufgelegt hatte.

Ihr dreißigster Geburtstag war das Letzte, woran sie erinnert werden wollte. Sie hatte noch keine festen Pläne gefasst und war bislang davon ausgegangen, dass sie diesen Tag mit ihren beiden Freundinnen verbringen würde. Vor ein paar Jahren, als sie noch mit Vanessa und Sandra zusammengewohnt hatte, waren sie sich einig gewesen: Der dreißigste Geburtstag war etwas ganz Besonderes und musste deshalb gebührend gefeiert werden. Vanessa hatte es als Erste getroffen, und Sandra und Sophie hatten Wort gehalten und ihr eine große Überraschungsparty organisiert.

Und jetzt? Was würde am Samstag passieren? Würden sie sich bis dahin wieder vertragen haben?

Abermals klingelte das Telefon und unterbrach ihre Grübeleien. Dieses Mal war es Sandra, die sich erkundigte, wie es Sophie ging.

»So einigermaßen«, antwortete diese, froh darüber, endlich über den gestrigen Abend reden zu können. Bei ihrer Freundin brauchte sie sich nicht zu verstellen, ihr konnte sie alles sagen.

»Ich habe mich gestern von Martin getrennt«, begann sie ihren Bericht.

Und Sandra reagierte genau so, wie man es erwarten konnte. Sie hörte zu, zeigte Verständnis und empörte sich an den richtigen Stellen.

»So ein Blödmann!«, schimpfte sie, als Sophie ihr schließlich von Martins Vorschlag erzählte, die Affäre trotz der Schwangerschaft seiner Frau fortzusetzen. »Du hast ihm hoffentlich ordentlich die Meinung gesagt!«

»Das hätte ich garantiert, aber dummerweise habe ich mich genau in diesem Moment in die Hand geschnitten.«

»Wie bitte?«

»Ja, beim Abspülen ist mir ein Weinglas zerbrochen.«

»Oje, du Arme! Tat es sehr weh?«

»Es musste sogar genäht werden. Jetzt habe ich einen riesigen Verband um meine rechte Hand.«

»Kommst du zurecht? Brauchst du Hilfe? Ich könnte sofort losfahren und wäre in zehn Minuten bei dir.«

»Danke, das musst du nicht. Es ist zwar ein wenig ungewohnt, alles mit links machen zu müssen, aber es geht schon.«

»Hat Martin dich wenigstens nach Hause gebracht?«

»Nein. Ich glaube, der war froh, als er mich im Krankenhaus abliefern und dann verschwinden konnte.«

»Dann warst du dort völlig auf dich gestellt?«, rief Sandra entsetzt. »Warum hast du mich nicht angerufen?«

»Ich war nicht allein. Luca hat sich um mich gekümmert.«

»Luca? Dein Nachbar?«

»Ja.«

Stille. Dann ein vorsichtiges Räuspern. »Sag mal, hast du doch etwas mit ihm laufen?«

»Nein!« Ausführlich schilderte Sophie ihrer Freundin die Begegnung in der Notaufnahme.

Sandra lachte. »So schnell wird man vom Pizzabäcker zum Chirurgen!«

»Vanessa wird Augen machen, wenn sie das erfährt.«

»Hast du schon mit ihr gesprochen?«

»Nein«, seufzte Sophie. »Und du?«

»Auch nicht.«

»Ich werde ihr noch einen Tag Zeit geben und sie morgen anrufen. Vielleicht verzeiht sie mir die dumme Geschichte mit dem Foto, wenn ich ihr dafür tolle Neuigkeiten über Luca erzählen kann.«

»Na dann, viel Glück!«, bemerkte Sandra nur. Im Hintergrund war leises Gemurmel zu hören. »Sofort«, sagte Sandra zu der Stimme, die vermutlich ihrem Mann gehörte. Dann wandte sie sich wieder dem Telefonhörer zu. »Bist du ganz sicher, dass ich nicht vorbeikommen soll?«

»Ja. Das Angebot ist lieb gemeint, aber das brauchst du nicht.«

»Gut. Dann muss ich jetzt aufhören, Steffen wartet. Wir sind zum Essen bei seinen Eltern eingeladen.«

»Grüß ihn von mir.«

»Mache ich. Und du? Was hast du heute noch vor?«

»Ich muss dringend aufräumen und Wäsche waschen.«

»Na dann, viel Spaß! Ich melde mich morgen wieder.«

Mit ihrer verbundenen Hand kam Sophie nur langsam voran, doch am Nachmittag hatte sie es geschafft. Die Wohnung war aufgeräumt, und die Waschmaschine lief. Zufrieden ließ sie sich aufs Sofa sinken und zog eine Wolldecke über ihre Füße. Danach schob sie sich ein bequemes Kissen unter den Kopf und griff nach einer Zeitschrift.

Dabei fiel ihr Blick auf den Wohnzimmertisch. Dort lagen die Andenken von ihrer Reise: das Poesiealbum, die CD mit der Klaviermusik, die Plastiktüte mit Kiefernzapfen und das selbstgestrickte Babyjäckchen von Marita. Die Kopien von Jennys Briefen waren leider nirgendwo aufgetaucht. Sicherlich hatte Sandra sie aus Versehen eingepackt.

Draußen zogen dunkle Regenwolken auf. Sophie zündete eine Kerze an, holte die angebrochene Kekspackung und die Orangenlimonade aus dem Schlafzimmer, startete Jennys CD und machte es sich wieder auf dem Sofa gemütlich.

Schon nach wenigen Sekunden erklang sanfte Klaviermusik.

Sie sah ihre Mutter vor sich, wie sie am Klavier saß und spielte. Eine junge, hübsche Frau mit tausend Träumen – die sich nie verwirklichen würden. Angelika hatte viel Pech gehabt im Leben: mit der Freundschaft, mit der Liebe und letztendlich auch mit ihrem Schicksal.

Sophies Augen füllten sich mit Tränen.

Zerbrochene Freundschaften und eine vergangene Liebe – so ähnlich sah es bei ihr derzeit auch aus. Was, wenn sich die Ereignisse der Vergangenheit wiederholten? Eine ziemlich beklemmende Vorstellung! Schluchzend presste sie den alten Teddybär ihrer Mutter an sich und hätte fast das Klingeln überhört, das in diesem Moment ertönte.

Das musste Luca sein.

Verdammt, warum ausgerechnet jetzt?

Auf dem Weg zur Tür trocknete Sophie ihre Tränen und fuhr sich mit der Hand durch die Haare. Dann öffnete sie.

Auch Luca wirkte nicht sonderlich munter, sondern sah müde und übernächtigt aus. Vermutlich war er gerade erst nach Hause gekommen, denn er trug noch seine Jacke und hatte eine Plastiktüte in der Hand, aus der es verführerisch nach warmem Knoblauch und Oregano duftete.

»Geht es dir nicht gut?«

»Was ist denn das für eine Begrüßung?«

»Du siehst aus, als hättest du geweint. Hast du etwa Schmerzen?«

»Ein wenig.«

»Soll ich die Wunde noch mal untersuchen?«

»Nein.« Sophie versteckte die Hand hinter ihrem Rücken. »Du bist außer Dienst, und so schlimm ist es auch nicht.«

»Warum hast du dann so rote Augen?«

»Ich bin nur müde. Du siehst übrigens auch nicht besonders toll aus.«

»Danke!«

»Hast du meine Post dabei?«

»Nein, die liegt noch in meiner Wohnung. Eigentlich wollte ich dich nur fragen, ob du ein paar Nudeln essen möchtest. Meine Mutter hat mir viel zu viel eingepackt.« Er hob die Plastiktasche an.

Plötzlich wurde Sophie bewusst, dass sie heute bis auf die Kekse noch nichts gegessen hatte. Deshalb trat sie zur Seite und ließ Luca in ihre Wohnung.

»Okay, komm rein! Was hast du dabei?«

»*Spaghetti con aglio e olio*, nach dem Originalrezept meiner Großmutter.«

»Klingt gut.«

»Schmeckt auch so.«

»Ich hole Geschirr und Besteck, wir können uns an den Wohnzimmertisch setzen.«

Als sie aus der Küche zurückkam, stand Luca vor dem Tisch und deutete anklagend auf die Kekspackung und die Limonadendose. »Ist das alles, was du heute zu dir genommen hast?«

Sophie nickte schuldbewusst. »Ich hatte nichts mehr im Haus und bin gestern nicht zum Einkaufen gekommen, wie du dir sicher vorstellen kannst. Und heute hat kein Geschäft geöffnet«, verteidigte sie sich.

»Ich bringe dir später Brot und Obst.«

»Das brauchst du nicht.« Sie stellte das Geschirr ab und räumte einen Teil des Tisches frei.

»Will ich aber. Wozu sind Nachbarn da?«

Luca öffnete seine Tüte, verteilte das Essen und setzte sich dann neben Sophie auf das Sofa. Hungrig griff Sophie zu ihrer Gabel und schob sich ungelenk die erste Portion Nudeln in den Mund.

Luca beobachtete sie und schmunzelte. »Geht mit links gar nicht so einfach, oder?«

Sie schüttelte den Kopf.

»Soll aber sehr gut fürs Gehirn sein«, fuhr er fort. Dann fiel sein Blick auf die anderen Sachen auf dem Tisch, die Sophie vorhin zur Seite geschoben hatte. Stirnrunzelnd betrachtete er die Gegenstände und konnte sich offensichtlich keinen Reim darauf machen.

»Wozu brauchst du die Tannenzapfen?«, fragte er schließlich mit vollem Mund.

»Kiefernzapfen«, verbesserte Sophie automatisch. »Damit löse ich neuerdings meine Probleme.«

»Ist ja interessant. Ich kann damit nur basteln, und das nicht einmal besonders gut.«

»Ich gebe meinen sogar Namen. Man kann sich wunderbar mit ihnen unterhalten.«

»Soso.« Skeptisch zog er seine Augenbrauen zusammen und zeigte auf die Babyjacke. »Und für wen ist die?«

»Das ist meine eigene.«

»Ist die nicht ein wenig zu klein?«

Sophie unterdrückte ein Lächeln. »Ich trage sie nicht, ich will sie nur anschauen können.«

»Aha.« Er legte seine Gabel beiseite und blickte ihr prüfend in die Augen.

Sie wich zurück. »Warum guckst du so?«

»Ich finde dein Verhalten heute ziemlich merkwürdig. Wie viele Tabletten hast du genommen?«

»Nur die Anzahl, die du mir gesagt hast. Warum?«

»Ich will lediglich sicherstellen, dass du bei klarem Verstand bist.«

»Natürlich bin ich das.« Sie musste über sein besorgtes Gesicht lachen. »Aber du hast recht. Für einen Außenstehenden klingt das alles ziemlich seltsam.«

»Dann klär mich auf!«

»Das ist eine längere Geschichte.« Sophie seufzte.

Luca zuckte mit den Schultern und sah sie erwartungsvoll an.

»Ich weiß nicht …«

Sie kämpfte mit sich. Einerseits war es schön, beim Essen nicht allein zu sein und mit jemandem reden zu können. Zwar kannte sie Luca kaum, aber sie hatte das Gefühl, dass sie ihm vertrauen konnte. Schließlich war er Arzt. Unterstand er nicht der Schweigepflicht?

Außerdem war es ihr wichtig, ihm ihre merkwürdig klingenden Aussagen zu erklären – zumal er gerade jetzt einen der Kiefernzapfen in die Hand nahm und ihn misstrauisch betrachtete.

Andererseits hatte sie keine Ahnung, in welche Richtung sich ihr Verhältnis entwickeln würde, wenn sie ihn ins Vertrauen zog. Eventuell folgerte er gleich wieder etwas Falsches daraus. Sie hatte bislang ja nicht einmal Gelegenheit gehabt, das Missverständnis mit dem Foto aufzuklären.

Doch diese unselige Episode war Teil der ganzen Geschichte. Wenn sie ihm von dem Abend am Wannsee berichtete, konnte sie genauso gut gleich alles erzählen.

Und so entschied sie sich fürs Reden. Mit der Gabel deutete sie auf das Poesiealbum ihrer Mutter.

»Eigentlich hat alles damit begonnen …«

»Das war ja eine ereignisreiche Woche für dich« war Lucas erster Kommentar, nachdem Sophie ihren Bericht beendet hatte.

Bis auf das unrühmliche Ende der Affäre mit Martin hatte sie nichts ausgelassen, weder die schönen Erlebnisse mit Marita und Jenny noch die hässlichen Szenen mit Romana. Es war ihr sogar ohne große Verlegenheit gelungen, den verhängnisvollen Abend am Lagerfeuer und den anschließenden Streit mit Vanessa zur Sprache zu bringen.

»Kannst du jetzt nachvollziehen, warum ich so durcheinander bin?«

»Nicht ganz. Deine Reise war doch ein voller Erfolg. Du weißt jetzt viel mehr über deine leibliche Mutter als vorher.«

»Aber es gibt immer noch einige ungelöste Probleme.«

»Nämlich?«

»Romana kennt die Wahrheit nicht.«

»Na und?«

»Ich muss sie aufklären.«

»Warum denn?«

»Das bin ich meiner Mutter schuldig.«

»Ich glaube, das redest du dir nur ein.«

»Nein.« Sophie schüttelte den Kopf. »Ich habe das längst für mich entschieden.«

»Ist das ein Ergebnis der Tannenzapfenanalyse?« Luca konnte sich ein amüsiertes Grinsen nicht verkneifen.

»Unter anderem.«

»Es kommt nie etwas Gutes dabei heraus, wenn man im Wald mit ein paar Tannenzapfen spricht.«

»Das sind *Kiefernzapfen*«, entgegnete Sophie verärgert.

»Was auch immer!« Er legte sein Besteck zur Seite und machte es sich zwischen den Sofakissen gemütlich. »Meiner Meinung nach übertreibst du unnötig. Genauso wie bei deiner Auseinandersetzung mit Vanessa und der dummen Sache mit dem Foto.«

»Danke, das ist genau das, was ich hören wollte.«

»Was ist so schlimm an einem Streit unter Freundinnen?«

»Gar nichts, wenn sie sich danach wieder vertragen. Aber dieses Mal ist es anders.«

»Wieso?«

»Sie war wirklich verletzt, das hat man ihr deutlich angesehen.«

»Es war doch bestimmt nicht euer erster Streit.«

Sophie errötete. »Aber der erste, bei dem es um einen Mann ging.«

Er winkte ab. »Das war doch nur ich.«

»Beim Thema Mann hört die beste Freundschaft auf.«

»Verstehe ich nicht.«

»Das kannst du auch nicht verstehen. Du bist ja selbst einer.«

»Bei uns Männern funktioniert Freundschaft völlig anders. Nicht so kompliziert.«

»Aber auch nicht so intensiv.«

»Schon möglich.«

»Die wenigsten Männer haben einen besten Freund. Hast du einen?«

»Nö. Höchstens ein paar Kumpel.«

»Siehst du? Ihr habt ja schon Probleme, das Wort Freund in den Mund zu nehmen!«

»Dafür gebraucht ihr das Wort Freundin ein wenig zu häufig.«

»Wir Frauen lieben eben die Gesellschaft.«

»O ja, bei jeder sich bietenden Gelegenheit: Ihr rennt zusammen aufs Klo, telefoniert stundenlang miteinander oder trefft euch zum Einkaufen.«

»Das könntet ihr Männer auch tun.«

»Wir wollen es aber gar nicht. Uns reicht es aus, wenn wir uns ab und zu auf ein Bier treffen.«

»Sozusagen unter Kumpeln«, spottete Sophie.

»Ist dir schon mal aufgefallen, dass es gar keine weibliche Form des Wortes Kumpel gibt?«, fragte er. »Das bedeutet, dass Frauen zu dieser Art der lockeren, zwischenmenschlichen Beziehung gar nicht fähig sind.«

»Oder dass das Wort eine rein männliche Erfindung ist, weil ihr Angst vor dem Begriff ›bester Freund‹ habt«, konterte Sophie und fügte hinzu: »Ich glaube, du würdest einen hervorragenden besten Freund abgeben.«

Er lachte. »Solch ein Kompliment habe ich von einer Frau noch nie gehört.«

»Nein, im Ernst: Du bist einer der wenigen Männer, die sowohl reden als auch zuhören können. Das ist eine Kunst, die nicht jeder beherrscht.«

»Guck nicht so begeistert! Sonst habe ich Angst, dass du mich zu *deinem* neuen besten Freund machen willst.«

»So schnell geht das nicht.«

»Das beruhigt mich«, sagte er schmunzelnd. »Aber ich hätte gar nichts dagegen, dich öfter zu treffen. Das hier war viel amüsanter, als ich es befürchtet hatte.« Er stockte und schien kurz überlegen zu müssen, wie er weitermachen sollte. Schließlich fragte er: »Willst du morgen Abend wieder mit mir essen?«

Überrascht, aber auch ein wenig gerührt blickte Sophie auf. »Du musst dich nicht für mich verantwortlich fühlen.«

»Das tue ich nicht. Aber du musst zugeben, dass du meine Hilfe derzeit gut gebrauchen kannst.«

»Ich komme allein zurecht.«

»Und der Kugelkaktus? Wie willst du ihn mit links pflegen? Das Aufbringen der Tinktur ist schon mit der rechten Hand ziemlich knifflig.«

»Aber ich will nicht –«

»Außerdem kannst du nicht selbst kochen«, unterbrach er ihren Protest. »Jedenfalls nicht, solange du den Verband an der Hand hast.«

»Notfalls esse ich kalt.«

»Das ist nicht gesund. Als dein Arzt muss ich dich darauf hinweisen, dass du dich nicht nur von Keksen und Limonade ernähren solltest.«

»Na, wenn das so ist«, gab Sophie nach, »bin ich einverstanden.« Sie fühlte sich auf angenehme Weise satt und zufrieden, und sein gutgemeintes Angebot freute sie.

»Ich habe ab morgen tagsüber Dienst und werde gegen sieben Uhr bei dir sein. Einverstanden?«

»Ja. Ich freue mich.«

In der kommenden Woche kam Luca jeden Tag zum Essen vorbei.

Am Pfingstmontag brachte er überbackene Cannelloni

und kam nach dem Essen noch einmal auf Romana Rautenberger zu sprechen.

»Hast du ihr mitgeteilt, dass du noch einmal mit ihr reden musst?«

»Ja. Aber bislang hat sie nicht geantwortet.«

»Damit würde ich an deiner Stelle auch nicht ernsthaft rechnen.«

»Man soll die Hoffnung nicht aufgeben.«

»Hast du wenigstens die Kopien der Briefe deiner Mutter wiedergefunden?«

»Nein, leider nicht. Ich verstehe das nicht, irgendwo müssen sie doch sein!«

»Vielleicht hat deine Freundin sie eingesteckt.«

»Sandra? Nein, ich habe sie schon danach gefragt.« Bekümmert verzog Sophie das Gesicht.

Jetzt blieb eigentlich nur noch eine Möglichkeit. Hatte Vanessa die Kopien aus Versehen eingepackt?

Wenn ja, was würde sie tun? Würde sie die Briefe kommentarlos per Post zurückschicken? Oder würde sie die Gelegenheit zur Versöhnung nutzen?

Doch Vanessa meldete sich nicht.

Am Dienstag servierte Luca Pilz-Risotto und erzählte ein wenig über sich selbst.

Er war in Deutschland geboren und aufgewachsen. Seit einem halben Jahr arbeitete er nun schon an der Uniklinik und hatte vor ein paar Monaten beschlossen, endlich von zu Hause auszuziehen.

»Das war vielleicht ein Drama«, sagte er grinsend. »Meine Schwestern haben schon lange vor mir das Haus verlassen, aber erst bei meinem Auszug ist meine Mutter zusammengebrochen.«

»Dabei bist du doch gar nicht wirklich weggezogen, sie

sehen dich doch dauernd in der Pizzeria«, entgegnete Sophie. »Meine Eltern waren aber auch entsetzt, als ich von zu Hause weggegangen bin. Sie haben sich erst wieder beruhigt, als sie sahen, wie gut ich es in der Wohngemeinschaft getroffen habe.«

Sie lächelte, als sie sich an die erste Begegnung in der neuen Wohnung erinnerte. Vanessa und Sandra hatten die Herzen ihrer Eltern damals im Sturm erobert. Besonders Rosi betonte heute noch gern, wie wichtig die beiden Frauen für ihre Stieftochter waren.

Verärgert runzelte Sophie die Stirn. Schon wieder war sie mit ihren Gedanken bei Vanessa! Ob die Freundin wohl auch so oft an sie dachte?

Am Mittwoch gab es Lasagne.

Sophie musste lachen, als Luca den Deckel der Verpackung öffnete. »Das ist das Leibgericht von Martin.«

»Der Typ aus der Notaufnahme?«

»Ja genau.«

»Habt ihr eigentlich immer noch etwas miteinander?«

»Nein, natürlich nicht!«

»Das dachte ich mir. Deine Verärgerung war am Samstag nicht zu überhören.« Er schaufelte die Lasagne auf zwei Teller. »Magst du darüber reden?«

Warum nicht? Die Affäre mit Martin erschien ihr inzwischen unbedeutend und albern. Sie war selbst erstaunt, wie wenig ihr das Ende ausgemacht hatte.

Gleichgültig zuckte sie mit den Schultern. »Da gibt es nicht viel zu erzählen: Naive Doktorandin trifft auf attraktiven Professor, der ihr verschweigt, dass er verheiratet ist.«

»Ups!«

»Als sie es dann herausfindet, versichert er ihr, dass er seine Frau verlassen wird.«

»Und sie glaubt ihm natürlich.«

»Sicher.«

»Und wie geht die Geschichte weiter?«

»Die Ehefrau wird schwanger, aber er will das Verhältnis trotzdem weiterbestehen lassen.«

»Autsch!«

»Um es kurz zu machen: Die Affäre endete im Streit und noch dazu ziemlich blutig.«

»Es wundert mich, mit wie viel Humor du diese Geschichte nimmst. Gehst du immer so gleichgültig über das Ende einer Beziehung hinweg?«

»Nein. Aber in diesem Fall hatte ich schon vor unserem letzten Treffen beschlossen, mich von Martin zu trennen. Leider ist er mir mit der Baby-Neuigkeit zuvorgekommen.«

»Da hat er dir den Abgang aber ganz schön vermasselt«, stellte Luca fest.

»Das glaube ich nicht, schließlich musste er sich um die Reinigung der Wohnung kümmern. Hast du eine Ahnung, wie viel Blut ich dort verloren habe?«

»Ich kann es mir gut vorstellen. Du bist nicht meine erste Patientin mit Schnittwunde.«

»Was hast du eigentlich gedacht, als du mich am Samstag gesehen hast?«

»Meinst du in der Wohnung? Das hat mich ehrlich gesagt ziemlich verwirrt, weil ich nach deiner Mail fest davon überzeugt war, dass du was von mir willst.«

»Und dann findest du mich prompt in den Armen eines anderen Mannes.«

»Tja, das war ein Schock«, murmelte er. Sophie musterte ihn überrascht. Wie war das denn jetzt zu verstehen? Machte er sich über sie lustig? Doch sein Gesichtsausdruck wirkte nicht spöttisch, sondern eher nachdenklich.

Verlegen senkte sie den Blick und pustete in ihre Nudeln. Eine Zeitlang blieb es still am Tisch. Dann ergriff Luca wieder das Wort.

»Später, in der Notaufnahme, hatte ich übrigens schreckliches Mitleid.«

Sophies rosige Gesichtsfarbe wurde noch eine Spur dunkler. »Das ist aber nett von dir. Fühlst du öfter so intensiv mit deinen Patienten?«

»Nö. Mein Mitleid galt auch nicht dir, sondern ihm. Du hast ihn ganz schön fertiggemacht.«

Am Donnerstag schließlich stellte Luca einen Pizzakarton auf den Tisch. »Mit Thunfisch und Zwiebeln.«

»Lecker! Kannst du meine Hälfte vorher kleinschneiden?« Das Essen mit Messer und Gabel fiel ihr nach wie vor schwer.

»Gern.« Er verteilte die Pizza auf zwei Teller und begann, Sophies Portion mit einem Pizzaschneider zu zerkleinern.

»Würdest du netterweise noch frischen Pfeffer drübermahlen?«

»Klar. Soll ich dich auch füttern?« Luca grinste.

»Nein, danke.«

»In deinem Bücherregal steht ein süßes Foto, auf dem eine junge Frau ein Kleinkind füttert.«

»Das bin ich mit meiner Mutter.«

»Du siehst ihr sehr ähnlich.«

»Ja, das sagen alle. Woher kennst du das Foto? Hast du etwa in meinen Sachen herumgewühlt, während ich letzte Woche unterwegs war?«

»Nein, natürlich nicht.« Er würzte die Pizza und gab ihr den Teller zurück. »Mir sind halt ein paar Dinge aufgefallen, als ich zum Blumengießen rübergekommen bin.«

»Zum Beispiel?«

»Du hast eine Vorliebe für historische Romane, liebst Sudokus und sammelst Streichholzschachteln.«

»Sehr interessant, was du alles weißt.«

»In deiner Wohnung herrscht eine gewisse Unordnung, aber die hat durchaus System.«

»Ich bin Wissenschaftlerin, da muss alles seinen festen Platz haben.«

»So wie der Hustensaft im Küchenschrank oder die Altbatterien im Bonbonglas?«

»Sei froh, dass du nicht in Sandras Wohnung die Blumen gießen musstest! Dann würde dich die Unordnung hier gar nicht mehr stören.«

»So chaotisch?«

»Das ist gar kein Ausdruck. Sie ist eine lebende Dreck- und Klamottenschleuder. Ich frage mich, wie Vanessa und ich es so lange mit ihr in einer Wohnung aushalten konnten.« Sophie lächelte angesichts der lebhaften Erinnerungen, die ihr in diesem Moment in den Sinn kamen. »Aber trotzdem hat es Spaß gemacht.«

»Du vermisst sie, nicht wahr?«

»Sandra kommt jeden Tag vorbei und fragt, wie es mir geht.«

»Und Vanessa?«

Traurig schüttelte Sophie den Kopf. »Sie beantwortet keinen meiner Anrufe.«

»Ganz schön stur und nachtragend.«

»Am liebsten würde ich zu ihr fahren und sie zur Rede stellen. Aber dazu fühle ich mich momentan noch zu schwach. Wer Vanessa gegenübertritt, muss stark sein.«

»Tja, sie ist eine beeindruckende Frau«, murmelte Luca geistesabwesend.

Merkwürdigerweise versetzte Sophie seine Bemerkung

einen Stich. Es störte sie, dass er so bewundernd von einer anderen Frau sprach. Empfand sie am Ende doch mehr für ihn, als sie sich eingestehen wollte?

Um ihre Verwirrung zu verbergen, erhob sie sich und ging zum Kühlschrank. Mit der gesunden Hand riss sie die Kühlschranktür auf. Ein Schwall kalte Luft traf ihr Gesicht. Erleichtert atmete sie ein paarmal tief durch und schimpfte dabei insgeheim mit sich selbst. Sie hatte überhaupt keinen Grund, eifersüchtig zu sein.

Luca war nur ihr Nachbar.

Oder vielleicht auch ihr guter Freund.

Nicht mehr, aber auch nicht weniger.

Sie griff nach einer Wasserflasche und kehrte mit gleichmütigem Gesichtsausdruck an den Tisch zurück.

»Kannst du mir Vanessas Telefonnummer geben?«, bat Luca. »Bei mir hat sie sich nämlich auch noch nicht zurückgemeldet.«

»Natürlich.« Immerhin brachte sie ein gequältes Lächeln zustande.

»Danke.«

»Willst du mit ihr ausgehen?« Ärgerlich biss sich Sophie auf die Lippen. Was für eine dumme Frage. Natürlich wollte er mit ihr ausgehen.

»Ja«, bestätigte er dann auch prompt.

»Wohin denn?« Noch so eine blöde Bemerkung! Das ging sie gar nichts an, und die Antwort würde sie auch nicht fröhlicher machen. Im Gegenteil.

»Keine Ahnung. Mal abwarten, wohin sie möchte.«

»Grüß sie von mir, wenn du mit ihr sprichst. Sag ihr, dass ich am Samstag mit ihrem Erscheinen rechne.«

»Was ist am Samstag?«

»Da habe ich Geburtstag.«

»Bin ich auch eingeladen?«

»Warum nicht?«

Bislang war ihre Gästeliste überschaubar und bestand lediglich aus Sandra und Steffen. Je mehr Leute kamen, umso weniger allein würde sie sich fühlen. Auch wenn sie sich momentan nicht sicher sein konnte, wie gut sie es ertragen würde, Luca und Vanessa zusammen zu sehen.

Ach, Blödsinn! Wenn es Luca gelang, Vanessa mitzubringen, sollte sie sich freuen.

Für sich – und für die beiden.

Deshalb schluckte sie ihre Bedenken hinunter. »Natürlich kannst du kommen. Aber nur mit Vanessa!«

»Ich werde sehen, was sich machen lässt.«

Am Freitag klopfte er nicht mehr bei ihr.

Stattdessen fand Sophie einen Zettel in ihrem Briefkasten. Es waren nur ein paar Zeilen, geschrieben in seiner typisch unleserlichen Arztschrift.

Liebe Sophie,
ich treffe mich heute mit Vanessa.
Wir sehen uns morgen,

Gruß
Luca

13

»Liebeskummer am dreißigsten Geburtstag. Wie dumm!« Sandras Augen blickten voller Anteilnahme durch die dicken Brillengläser.

»Das ist kein Liebeskummer«, widersprach Sophie. »Kummer vielleicht, ja. Aber Liebe? Bestimmt nicht!«

»Wirklich nicht?« Sandra klang wenig überzeugt. »So begeistert, wie du von euren Abendessen erzählt hast, hatte ich angenommen, dass mehr dahintersteckt.«

Genau das hatte Sophie befürchtet. Ihre Freundin besaß ein feines Gespür für die Zwischentöne. Natürlich war es Sandra aufgefallen, wie gut sich Sophie trotz ihrer Verletzung in den letzten Tagen gefühlt hatte. Aber wieso musste sie das gleich mit Luca in Verbindung bringen?

Sophie verspürte wenig Lust, diese Frage mit ihrer Freundin zu diskutieren. Nicht jetzt und nicht heute, an ihrem Geburtstag.

»Das war doch alles ganz harmlos«, winkte sie deshalb ab und schob sich eine Kuchengabel voller Cremetorte in den Mund. Sandra warf ihr einen nachdenklichen Blick zu, aber sie schwieg.

Die beiden Freundinnen saßen am Samstagnachmittag in ihrer Lieblingsecke im Café, Sophie im Clubsessel und Sandra auf dem alten Ledersofa. Zur Feier des Tages hatte sich Sophie ein Stück Frankfurter Kranz bestellt, während Sandra an einem Mandelhörnchen knabberte.

Jetzt legte sie das Gebäck auf den Teller zurück und schaute auf ihre Armbanduhr. »Wir haben ja schon vier«, stellte sie beiläufig fest.

»Musst du fort?«

»Nein, natürlich nicht. Der ganze Tag gehört dir.«

»Danke! Ein schöneres Geschenk kannst du mir gar nicht machen. Es war toll, dass du schon zum Frühstück vorbeigekommen bist.«

»Gern geschehen. Auf diese Weise habe ich fast alle Gratulanten mitbekommen.«

»Zweiundsiebzig Glückwünsche auf Facebook, dreizehn E-Mails, sieben SMS, vier Anrufe von der Verwandtschaft und ein Ferngespräch aus Australien«, zählte Sophie auf. »Darauf kann ich mir ganz schön etwas einbilden, nicht wahr?«

»Ich war ganz gelb vor Neid!«

»Und trotzdem hast du einen ausgiebigen Einkaufsbummel mit mir unternommen.«

»Ich würde sagen, der war ein voller Erfolg.« Sandra rückte auf dem Sofa ein Stück weiter nach rechts und betrachtete sich in der verspiegelten Wand hinter Sophies Sessel. »Dieses Halstuch war ein echtes Schnäppchen.«

Umständlich beförderte Sophie eine kandierte Kirsche vom Cremehäubchen ihrer Torte an den Rand des Kuchentellers und suchte dabei fieberhaft nach einer passenden Antwort.

»Die Farben im Tuch passen zur Jacke«, lobte sie schließlich diplomatisch.

Es war der einzige Kommentar, den sie guten Gewissens machen konnte. Tatsächlich fanden sich die kräftigen Gelb-, Grün- und Blautöne des Karomusters in den Querstreifen des bunten Jacketts wieder. Ansonsten jedoch wirkte diese Kombination – wie üblich bei Sandra – viel zu bunt.

»Schade, dass du nichts gefunden hast«, bedauerte diese jetzt.

»Ach, das ist nicht tragisch. Ich gehe noch mal einkaufen, sobald der Verband weg ist. Dann fällt mir das Anprobieren leichter.«

»Wie lange musst du ihn noch tragen?«

»Nur noch eine Woche.«

»Fein! Dann können wir nächstes Wochenende noch einmal losziehen.«

»Gern«, antwortete Sophie ohne große Begeisterung.

Ein Stadtbummel mit Sandra machte Spaß – allerdings noch mehr, wenn auch Vanessa dabei war. Sophies Kleidungsgeschmack lag irgendwo zwischen Vanessas klarem, schlichtem Stil und der auffälligen, eher knalligen Richtung, die Sandra bevorzugte. Sie brauchte den Rat von beiden Freundinnen, um sich entscheiden zu können. Wenn eine fehlte, war das wie bei einem Puzzle, aus dem man ein Stück entfernt hatte: Das Gesamtbild war nicht mehr vollständig und perfekt.

Aber vielleicht musste sie fortan mit dieser Lücke leben? Missmutig spießte Sophie die kandierte Kirsche mit der Kuchengabel auf und zermatschte sie zu einer unappetitlichen Masse.

»Was wird das, wenn es fertig ist?« Stirnrunzelnd betrachtete Sandra die roten Kleckse.

»Kirschbrei.«

»Willst du das danach noch essen?«

»Nein. Ich mag keine kandierten Früchte.«

»Und warum zerlegst du sie dann so brutal?«

»Weil ich irgendwie meine schlechte Laune und meine Enttäuschung loswerden muss.«

»Ach, komm schon! Heute ist dein Geburtstag.«

»Was für ein toller Geburtstag! Es gibt ja nicht einmal eine richtige Party. Mit wem auch? Meine Eltern sind in Australien, meine Unikollegen will ich aus verständlichen Gründen zurzeit nicht sehen, und meine andere beste Freundin ist ernsthaft böse mit mir.«

»Vielleicht ruft sie später noch an.«

»Sie hat sich die ganze Woche nicht bei mir gemeldet.« Sophie warf ihre Gabel auf den Teller zurück. »Aber ich sage dir etwas: Wenn ich heute nichts von ihr höre, gehe ich morgen persönlich bei ihr vorbei. So lasse ich mich nämlich nicht behandeln!«

»Na ja, warte doch erst einmal ab«, murmelte Sandra unbestimmt. Es wunderte Sophie, wie gleichgültig ihre sonst so energische Freundin klang. Das sah ihr gar nicht ähnlich.

»Fehlt dir Vanessa denn nicht?«

»Doch. Allerdings war ich in der letzten Woche ziemlich beschäftigt.« Wieder schob Sandra den Ärmel ihres Jacketts zurück und schaute auf ihre Armbanduhr. Als sie Sophies skeptischen Blick bemerkte, ließ sie ihre Hand sinken und lächelte aufmunternd. »Heute ist schlechte Laune verboten. Lass uns einfach das Thema wechseln!«

»Das wird schwierig, denn ich denke ständig an diesen dummen Streit.«

»Okay, dann werde ich es mit einer Frage versuchen … Hm, mal sehen … wenn es schon keine echte Party gibt, wie hast du dann den Abend geplant?«

»Wir könnten uns etwas Leckeres zu essen bestellen.«

»Wie wäre es mit Pizza?« Sandra grinste.

»Bloß nicht! Am Ende steht Luca vor der Tür und denkt, ich habe ihn mit Absicht zu mir gerufen.«

»Das wäre doch mal etwas Praktisches: ein Mann auf Bestellung.«

»Wenn man sich schon Menschen herbeiwünschen dürfte, hätte ich lieber meine Freundin zurück«, entgegnete Sophie unglücklich.

»Das kannst du haben«, sagte eine leise Stimme hinter ihr. Sophie sprang überrascht auf.

Vanessa stand an einem Nebentisch und kam jetzt langsam auf ihre Freundinnen zu. Sie trug ein weißes Leinenkleid und wirkte elegant wie immer. Aber längst nicht so selbstsicher und kühl, wie Sophie überrascht feststellte. Im Gegenteil: Ihre Augen schimmerten verräterisch, während sie jetzt vor Sophie stehen blieb und sie in ihre Arme schloss.

»Alles Liebe zum Geburtstag.«

»Vanessa!« Überglücklich drückte Sophie sie an sich. »Wie schön, dass du hier bist!«

»Allerdings bist du zu spät«, kritisierte Sandra und versuchte, ein strenges Gesicht zu machen. Es gelang ihr nicht, auch sie strahlte bis über beide Ohren.

»Ja, ich weiß, ich bin unpünktlich«, entschuldigte sich Vanessa. »Aber nur fünf Minuten.«

»Bedeutet das, du hast die ganze Zeit gewusst, dass sie kommt?«, wollte Sophie von Sandra wissen.

»Na klar.«

»Was bist du nur für eine Freundin? Du hast doch gesehen, wie ich leide.«

»Ich wusste aber auch, wie schön das Wiedersehen als Überraschung wird. Und ich muss sagen, das Warten hat sich gelohnt.«

»Wir sollten uns setzen, das halbe Lokal schaut uns zu.« Sanft löste sich Vanessa aus Sophies Umarmung und schob sie auf den Sessel zurück. Dann nahm sie ihr gegenüber Platz.

»Möchtest du auch einen Cappuccino?«

»Ich habe mir vorn an der Theke schon einen bestellt,

danke.« Vanessa warf einen kurzen Blick auf die alte Standuhr neben dem Kuchenbuffet. »Wir haben noch Zeit.«

»Was habt ihr heute nur beide mit der Uhrzeit?«, wunderte sich Sophie. »Hast du noch etwas vor?«

»*Wir* haben etwas vor«, stellte Vanessa richtig. »Aber davon später mehr. Jetzt ist erst einmal Zeit für eine Entschuldigung.«

Sophie nickte. Es war richtig, das Thema gleich zu Beginn zu klären.

»Das glaube ich auch«, begann sie deshalb. »Das, was ich getan habe, tut mir furchtbar leid. Ich hoffe –«

»Moment!«, unterbrach Vanessa sie verblüfft. »*Ich* bin es, die sich entschuldigen muss.«

»Das musst du nicht, nur weil ich Geburtstag habe.«

»Ich mache es auch nicht deswegen. Aber mir ist klargeworden, dass ich letzte Woche im Unrecht war.«

»Diesen Satz solltest du dir einrahmen lassen, denn sie wird ihn so schnell nicht wiederholen«, raunte Sandra Sophie zu.

Vanessa ignorierte die Bemerkung. »Ich weiß natürlich, dass du das Foto nicht absichtlich verschickt hast. Ich habe überreagiert, und das in einer Situation, die alles andere als einfach für dich war. Es tut mir leid, dass ich dich im Stich gelassen habe.«

»Na ja, so schlimm war es ja gar nicht«, murmelte Sophie verlegen.

»Doch, das war es«, widersprach Vanessa. »Zuerst dieses Hin und Her wegen der angeblichen falschen Vaterschaft. Das hinterlässt Spuren. Dann die Trennung von deinem Herrn Professor Doktor. Und schließlich schneidest du dir fast die Hand ab.«

»Du bist ja gut informiert.« Vorwurfsvoll starrte Sophie in Sandras Richtung, aber diese zuckte nur entschuldigend mit den Schultern.

»Und dann hat sich auch noch Luca für dich eingesetzt«, fuhr Vanessa fort. »Wir haben telefoniert und sind gestern zusammen ausgegangen.«

»Aha.« Sophie wollte sich lieber nicht vorstellen, wie dieses Treffen abgelaufen war. Nicht jetzt, wo sie gerade so glücklich war, dass sie ihre Freundin zurückhatte.

»Na gut, dann verzeihe ich dir noch einmal.«

»Fein!« Vanessa strahlte und schlürfte gut gelaunt den Milchschaum von ihrem Cappuccino, den die Kellnerin in der Zwischenzeit serviert hatte. Dann deutete sie mit ihrem Löffel auf Sophies Ausschnitt. »Ich wette, diese Kette hat dir Sandra zum Geburtstag geschenkt.«

Sophie nickte und ließ ihre Finger über die vielen bunten Steine und Muscheln gleiten, die durch Silberfäden miteinander verbunden waren. Ihr gefiel die Kette. Sie passte farblich perfekt zu dem dunkelgrünen Sommerkleid, das sie heute trug.

Vanessa hingegen schüttelte missbilligend den Kopf. »Damit siehst du aus wie Winnetous kleine Schwester.«

»Das ist kein Indianerschmuck«, stellte Sandra richtig. »Die Kette kommt aus Indien und ist ein Unikat.«

»Mich erinnert sie trotzdem an den Perlenschmuck der Apachen.«

»Nur weil du lediglich Blau, Türkis und Weiß trägst, bedeutet das nicht, dass alle anderen Farben schlecht sind.«

»Das sage ich auch gar nicht. Aber man sollte sie einzeln tragen und nicht alle auf einmal.«

»Das ist Geschmackssache.«

»Finde ich nicht. Dasselbe gilt übrigens auch für Muster.« Vanessas Blick auf Sandras Tuch sprach Bände. »Karo und Streifen passen nicht zusammen.«

»Das ist ganz allein deine Meinung.«

»Ist es nicht. Schau mal in die Modemagazine!«

Sophie seufzte glücklich und ließ sich in ihren Sessel zurücksinken.

Das fehlende Puzzlestück war an seinen Platz zurückgekehrt.

Alles war wie immer.

Ihr Bild war wieder vollständig.

»Wir müssen los«, sagte Vanessa zehn Minuten später.

»Wohin gehen wir denn?«, wollte Sophie wissen.

»Du gehst nach Hause und wartest dort auf uns. Sandra und ich haben noch etwas zu erledigen. Wir müssen noch ... Parfum für mich kaufen. Du weißt ja, warum.«

»Ja genau!«, bestätigte Sandra schnell. »Vanessa und ich werden uns die Kosten für eine neue Flasche teilen.«

»Ach.« Sophie verschränkte ihre Arme vor der Brust und musterte ihre Freundinnen misstrauisch. »Und das soll ich glauben? Ihr habt euch doch noch nie so schnell auf einen Kompromiss einigen können.«

»Einmal ist immer das erste Mal.«

»Hm.« Sophie beschloss, nicht weiter nachzufragen. Anscheinend planten ihre Freundinnen eine Überraschung. Eigentlich war ihr Bedarf an aufregenden Szenen mehr als gedeckt, aber sie wollte ihnen die Freude nicht verderben. Also zuckte sie mit den Schultern und erhob sich.

»Dann sollten wir keine Zeit verlieren. Ich zahle vorn an der Kasse.«

Vor der Eingangstür trennten sich ihre Wege. Vanessa und Sandra eilten Richtung Innenstadt, während sich Sophie auf den Heimweg machte. Inzwischen regnete es leicht, und die Luft roch nach nasser Erde und frischem Grün. Langsam schlenderte Sophie die alte Allee am Main entlang und beobachtete gedankenverloren die Boote, die auf dem Fluss unterwegs waren.

Als die Turmuhr der Nikolaikirche fünfmal schlug, blieb sie stehen und überlegte. Eigentlich hatte sie noch genug Zeit für einen kleinen Umweg.

Sie wusste auch schon, wohin der Spaziergang sie führen würde: zum alten Spielplatz am Mainufer, den sie als Kind oft besucht hatte. Noch heute verbrachte sie gern die eine oder andere Stunde dort – am liebsten bei Regen, weil sie den Ort dann ganz für sich allein hatte und die Stille genießen konnte.

Das schmiedeeiserne Tor am Eingang des Spielplatzes stand weit offen. Wie erwartet war sie die einzige Besucherin. Ein Klettergerüst, eine Wippe und eine Schaukel warteten verlassen im Sand. Dichte Hecken aus Kirschlorbeer begrenzten den Spielplatz zur Straße hin. Mehrere alte Birken versperrten den Blick auf das Häusermeer der Stadt. Jetzt, am späten Nachmittag, flatterten Amseln durch die Baumkronen und sangen ihr melancholisches Abendlied.

Sophie ging zu ihrem Lieblingsplatz unter einer Birke und ließ sich dort auf einer Bank nieder. Hier war sie vor dem Regen geschützt und konnte ungestört ihre Gedanken schweifen lassen. Besonders gern erinnerte sie sich immer an die Zeit, die sie mit ihrer Mutter auf diesem Spielplatz verbracht hatte.

Die meisten Bilder waren undeutlich und verschwommen, doch ein paar Einzelheiten konnte sie sich ins Gedächtnis rufen. Angelika hatte stets einen Korb mit Getränken, Keksen und Zeitschriften gepackt, wenn sie mit Sophie auf den Spielplatz ging. Sie hatte Tee getrunken und gelesen, während ihre Tochter mit ihren kleinen Freundinnen Sandburgen gebaut hatte. Sophie glaubte fast, durch den Regen ihr eigenes Kinderlachen hören zu können.

Jedes Mal wenn sie hier war, fühlte sie sich ihrer Mutter

nahe. Heute war dieses Gefühl besonders stark. Dank der Erzählungen von Marita, Romana und Jenny sah Sophie ihre Mutter nun viel deutlicher vor sich. Sie war mehr als die Frau, die sie selbst in Erinnerung hatte. Sie war Schülerin, Freundin, Vertraute und Geliebte gewesen. Ein Mensch mit Stärken und Schwächen, der es seinen Mitmenschen nicht immer leichtgemacht hatte.

Aber war das im Leben nicht immer so? Hatte nicht jeder Mensch Fehler, hatte nicht jede Freundschaft ihre Höhen und Tiefen? Sie musste doch nur an ihre eigenen Erfahrungen in der letzten Woche denken …

In diesem Moment klingelte ihr Handy.

»Hallo?«

»Sophie? Hier ist Vanessa. Wo zum Teufel steckst du?«

»Auf dem Spielplatz.«

»Äh … auf dem Spielplatz?«

»Ja.«

»Warum?«

»Ach, mir war gerade danach. Hier ist es so herrlich friedlich und still. Außerdem tut die frische Luft mir gut.«

»Du hättest uns anrufen sollen. Sandra und ich haben uns schon Sorgen gemacht, als wir dich nicht zu Hause angetroffen haben.«

»Tut mir leid.«

»Macht nichts. Warte mal einen Moment!« Vanessa tuschelte eine Weile mit Sandra, dann war ihre Stimme wieder klar und deutlich zu hören. »Ist das der alte Spielplatz in der Mainallee?«

»Ja.«

»Gut, dann warte dort! Wir sind in fünf Minuten bei dir.«

»Aber ich kann doch auch nach Hause kommen«, protestierte Sophie, doch Vanessa hatte bereits aufgelegt. Nachdenklich starrte Sophie auf ihr Telefon. Was hatten die beiden jetzt schon wieder vor?

Sie erhob sich und überprüfte ihre Kleidung. Jacke und Kleid hatten Wasserflecken, aber das war nicht weiter tragisch und würde schnell wieder trocknen. Nur die Schuhe benötigten wohl eine gründlichere Reinigung, denn der Boden des Spielplatzes war nass und matschig.

Um die Wartezeit zu überbrücken, rieb Sophie ihre Sandalen über das nasse Gras. Dadurch löste sich wenigstens der gröbste Dreck. Den Rest musste sie später mit einer Bürste reinigen. Sie war so beschäftigt mit den Schuhen, dass sie das Fahrzeug gar nicht bemerkte, das am schmiedeeisernen Tor hielt. Erst als eine schrille Hupe ertönte, blickte Sophie auf.

Vor ihr stand das alte Wohnmobil.

»Hallo!« Fröhlich winkend kletterte Sandra aus der Fahrerkabine. Vanessa, die auf der Beifahrerseite gesessen hatte, blickte prüfend zum Himmel und zog sich eine Regenjacke über. Dann gesellten sich die beiden zu Sophie auf den Rasen.

»Sollen wir eine Runde wippen?« Vanessa grinste. »Dabei können wir auch gleich überprüfen, wer von uns beiden schwerer ist.«

»Bloß nicht!« Mit schlechtem Gewissen dachte Sophie an den Frankfurter Kranz.

»Was hast du hier gemacht?«, wollte Sandra besorgt wissen.

»Ich habe mich an früher erinnert. Als Kind war ich oft mit meiner Mutter hier.«

Sandra legte den Arm um Sophie. »Und das macht dich traurig, nicht wahr?« Vorwurfsvoll schaute sie in Vanessas Richtung. »Ich habe gleich gesagt, dass wir sie nicht allein lassen sollen.«

»Nein, das war in Ordnung«, widersprach Sophie. »Ich bin nicht traurig. Nachdenklich vielleicht, ja. Aber nicht unglücklich.«

»Ich wette, gleich wirst du noch viel glücklicher sein«, sagte Sandra und tauschte einen verschwörerischen Blick mit Vanessa.

Diese nickte. »Kommt, lasst uns ins Trockene gehen!«

»Warum seid ihr eigentlich mit dem Wohnmobil gekommen?«, wollte Sophie wissen. »Zu Fuß ist man von hier aus doch fast schneller bei mir.«

»Aber bequemer ist es mit dem Auto.«

»Und das sagt ausgerechnet unsere Fitness-Königin!« Sophie lachte.

Vanessa erwiderte nichts. Das war ungewöhnlich für sie, denn normalerweise hatte sie immer eine freche Antwort parat. Noch erstaunlicher war es, dass sie vor der Tür zum Wohnmobil stehen blieb und einmal kräftig durchatmete.

»So, jetzt kann es losgehen!«

»Was kann losgehen?«, fragte Sophie und blickte alarmiert von einer zur anderen. »Ihr habt doch hoffentlich keine wilde Party im Wohnmobil geplant!«

»Nein, keine Angst. Wild wird es nicht.«

»Dafür aber eine Party«, bestätigte Sandra. »Hier sind nämlich noch ein paar Leute, die dir gratulieren möchten.«

»Leute?«, wiederholte Sophie verwirrt.

»Ein paar. Genauer gesagt drei.«

Schwungvoll öffnete Vanessa die Tür und ließ ihre Freundin vorbei. Sophie nahm vor Aufregung beide Stufen auf einmal – und schaute Sekunden später ungläubig auf die Szene, die sich ihr bot.

Der kleine Tisch des Wohnmobils war festlich gedeckt. Zwei dicke weiße Kerzen verbreiteten ein gemütliches Licht. Schmale Sektflöten, ein silberfarbener Eisbehälter, in dem eine Flasche Champagner steckte, sowie eine große Schüssel mit frischen Erdbeeren vervollständigten das Bild. Doch es war nicht der Anblick des Tisches, der Sophie augenblicklich in Glücksstimmung versetzte.

Es waren die drei Menschen, die sie hier im Wohnmobil und an diesem Tag am wenigsten erwartet hatte: Marita, Jenny und Romana.

Noch bevor Sophie etwas sagen konnte, erhoben sich die Frauen von der Sitzbank und begannen zu singen. Gerührt lauschte Sophie dem Geburtstagslied und ließ ihren Blick langsam von einer zur anderen wandern.

Marita sang am lautesten und blies dabei immer wieder eine widerspenstige Haarsträhne aus ihrem Gesicht. Zur Feier des Tages hatte sie ihre Latzhose gegen ein himmelblaues Kostüm getauscht, das ihr überraschend gut stand.

Romana hingegen brummte mehr, als dass sie sang. Es war ihr deutlich anzusehen, dass sie diese Art von Musik nicht besonders mochte. Trotzdem bemühte sie sich um ein freundliches Gesicht und fingerte dabei nervös in den Taschen ihres schwarzen Hosenanzuges herum. Vermutlich suchte sie nach einer Packung Zigaretten.

Jenny hatte die schönste Stimme des kleinen Chors, aber sie traute sich nicht recht, lauter als die beiden anderen zu singen. Trotzdem waren ihre melodischen Töne klar und deutlich herauszuhören. Sie errötete, als sie die überraschten Blicke der beiden anderen Frauen auf sich spürte, und trat einen Schritt zurück.

Jetzt standen alle drei nebeneinander: links Romana, die in diesem Moment ihre Zigaretten gefunden hatte und die Schachtel neben sich auf den Tisch legte. Rechts Marita, die sich in ihrem Kostüm nicht wohl zu fühlen schien, denn sie nestelte ständig an dem Rock herum. Und in der Mitte Jenny, die sich als Einzige völlig aufs Singen zu konzentrieren schien. Neben den beiden anderen Frauen wirkte sie klein und zart, ein Eindruck, der durch die helle Rosafarbe ihres Sommerkleids noch betont wurde.

Sophies Augen füllten sich mit Tränen der Rührung.

Sie waren tatsächlich hier – die drei engsten Freundinnen ihrer Mutter. Die Frauen, die Angelika einmal sehr viel bedeutet hatten und die in der letzten Woche ihre Erinnerungen mit ihr geteilt hatten.

Mal mehr, mal weniger bereitwillig.

Dass sie so einträchtig zusammengefunden hatten, überraschte Sophie. Wie konnte es sein, dass Romana dem Treffen zugestimmt hatte?

Während die letzten Töne des Geburtstagsliedes verklangen, forschte Sophie im Gesicht der Politikerin nach einer Gefühlsregung. Doch momentan war da nicht mehr zu sehen als Erleichterung darüber, dass das Singen überstanden war. Ob sie inzwischen Angelikas Briefe gelesen hatte? Vermutlich schon, denn sonst wäre sie wohl nicht hier.

»Herzlichen Glückwunsch zum Geburtstag, meine Liebe!« Marita war die Erste, die ihr gratulierte und sie fest in die Arme schloss. Gleich darauf folgte Jenny und hauchte ihr Küsse auf beide Wangen.

Als Letzte stand Romana vor ihr.

»Herzlichen Glückwunsch zum Geburtstag!« Sie wollte nach Sophies rechter Hand greifen, hielt aber inne, als sie den Verband sah, und schüttelte ihr stattdessen die linke.

»Danke!« Sophie strahlte. »Es ist so schön, dass ihr alle hier seid!«

»Bedanke dich nicht bei uns, sondern bei den beiden dort.« Gut gelaunt deutete Marita auf Sandra und Vanessa. Diese hatten sich bislang im Hintergrund gehalten und das Wiedersehen von der Tür aus beobachtet. Jetzt zwängten sie sich durch den engen Gang an den Tisch.

Schluchzend umarmte Sophie ihre Freundinnen. »Vielen, vielen Dank!«

»Das haben wir gern gemacht«, sagte Sandra mit erstickter Stimme. Auch sie hatte Tränen in den Augen.

Vanessa klopfte ihrer Freundin auf den Rücken. »Schon gut«, murmelte sie.

»Wie habt ihr das überhaupt geschafft?«

»Das war Teamarbeit.« Vanessa schmunzelte. »Sandras Schusseligkeit und meine strategische Planung haben ausnahmsweise mal miteinander und nicht gegeneinander gearbeitet.«

»Wie meinst du das?«

»Ich hatte aus Versehen Angelikas Briefe eingepackt«, erklärte Sandra.

»Das habe ich mir doch gleich gedacht!«

»Als ich sie in meinem Koffer fand, hielt ich das für einen Wink des Himmels. Also bin ich zu Vanessa gegangen und habe mich mit ihr vertragen. Was übrigens gar nicht so leicht war.« Ein strafender Blick traf die Freundin. »Ich musste ihr bis in den Pilatesraum folgen.«

»Zuerst haben wir harte Verhandlungen wegen des Parfums geführt«, erzählte Vanessa. »Doch nachdem das geklärt war, konnten wir uns deiner Geburtstagsüberraschung widmen. Sandra hat mir die Kopien von Angelikas Briefen gebracht, und ich habe sie eingescannt. Dann haben wir sie per E-Mail an Marita und Romana geschickt.«

»Ich war völlig überrascht, als ich die Briefe bekam.« Schon wieder strich sich Marita eine Haarsträhne aus der Stirn. »Aber dann konnte ich gar nicht mehr aufhören zu lesen.«

Vanessa deutete auf Romana. »Sie war der weitaus schwierigere Teil.«

Sophie lächelte, als die Politikerin ein schuldbewusstes Gesicht machte. »Und wie hast du es geschafft, dass sie dich erhört hat?«

»Ich habe ihr gedroht, ein paar Geschichten aus ihrem Leben öffentlich zu machen.«

»Also wirklich, Vanessa!«

»Schon gut«, mischte sich Romana ein. »Ich bin Politikerin und durchaus vertraut mit solchen Methoden.« Sie warf Vanessa einen anerkennenden Blick zu. »Du wirst es noch weit bringen.«

»Kaum zu glauben.« Sophie schüttelte den Kopf. »Und wie kommt es, dass heute alle hier sind?«

»Romana musste sowieso nach Frankfurt, weil sie hier morgen eine Wahlkampfveranstaltung hat«, erklärte Vanessa. »Damit war die Idee geboren, dich zu deinem Geburtstag zu überraschen. Jenny und Marita haben spontan zugestimmt, als wir sie gefragt haben, ob sie auch kommen. Hotel und Zugtickets waren dann schnell organisiert.«

»Allerdings hast du mit deinem spontanen Ausflug auf den Spielplatz unser Programm ein wenig durcheinandergebracht«, ergänzte Sandra. »Eigentlich hatten wir nämlich das Wiedersehen bei dir zu Hause geplant, und das Wohnmobil sollte nur als Kulisse für unsere Überraschung dienen.«

»Aber hier ist es doch auch ganz nett«, versicherte Sophie ihren Freundinnen. »Ich glaube, das wird der beste Geburtstag meines Lebens!«

»Und das Allerbeste ist: Die Party hat gerade erst angefangen.« Sandra winkte ihre Gäste zum Tisch. »Setzt euch bitte wieder, sonst kriege ich noch Platzangst. Sechs Leute in einem Wohnmobil sind ein bisschen viel, selbst für dieses Gefährt.«

»Ich muss noch eine Entschuldigung loswerden, bevor wir anstoßen«, sagte Romana nur wenig später, als alle endlich einen Platz gefunden hatten.

Jenny und Marita teilten sich die eine Seite der Bank, Sophie und Sandra die andere. Von irgendwoher hatte Sandra sogar noch zwei Hocker gezaubert, auf denen nun Romana und Vanessa saßen. Sechs Gläser mit eisgekühltem Champagner standen vor ihnen auf dem Tisch.

»Das, was ich zu sagen habe, gilt für alle, besonders aber für Sophie.« Romana griff nach ihren Zigaretten und fummelte nervös an der Packung herum. Als sie Sandras strengen Blick bemerkte, legte sie die Schachtel fort. »Ja, ich weiß, ich darf hier drinnen nicht rauchen«, brummte sie.

Sandra nickte zufrieden, und Romana setzte zu ihrer Entschuldigung an. Ihre Stimme klang längst nicht so fest wie sonst. »Ich war heute Morgen auf dem Friedhof bei Angelikas Grab. Dort habe ich festgestellt, dass Sophie recht hatte.«

»Womit?«

»Es ist ein wunderbarer Ort, um sich zu unterhalten. Und ich hatte Angelika viel zu erzählen, das könnt ihr mir glauben!« Romanas Blick schweifte in die Ferne. »Ich hoffe, sie kann mir verzeihen.«

»Bestimmt tut sie das.«

»Und was ist mit dir? Verzeihst du mir?«, fragte Romana Sophie.

»Ich bin die Tochter meiner Mutter und kann genauso gut vergeben wie sie. Das liegt wohl an den Genen.«

Romana zögerte. Dann hob sie ihre Hand und strich Sophie sanft über die Wange.

»Wenn du nicht gewesen wärst, hätte ich die Wahrheit niemals erfahren.«

Marita räusperte sich und krempelte dann umständlich die Ärmel ihrer Bluse hoch. »Ich glaube, das war jetzt genug Drama für einen Tag. Wir sollten schnell etwas trinken. Sonst fange ich nämlich auch noch an zu weinen.«

»Bloß nicht!« Romana atmete einmal tief durch und brachte ein schiefes Lächeln zustande.

»Wie schön! Alle haben sich wieder versöhnt. Schon Alexander Pope sagte: ›Irren ist menschlich, vergeben göttlich‹«, sinnierte Sandra. »Und das ist …«

»… ein guter Trinkspruch«, führte Vanessa den Satz hastig zu Ende. Sie fürchtete wohl, dass ihre Freundin dieses Zitat noch gründlicher erklären wollte. »Trinken wir also darauf, dass wir göttlich sind!«

Marita nickte. »Auf uns!«

»Und auf Sophie!«, ergänzte Jenny.

»Wir sollten auch jemand anderen nicht vergessen.« Romanas Stimme zitterte immer noch. »Sie kann heute nicht hier sein, aber ich wette, sie schaut uns zu.«

»Auf Angelika!«

Und dann hoben sie alle ihr Glas und prosteten sich zu – zwei Generationen von Frauen mit völlig verschiedenen Charakteren, Temperamenten und Lebenseinstellungen, die sich noch vor wenigen Wochen völlig fremd gewesen waren. Doch in diesem Moment verbanden sie die Erinnerung an einen geliebten Menschen – und der Glaube an die Kraft der Freundschaft.

»Jetzt habe ich Hunger auf etwas Herzhaftes«, verkündete Sandra, als sie eine Stunde später vor Sophies Wohnungstür standen.

»Einen Moment noch!«, rief Vanessa und kramte ihr Handy heraus. »Ich muss zuerst die Lage checken.«

»Welche Lage?«, wunderte sich Sophie.

Aber Vanessa antwortete nicht. Sie hatte bereits eine Nummer getippt und hielt sich nun das Telefon ans Ohr.

»Ich bin es«, flüsterte sie. »Alles klar?« Gleich darauf nickte sie zufrieden. »Es kann losgehen!«

Sophie traute ihren Augen nicht, als sie die Tür öffnete. Das Wohnzimmer war hell erleuchtet, überall hingen Luftballons und Girlanden, und im Hintergrund spielte Partymusik. Steffen, Sandras Mann, stand neben dem Schreibtisch und öffnete eine Flasche Sekt. Mit lautem »Plopp« flog der Korken durch den Raum.

Auf dem Tisch hatte jemand ein kaltes Buffet aufgebaut: verschiedene Salate, Antipasti, Salamischeiben und Käsebällchen. Außerdem duftete es verführerisch nach warmem Pizzabrot. Suchend huschte Sophies Blick durchs Zimmer und blieb schließlich an der Person hängen, der sie das Essen zu verdanken hatte. Vor dem Fenster stand Luca und lächelte ihr entgegen.

Sophies Augen begannen zu strahlen. Für ein paar Sekunden gab sie sich der Illusion hin, dass dieses Lächeln tatsächlich ganz allein ihr galt. Doch dann war dieser spezielle Moment auch schon wieder vorbei, und der Trubel brach los.

»Alles Gute zum Geburtstag, liebe Sophie!« Steffen prostete ihr zu, und alle anderen klatschten.

Verlegen trat Sophie einen Schritt zurück. Sie hasste es, schon wieder im Zentrum des Interesses zu stehen. Eine Hand – Maritas Hand? – legte sich beruhigend auf ihre Schulter.

»Jetzt gibt es Geschenke!«, verkündete Sandra und winkte Steffen zu sich. Dieser drückte Sophie einen Kuss auf die Stirn und überreichte ihr ein schmales Paket. »Unser eigentliches Geschenk hast du ja schon heute Vormittag bekommen, aber eine Kleinigkeit haben wir noch für dich.«

Neugierig öffnete Sophie die Verpackung und hielt ein Wörterbuch in den Händen. »Deutsch-Holländisch«, las sie laut vor und lachte. »Was für eine nette Erinnerung an einen unvergesslichen Abend! Danke schön.«

Als Nächstes stand Vanessa mit einem Präsentkorb vor ihr.

»Das wäre nicht auch noch nötig gewesen«, protestierte Sophie. »Du hast mir heute schon genug geschenkt.«

»Ach, das ist nur noch eine Kleinigkeit.«

Nacheinander zog Sophie eine Viererpackung Vanillejoghurt, eine Schachtel Würfelzucker und sechs langstielige Joghurtlöffel aus dem Korb. »Also wirklich, Vanessa!«, kreischte sie. »Musste das sein?«

»Ja«, sagte ihre Freundin mit einem verschmitzten Gesichtsausdruck.

»Jetzt bin ich dran!« Marita drängte sich an Vanessa vorbei und übergab Sophie einen selbstgestrickten Schal in Knallrot. »Ich weiß zwar jetzt, dass Angelika Wolle gehasst hat. Aber vielleicht siehst du das ja anders.«

»Mit Sicherheit.« Sophie hängte sich den Schal sofort um den Hals, was ihr einen kritischen Seitenblick von Vanessa einbrachte. »Das Rot sieht einfach schrecklich auf dem grünen Kleid aus!«, wisperte sie.

»Macht nichts«, entgegnete Sophie leise. »Heute ist mir das völlig egal.«

Romana musste ihr Geschenk erst aus der Küche holen. Sie kam mit einem riesigen Kuchentablett zurück.

»Bienenstich«, stellte Sophie gerührt fest. »Mamas Lieblingskuchen.«

»Ich habe sogar noch das Originalrezept deiner Mutter

in meinem alten Backbuch gefunden und in weiser Voraussicht gleich kopiert und mitgebracht. Es liegt draußen auf dem Schuhschrank.«

»Danke!«

»Dieser Kuchen ist allerdings nicht selbstgebacken.«

»Er duftet trotzdem köstlich. Stellst du ihn bitte zu den anderen Speisen aufs Buffet?«

»Sophie?« Jenny zupfte sie sanft am Ärmel. »Ich habe auch eine Kleinigkeit für dich.« Sie übergab Sophie eine bunte Schachtel. Erwartungsvoll öffnete Sophie den Deckel und blickte auf den Inhalt: ein zierliches Herz aus Kristallglas, das an einer Silberkette hing.

»Mamas Freundschaftsanhänger!«, rief sie und fiel Jenny um den Hals. »Du ahnst gar nicht, was für eine Freude du mir damit machst!«

»Schon gut«, beschwichtigte Jenny. »Das ist nicht das Original, denn das liegt bei mir zu Hause in Lichterfelde. Dieses hier ist eine Sonderanfertigung vom Juwelier.«

»Ab jetzt werde ich das Herz immer bei mir tragen.«

»Das Essen ist fertig!« Sandras Stimme übertönte alle anderen und die Musik. »Es gilt Selbstbedienung. Geschirr und Besteck stehen auf dem Schreibtisch.«

Sophie ließ ihren Gästen den Vortritt.

Natürlich nahm sich Vanessa als Erste. Hinter ihr folgten Sandra, Steffen und Romana. Auch Jenny und Marita griffen nach Tellern und Gabeln und stellten sich fröhlich schwatzend am Buffet an.

Aber wo war eigentlich Luca? In dem Durcheinander, das bei der Geschenkübergabe geherrscht hatte, hatte Sophie ihn aus den Augen verloren. Suchend blickte sie sich um.

»In der Küche«, wisperte Sandra, die mit vollbeladenem Teller auf einmal neben ihr stand.

Dankbar lächelte Sophie ihrer Freundin zu und machte sich auf den Weg. Sie traf ihn am Kühlschrank, wo er gerade eine Flasche Frascati öffnete.

»Schicker Schal«, bemerkte er gut gelaunt.

»Danke. Kann ich dir helfen?«

»Beim Flaschenöffnen? Mit einer verletzten Hand? Nein.«

»Zum Einschenken reicht eine gesunde Hand.«

»Trotzdem darfst du nicht helfen. Du hast heute Geburtstag und lässt dich bedienen.«

»Ich habe mich die ganze letzte Woche bedienen lassen.«

»Dann kommt es auf einen Tag mehr auch nicht mehr an.« Mit dem Kopf deutete er zum Küchentisch. »Da sind übrigens meine Geschenke für dich.«

»Ein Kugelkaktus!« Begeistert betrachtete Sophie die stachelige Pflanze, die in einem knallgelben Übertopf stand.

»Für den Fall, dass dein alter Kaktus die Läuse nicht überlebt«, erklärte Luca.

»Ich denke schon, dass er es schaffen wird. Aber trotzdem, Kakteen kann ich nie genug haben.«

»Das Paket ist auch noch für dich.«

Gespannt riss Sophie das Papier auf und hielt einen Ratgeber in den Händen: *Basteln mit Baumzapfen.* Luca hatte eine Widmung auf die erste Seite geschrieben.

Liebe Sophie,
hier siehst du, was man mit Tannen- und Kiefernzapfen alles machen kann. Zum Problemlösen sind sie jedenfalls nicht geeignet. Aber da stelle ich mich als Gesprächspartner gern zur Verfügung. Alles Gute zum Geburtstag!

Luca

»Danke!«

»Das hab ich gern besorgt.«

»Nein, im Ernst. Ich muss für so vieles danke sagen.«

»Oh, bedanke dich lieber bei deinen Freundinnen. Sie haben das alles organisiert.«

»Aber du warst die ganze letzte Woche für mich da. Das werde ich dir nie vergessen.«

»Hey, wozu sind wir Nachbarn?«

»Wir sind mehr als nur Nachbarn.«

Überrascht ließ er die Flasche sinken. »Tatsächlich?«

»Na klar, wir sind Freunde. Vanessa hat mir erzählt, dass du sie überzeugt hast, mir zu verzeihen. Das war unglaublich nett von dir. Ich hoffe ...« Sie brach ab. Die nächsten Worte würden weh tun, trotz des Hochgefühls der letzten Stunden. »Ich hoffe, ihr werdet glücklich miteinander.«

»Wer?«

»Na, Vanessa und du.«

»Ich ... und Vanessa?«, wiederholte er langsam. Auf seinem Gesicht spiegelten sich Unverständnis und Verwirrung.

»Oder nicht?« Sie biss sich auf die Lippen. Diese Frage hätte sie besser nicht gestellt!

Sie klang so ... hoffnungsvoll.

Luca warf ihr einen langen Blick zu. Verlegen schaute Sophie zu Boden. Was sollte er jetzt bloß denken? Vorsichtig sah sie wieder auf – gerade rechtzeitig genug, um zu sehen, dass er seinen Mund zu einem Grinsen verzog. Einem sehr breiten Grinsen.

»Du glaubst also, ich hätte etwas mit Vanessa«, bemerkte er amüsiert.

»Ich freue mich für euch«, versicherte sie ihm und hoffte, dass sie glaubhaft klang.

»Schade!«

»Schade?« Sie verstand seine Frage nicht.

»Ich hatte gehofft, du würdest anders reagieren.«

»Wie denn?«

»Na, zum Beispiel eifersüchtig.«

»Oh, ich verstehe.« Das war eine Lüge. Sie verstand gerade gar nichts.

»Wirklich?« Belustigung blitzte aus seinen grauen Augen. »Oder witterst du ein neues Problem und brauchst deine Kiefernzapfen?«

»Nein, danke. Obwohl … Warte mal!« In ihrem Kopf arbeitete es. Was amüsierte ihn so? Wieso wollte er, dass sie eifersüchtig war? War er am Ende gar nicht an Vanessa interessiert?

»Ich bin nicht *mit* und auch nicht *wegen* Vanessa hier«, sagte er, so als ob er ihre Gedanken lesen könne.

»Oh«, brachte Sophie mühsam hervor.

Er stellte die Flasche auf dem Kühlschrank ab und kam langsam auf sie zu. »Ich bin hier, weil ich bei *dir* sein möchte.«

»Oh«, machte Sophie noch einmal.

Sein Geständnis ließ eigentlich nur eine mögliche Erklärung zu: Er mochte sie. Mehr noch, er … Sie schluckte, unfähig, den Gedanken zu Ende zu denken. Dafür brauchte sie einen frischen Kopf, ein paar Stunden Schlaf – und auf keinen Fall sechs Leute im Nebenzimmer, die jeden Moment hereinplatzen konnten. So schwer es ihr auch fiel – die Aussprache mit Luca musste warten.

»Können wir dieses Gespräch auf später verschieben?«, fragte sie schüchtern. »Es war alles ein bisschen viel heute, weißt du.«

Er stand jetzt sehr nahe vor ihr, machte jedoch keine Anstalten, sie zu berühren. Stattdessen nickte er verständnisvoll, sah allerdings so aus, als ob er viel lieber anders reagiert hätte.

»Ja, ich denke, der Tag war wirklich sehr anstrengend für dich«, gab er zu, und Sophie konnte das Bedauern aus seiner Stimme heraushören. »Und leider ist das hier weder der richtige Zeitpunkt noch der richtige Ort für … für ein Gespräch über unser … unser Problem. Aber ich schätze, wir laufen uns bald mal wieder über den Weg!«

»Ich hoffe es«, entgegnete Sophie. Ihr Gesicht war jetzt sicherlich genauso feuerrot wie ihr Schal.

»Morgen habe ich Frühdienst. Was hältst du von einem gemeinsamen Reste-Essen am Abend?«

»Gern.«

»Ich bin gegen sechs Uhr bei dir. Und jetzt« – er nahm die Weinflasche vom Kühlschrank – »jetzt sollten wir lieber zu deinen Gästen zurückkehren.«

»Du glühst richtig vor Freude«, stellte Marita am späten Abend fest, als die Frauen nach dem Aufräumen um den Küchentisch saßen. Luca und Steffen hatten sich nach dem Essen verabschiedet, damit die Freundinnen noch für eine Weile unter sich sein konnten.

»Ja«, lächelte Sophie zerstreut.

Seit der Unterhaltung in der Küche hatten ihre Wangen noch nicht wieder zu ihrer natürlichen Farbe zurückgefunden. Doch den Grund für ihre Aufregung verschwieg sie lieber. Es gab Geheimnisse, die so frisch waren, dass man sie nicht einmal mit seinen liebsten Freundinnen teilen konnte.

»Es ist schön, dich glücklich zu sehen«, sagte Jenny und tätschelte ihr liebevoll den Arm.

»Dann fehlt als Krönung eigentlich nur noch ein letztes Geschenk.« Vanessa holte ein Päckchen aus ihrer Handtasche. »Hier, das ist für dich, von uns allen.«

»Ein Poesiealbum! Ihr seid doch verrückt!« Neugierig schlug Sophie die ersten Seiten des Albums auf.

»Wir haben schon alle reingeschrieben«, sagte Jenny. »Es war gar nicht so einfach, einen passenden Spruch zu finden.«

»Wir wollten uns nämlich ein wenig von den üblichen Gedichten absetzen«, erklärte Sandra. »Also nicht so etwas Einfallsloses wie ›Rosen, Tulpen, Nelken‹. Aber das war schwieriger als gedacht.«

Vanessa hatte sich als Erste verewigt.

Man kommt in der Freundschaft nicht weit, wenn man nicht bereit ist, kleine Fehler zu verzeihen.

(Jean de la Bruyère)

Alles Gute zum 30. Geburtstag!
Deine Vanessa

»Der Spruch erschien mir passend für unsere Freundschaft«, erläuterte Vanessa. »Wir haben alle drei unsere Macken, und trotzdem gehören wir zusammen.«

Sandra lachte. »Ich wette, du bist der Meinung, dass du die wenigsten Fehler machst.«

»Na klar. Ich bin perfekt. Oder zumindest fast perfekt.«

»Tja, wir leider nicht.« Sophie seufzte.

»Du ganz bestimmt nicht!«, bestätigte Vanessa anzüglich grinsend. »Aber ich verzeihe dir trotzdem.«

»Was meinst du?«

»Na, was wohl? Die Sache mit Luca.«

Sophies Wangen wurden noch eine Spur röter, und verlegen biss sie sich auf die Lippen. Anscheinend war ihr Geheimnis doch nicht so geheim, wie sie angenommen hatte. Was sollte sie ihrer Freundin jetzt sagen? Wie sollte sie ihr erklären, was vorhin in der Küche geschehen war? Mit einem Mal war das schlechte Gewissen da.

»Also das … das habe ich nicht geplant … im Gegenteil«, stotterte sie. »Ich ... äh ... die Nudeln rochen am Sonntag so gut ... und falls du böse bist ... das will ich nicht ... wir können selbstverständlich darüber reden ... wie kann ich –«

»Mein liebes Kind«, unterbrach Marita Sophies Gestammel. »Ich glaube, du hast zu viel getrunken.«

»Schon gut! Ich denke, das ist Sophies typisch umständliche Art, eine Frage zu formulieren.« Vanessa bedachte ihre Freundin mit einem versöhnlichen Lächeln. »Aber ich kann dich beruhigen: Meinen Segen habt ihr.«

»Wirklich?« Sophie fiel ein riesiger Stein vom Herzen.

»Ja, wirklich. Ich war nie besonders ernsthaft an ihm interessiert und er an mir auch nicht. Dazu sind wir uns einfach zu ähnlich.«

»O Mann! Das würde mir zu denken geben, wenn Vanessa behauptet, du hättest dir ihr männliches Ebenbild ausgesucht.« Sandra kicherte.

»Keine Angst«, beruhigte Sophie ihre Freundin. »Er hat auch eine weiche, sensible Seite.« Sie konnte sich ein Grinsen nicht verkneifen, das vermutlich ebenso breit war wie das von Luca vorhin in der Küche.

Sandra entging das natürlich nicht. »Soso! Und wie äußert sich diese zärtliche Seite?«

»Wenn er eine Spritze geben muss, tut es fast gar nicht weh.«

»Wenn das keine gute Basis für eine Beziehung ist!«

Sophie lachte und streckte Sandra die Zunge heraus.

»Ihr Mädchen seid so herrlich offen zueinander«, stellte Marita ein wenig verwundert fest. »Da könnte man fast neidisch werden.«

Romana nickte. »Ich wollte, wir wären früher auch so unverkrampft miteinander umgegangen. Dann wäre es zwischen Angelika und mir vielleicht anders gekommen.«

»Das war aber auch eine andere Zeit«, tröstete Sandra sie. »Damals hat man noch nicht so ehrlich über sein Innenleben gesprochen.«

»Das stimmt«, bestätigte Jenny. »Das war übrigens einer der Gründe, warum mir Brieffreundinnen immer lieber waren. Niedergeschrieben klingen Gefühle längst nicht so albern wie laut ausgesprochen.«

»Das ist ein gutes Stichwort. Mal sehen, was ihr noch geschrieben habt!« Sophie vertiefte sich erneut in das Poesiealbum. Der nächste Spruch stammte von Sandra.

Du magst denjenigen vergessen,
mit dem du gelacht hast,
aber nie denjenigen,
mit dem du geweint hast.
(Khalil Gibran)

Heute, an deinem Geburtstag, werden wir garantiert miteinander weinen, aber noch viel mehr lachen. Versprochen!
Deine Sandra

»Schon wieder dieser Gibran!«, stöhnte Vanessa.

»Das war ein sehr weiser Mann«, verteidigte Sandra ihre Wahl.

»Außerdem hat er recht: Man kann jeden Fremden anlachen, aber die Tränen zeigt man nur den Freunden.«

»Das stimmt nicht mehr«, widersprach Romana. »Heutzutage kann man seine Gefühle jederzeit online der ganzen Welt mitteilen.«

»Aber ob das besser ist?«, überlegte Marita laut.

»Nein, auf keinen Fall«, sagte Sophie. »Das Internet ist kein Ersatz für echte Freundschaften.«

»Aber es kann helfen, mit Freunden in Kontakt zu bleiben«, gab Sandra zu bedenken. »Eine E-Mail ist schnell geschrieben.«

»Haben wir eigentlich alle schon unsere E-Mail-Adressen ausgetauscht?«, fragte Vanessa. »Ich werde eine Liste für uns alle anlegen.«

»Aber ich möchte in Zukunft nicht nur über das Internet von euch hören«, protestierte Jenny.

»Nein, das wirst du auch nicht. Wir treffen uns wieder«, versprach Sandra. »Spätestens dann, wenn Romana Bundeskanzlerin geworden ist, fahren wir alle nach Berlin und besuchen sie im Kanzleramt.«

Romana lachte ihr typisch heiseres Lachen, das in einen trockenen Husten überging.

Marita beobachtete sie besorgt. »Du solltest das Rauchen aufgeben!«

»Eher das Gegenteil. Ich habe den ganzen Abend nicht geraucht und brauche jetzt dringend eine Zigarette.«

Jenny gähnte verstohlen. »Entschuldigt! Langsam merke ich, dass ich heute sehr früh aufgestanden bin. Ist es sehr unhöflich, wenn ich zum Aufbruch dränge?«

»Nein. Ich muss auch ins Bett, schließlich habe ich morgen Mittag eine Veranstaltung.« Romana blickte auf ihre Armbanduhr. »Oh, es ist schon fast elf!«

»Müssen wir uns jetzt schon wieder voneinander verabschieden?«, fragte Sophie und blickte unglücklich in die Runde. Sie hasste Abschiede, und besonders dieser hier würde ihr schwerfallen.

»Nein«, beruhigte Sandra sie. »Wir haben für morgen noch ein gemeinsames Frühstück geplant.«

»Fein!«

»Wollen wir noch abspülen?« Jenny deutete auf die Geschirrberge. »Die arme Sophie kann das alles nicht allein schaffen, erst recht nicht mit ihrer verletzten Hand.«

»Das geht schon.« Sophie winkte ab. »Außerdem habe ich doch eine Spülmaschine.«

»Aber es passen nicht alle Sachen rein.«

»Gut, dann erledigen wir das noch.« Marita wollte aufstehen, doch Sophie hielt sie zurück.

»Moment bitte! Wir sind noch nicht ganz fertig. Ich möchte zuerst eure Sprüche zu Ende lesen.« Sie nahm das Album, schlug die nächste Seite auf und las Jennys Gedicht.

Freundschaften,
ob gute oder schlechte,
können ein Leben verändern.

Ich wünsche dir nur gute Freundschaften!
Deine Jenny

Dann folgte Maritas Eintrag.

Freundschaft ist eine Tür zwischen zwei Menschen.
Sie kann manchmal knarren, sie kann klemmen,
aber sie ist nie verschlossen.

(Baltasar Gracián y Morales)

Die Freundschaftstür zwischen deiner Mutter und mir hat manchmal geklemmt. Aber ich bin mir sicher, dass sie nie ganz zu war!

Ich finde, wir sollten diese Tür nun gemeinsam nutzen. Alles Liebe,

deine Marita

»Wie wahr!«, flüsterte Sophie. Auf die nächste Seite hatte Romana einen Spruch geschrieben.

An dem Gestern kannst du nichts mehr ändern,
das Morgen ist dir ungewiss.
Aber das Heute nutze!

In diesem Sinne wünsche ich uns ein schönes Heute. Ich werde versuchen, dir eine bessere Freundin zu sein, als ich es deiner Mutter war.

Deine Romana Rautenberger

Gerührt sah Sophie auf. »Du bist jetzt schon eine gute Freundin, Romana«, versicherte sie.

Dann klappte sie das Album zu und schaute feierlich von einer zur anderen. »Ich kann euch gar nicht genug danken und hoffe, ihr wisst, was für eine große Freude ihr mir heute gemacht habt.«

»Das ist ein gutes Schlusswort«, befand Vanessa. »Und jetzt los, an die Spüllappen! Alle, außer Sophie.«

»Und was soll ich so lange machen?«

»Vielleicht solltest du noch mal in dein neues Poesiealbum schauen«, schlug Sandra vor. Sie stand bereits am Spülbecken und ließ heißes Wasser ein.

»Vielleicht hast du ja einen Eintrag übersehen?«, fügte Vanessa hinzu und lächelte wissend.

»Ich wüsste nicht, von wem.«

»Wir schon!«

Sophie schnappte sich das Poesiealbum und blätterte erneut durch die Seiten. Da, ein paar Seiten hinter Romanas Spruch! Dort war der Eintrag, der ihr vorher entgangen war. Das Schriftbild wirkte verwischt und unregelmäßig, kam ihr jedoch seltsam bekannt vor.

»Typisch Arzt«, flüsterte Sophie und begann zu lesen.

Für die Welt bist du irgendjemand,
aber für irgendjemanden bist du die Welt.

(Erich Fried)

Liebe Sophie!
Vielleicht kann ich dieser irgendjemand sein?

Wenn du mich suchen solltest – ich bin gleich nebenan. Alles Liebe zum Geburtstag!

Dein Luca

Sophie wurde es abwechselnd heiß und kalt.

Unwillkürlich hielt sie den Atem an.

Das klang fast wie eine Liebeserklärung.

Noch dazu wie die schönste, die sie je gelesen hatte.

Und sie galt ihr!

Am liebsten wäre Sophie aufgesprungen, zu Luca gelaufen und in seine Arme gesunken. Aber nein, er schlief sicherlich schon. Bis zum nächsten Abend musste sie sich leider noch gedulden. Sehnsüchtig lächelnd presste sie das Poesiealbum an ihre Brust.

Sie war so vertieft in ihre Gedanken, dass sie das amüsierte Tuscheln der anderen Frauen gar nicht bemerkte. Erst als sich Romana laut räusperte, blickte sie auf.

»Dein Kopf sieht aus, als ob er gleich explodiert«, prustete Sandra los, und sofort stimmten alle anderen in ihr Lachen ein.

»Ihr seid unmöglich!«, schimpfte Sophie.

Doch ihre Verärgerung schien keine der anderen Frauen zu stören. Im Gegenteil, das Gelächter ging munter weiter. Nur Jenny zeigte Mitgefühl und deutete auf zwei prallgefüllte Abfalltüten.

»Magst du den Müll runterbringen? Ein wenig frische Luft wird dir guttun.«

Dankbar zwinkerte Sophie ihr zu und war gleich darauf mit den Mülltüten aus der Küche verschwunden.

Offensichtlich schliefen noch nicht alle Nachbarn, denn es brannte Licht, als Sophie das Treppenhaus betrat. Im dritten Stock weinte ein Baby, und in der zweiten Etage drang die laute Stimme eines Sportmoderators durch eine geschlossene Wohnungstür. Dann mischten sich von unten noch andere Töne in die abendliche Geräuschkulisse: ein Knacken, ein metallisches Klirren und schließlich ein paar unterdrückte Flüche.

Das war eindeutig Italienisch gewesen.

Neugierig beugte sich Sophie über das Treppengeländer im ersten Stock und schaute in die Vorhalle. Dort kniete Luca mit ölverschmierten Händen vor seinem Motorroller und starrte ratlos auf ein paar Schrauben und Werkzeuge, die vor ihm auf dem Boden lagen.

Jetzt hob er den Blick und entdeckte sie. »Hi!«

»Was machst du da?«

»Die Kette hängt seit einigen Tagen durch. Ich wollte sie nur mal schnell adjustieren.«

»Um diese Uhrzeit?« Kopfschüttelnd stieg Sophie die letzten Stufen hinunter. »Es ist schon elf.«

»Ich konnte nicht schlafen.«

»Du solltest trotzdem ins Bett gehen, denn du musst morgen früh raus.«

»Ich weiß. Aber zuerst muss ich meinen Roller wieder zusammenbauen, ich habe keine Lust, zu Fuß zur Klinik zu laufen.«

»Lass mal sehen!« Sophie stellte die Mülltüten an den Briefkästen ab, setzte sich zu Luca auf den Boden und prüfte die Motorkette. »Sie ist viel zu stramm gespannt. Damit kommst du nicht weit. Ich helfe dir. Dafür bringst du meine Mülltüten weg.«

»Guter Tausch! Einverstanden.«

»Du musst beidseitig auf die Markierungen zwischen Verschraubung und Schwinge achten. Das geht am besten im eingefederten Zustand.«

»Ich verstehe kein Wort.«

»Macht nichts. Setz dich mal auf den Sattel.«

Gehorsam nahm Luca auf seinem Motorroller Platz und beugte sich zu Sophie hinunter. »Schaffst du das überhaupt mit der verbundenen Hand?«

»Klar. Es würde allerdings helfen, wenn du still in der Mitte sitzen bleibst.«

Nach wenigen Minuten war die Reparatur erledigt. Zufrieden erhob sich Sophie und reichte Luca die Werkzeuge.

»So, fertig.«

»So schnell?«

»Ja. Du weißt doch hoffentlich noch, dass Motoren mein Spezialgebiet sind.«

Vorsichtig rieb sie dann ihre Hände an einem Tuch ab, das zwischen den Werkzeugen auf dem Boden gelegen hatte.

»Dein Verband ist schmutzig geworden.«

»Ich mache mir oben einen neuen.«

»Soll ich das übernehmen? Verbände gehören zu *meinem* Spezialgebiet.« Er griff nach ihrer Hand. »Außerdem kann man auf diese Weise Händchen halten, ohne dass es auffällt.«

»Ich weiß nicht recht.« Sophie warf einen zweifelnden Blick nach oben. »In meiner Küche hocken fünf Frauen, denen garantiert nichts entgeht.«

»Na und?«

»Sophie?«, kam es prompt leise aus dem vierten Stock. Sandras Stimme klang besorgt. »Alles in Ordnung? Ist das Luca, mit dem du sprichst?«

»Siehst du?«, flüsterte Sophie. »Die kriegen alles mit.«

»Das ist ja beängstigend!«

»Ich finde es beruhigend.«

»Sophie?« Dieses Mal klang es etwas lauter und ungeduldiger.

»Ja!«, rief Sophie leise zurück.

»Wieso brauchst du so lange?«

»Ich komme gleich!«

Luca verdrehte die Augen. »Frauen!«, wisperte er.

»Freundinnen«, korrigierte Sophie.

»Du musst es ja wissen. Beim Thema Freundschaft solltest du inzwischen Expertin sein.«

»O nein! Wenn ich eines in den letzten Wochen gelernt habe, dann ist es die Tatsache, dass jede Freundschaft nach ihren eigenen Regeln funktioniert. Es gibt kein allgemeingültiges Rezept.«

»Das glaube ich gern. Für Frauenfreundschaften bräuchte man eine Rezeptsammlung, die mindestens fünfhundert Seiten stark ist. Wenn das überhaupt ausreicht!«

»Lass uns morgen weiter darüber reden.« Sie lächelte entschuldigend. »Ich muss nämlich jetzt gehen, sonst kommen meine Gäste am Ende noch zu uns runter.«

»Bloß nicht!« Mit sichtlichem Bedauern ließ er ihre Hand los.

»Wir sehen uns morgen?«

»Klar! Ich freue mich.«

Nachdenklich und ohne Eile schritt Sophie die Treppen hinauf, ein träumerisches Lächeln auf den Lippen. Sie kam sich vor wie die Hauptdarstellerin in einem Liebesfilm.

Aber dieser Vergleich hinkte – denn eine Liebesgeschichte hätte sicherlich mit einem leidenschaftlichen Kuss geendet.

Doch solch ein Ende würde den Ereignissen der letzten Wochen nicht vollständig gerecht werden. Nicht die Liebe, sondern die Freundschaft hatte im Mittelpunkt gestanden. Nicht ein einzelner Mann, sondern fünf Frauen hatten ihr Leben und ihre Gefühle durcheinandergebracht.

Die Ereignisse des heutigen Tages erschienen ihr deshalb wie ein würdiger Abschluss für eine turbulente Reise mit Hindernissen. Und wenn sie an die Frauen dachte, die oben im vierten Stock auf sie warteten, war sie sich ganz sicher:

Ihre Freundschaftsgeschichte hatte bereits ein Happy End!

NACHWORT – ODER: EIN KLEINER SPRUCH GEHT NOCH …

Es ist ein lobenswerter Brauch:
Wer was Gutes bekommt,
der bedankt sich auch.
(Wilhelm Busch)

Wie wahr! Ich habe in den letzten Jahren so viel Gutes erfahren, dass mein Dankeschön gar nicht groß genug ausfallen kann.

Zuerst möchte ich mich – wie immer – bei dem wundervollen Team von Menschen bedanken, die sich darum gekümmert haben, dass aus einer schönen Idee bereits nach wenigen Monaten ein Buch werden konnte: bei Petra Hermanns, bei Gisela Klemt und ganz besonders bei allen Damen vom Ullstein Verlag.

Ich habe übrigens lange überlegt, ob ich auch einen Herrn im Verlag kenne, aber mir ist keiner eingefallen. Sollte es dennoch einen geben, dann möge er sich bitte bei mir melden, damit ich mich entschuldigen kann!

Und beim Stichwort »Entschuldigung« sind wir auch schon beim nächsten Thema angelangt, das mir sehr am Herzen liegt: Trotz sorgfältiger Recherche ist es mir nämlich nicht für jeden Poesiealbum-Spruch gelungen, den Verfasser ausfindig zu machen. Falls also ein Leser seine Verse in diesem Roman wiederfindet, ohne dass ich seinen

Namen genannt habe, dann soll er sich bitte ebenfalls an mich wenden! Vorsorglich entschuldige ich mich jetzt schon mal bei diesen großartigen Dichtern, die mit ihren Werken seit vielen Jahren die Poesiealben junger Mädchen füllen, für mein Versehen.

Leider ist mein eigenes Poesiealbum aus Kinderzeiten verlorengegangen, so dass ich bei meiner Recherche für dieses Buch auf fremde Hilfe angewiesen war. Viele Freundinnen, Verwandte und Leserinnen haben mir ihre Alben zur Verfügung gestellt. Danke dafür!

Schreiben ist eine sehr einsame Tätigkeit, für die ich mich oft wochenlang aus dem alltäglichen Leben zurückziehen muss. Dass ich trotzdem nicht allein bin, dafür sorgen neben meiner Familie vor allem meine Freundinnen, bei denen ich mich an dieser Stelle einmal herzlich bedanken möchte (was sie alle längst verdient haben!):

- Sabine, die den besten grünen Tee der Welt kocht und mir in allen Lebenslagen mit Rat und Tat zur Seite steht
- Marion S., meine liebste Weihnachtsplätzchen-Bäckerin
- Marion R., meine »dienstälteste« Freundin, die meine Bücher gleich stapelweise weiter verschenkt
- Susanne & Silke, mit denen ich immer so nette Abende bei Pizza und Pasta verbringe
- Petra, mein Lieblings-Lunch-Date
- und Kerstin, die nicht nur meine Dienstags-bis-Donnerstags-Kollegin ist, sondern auch eine kritische Test-Leserin und gute Freundin. Du kriegst ein Extra-Schmunzeln und weißt sicherlich, warum!

Und zum Schluss noch ein ganz besonders dickes Dankeschön an meine Familie. Ihr seid das Beste, was mir passieren konnte. Ohne eure Unterstützung und euer Verständnis könnte ich das alles gar nicht schaffen. Ich bin froh, dass es euch gibt!